CHERIE DIMALINE
TODAS AS COISAS FEROZES

Tradução de
BRUNA MIRANDA

Dados Internacionais de Catalogação na Publicação (CIP)
(Câmara Brasileira do Livro, SP, Brasil)

Dimaline, Cherie
   Todas as coisas ferozes / Cherie Dimaline; ilustração Paula Cruz; tradução Bruna Miranda. – São Paulo: Editora Melhoramentos, 2023.

   Título original: Empire of Wild
   ISBN 978-65-5539-603-4

   1. Ficção canadense (Inglês) I. Cruz, Paula. II. Título.

23-158083   CDD-813

Índices para catálogo sistemático:
1. Ficção: Literatura canadense C813

Eliete Marques da Silva – Bibliotecária – CRB-8/9380

Título original: *Empire of Wild*
© 2019 Cherie Dimaline, em acordo com CookeMcDermid e Agência Riff.
Publicado originalmente em inglês pela Random House Canadá.

Copyright texto de apresentação © 2023 Dayhara Martins

Tradução de © Bruna Miranda
Preparação de texto: Laura Pohl
Revisão: Laila Guilherme e Vivian Miwa Matsushita
Projeto gráfico e diagramação: Carla Almeida Freire
Capa e ilustrações: Paula Cruz

Toda marca registrada citada no decorrer deste livro possui direitos reservados e protegidos pela lei de Direitos Autorais 9.610/1998 e outros direitos.

Direitos de publicação:
© 2023 Editora Melhoramentos Ltda.

1ª edição, setembro de 2023
ISBN: 978-65-5539-603-4

Atendimento ao consumidor:
Caixa Postal 169 – CEP 01031-970
São Paulo – SP – Brasil
Tel.: (11) 3874-0880
sac@melhoramentos.com.br
www.editoramelhoramentos.com.br

Siga a Editora Melhoramentos nas redes sociais:
 /editoramelhoramentos

Impresso no Brasil

*Para Jaycob,
o menino que espantou os monstros*

*Nós ficamos nos melhores hotéis de estrada,
que é como se dormíssemos
em livros inacabados. Dormimos
profundamente entre teca
e sarja e xadrez e bronze.
Deixamos a janela aberta
só uma fresta.*

PAUL VERMEERSCH, "Motel"

"Você aí, só cale a boca; e escute."

MINHA AVÓ, EDNA DUSOME, 1913-2006

apresentação
por *Dayhara Martins*

Existe uma frase que circula pelas redes que diz que se você tirar tudo o que os colonizadores roubaram de outros povos, não lhes restará nada. Essa frase traz um amargor a nosso peito e nossa boca. Um sabor que circula dentro de nós e causa até mesmo uma sensação física; é o pacto silencioso em que nós, os povos colonizados, constatamos mais uma vez que aprendemos a dançar uma dança que não é nossa e, forçadamente, tivemos de ceder a nossa história. Nos últimos anos, é possível observar uma tentativa de reconhecimento, por parte desse grupo de colonizadores, do peso que essas ações tiveram na constituição da sociedade que conhecemos hoje. Mas eu me pergunto: isso será suficiente?

A resposta é um grande e eloquente NÃO.

DAYHARA MARTINS é bacharel em Letras e trabalha com redação criativa, produção de conteúdo digital e revisão. No Instagram, fala sobre livros, cinema e estilo de vida no perfil @dayharabooks. Além disso, é mediadora do Raízes do Horror, coletivo e clube de leitura sobre horror e terror.

Não há reparação histórica capaz de suavizar as violências sofridas por um povo. Entretanto, o mínimo que podemos nos propor a fazer é permitir que esses povos contem suas histórias do seu ponto de vista, sem meias palavras. É preciso ouvir quem, ao longo dos séculos, foi silenciado física e psicologicamente.

É isso que Cherie Dimaline faz em *Todas as coisas ferozes*. Enquanto mulher indígena, ela passeia pela história de seus ancestrais de modo bastante respeitoso e questionador. Imagino que Joan, a protagonista do livro, seja uma representação direta de Cherie, no sentido de que as duas são mulheres que acreditam na *sua* verdade e confiam no poder e na história daqueles que vieram antes delas.

Quando falo *antes delas*, me refiro à *comunidade*. Do povo Métis, do qual – orgulhosamente, é nítido – Cherie Dimaline faz parte.

Nesta obra, a autora destaca como ninguém o legado de seu povo. E faz isso com maestria, pois o leitor vai sendo engolido pela história sem nem perceber, e, em meio a tudo o que acontece, encontra a riqueza desse legado.

Conhecidos como parte do grupo de Primeiras Nações do Canadá, o povo Métis esteve presente no triste cenário de comunidades indígenas que, devido à chegada dos colonos franceses e ingleses no país, sofreram um grave processo de apagamento cultural e de marginalização. Nesse processo, diversas histórias originárias – e muito potentes – da cultura desse povo se perderam, como a do Rogarou.

Usada para propagar o medo, assustar crianças e afastar pessoas de possíveis problemas, a lenda do Rogarou também foi utilizada para fins midiáticos, como a primeira vez que apareceu no cinema, no filme *A noite do lobo*, de 1970, e, anos mais tarde, no quarto episódio da quarta temporada da série *Sobrenatural*. Ainda assim, essa é uma história que nasceu da oralidade, e carece de representações mais profundas. *Todas as coisas ferozes* é a consolidação desse desejo.

O que temos em mãos representa uma fábula sobrenatural que não renuncia aos apontamentos necessários, como colonialismo, manutenção da cultura indígena e religião. E, na busca de Joan por seu companheiro, ainda adiciona à discussão um tema tão atualmente relevante quanto os já citados: o feminismo. Joan facilmente é colocada no papel de mulher louca, o que é comum em histórias que mesclam fantasia e horror. Cherie faz questão de deixar evidente como parece muito mais palpável, para todos ao redor da protagonista, acreditar na instantânea loucura dessa mulher em vez de confiar no poder da oralidade. Por sorte de Joan (e dos leitores), Ajean surge para jogar luz a essa questão e, de quebra, valorizar a experiência de vida e a consciência sobre o poder da história do povo Métis.

Todas as coisas ferozes é uma das poucas vezes que uma mulher indígena pode contar a história dos seus antepassados, e a sua, da maneira como deseja. E isso é a prova de que a literatura é uma das raízes mais importantes de um povo; mas também que, sem a pessoa certa, ela é oca. Assim como eu, você certamente já leu histórias de romance, já leu suspenses e talvez até mesmo tenha ouvido falar sobre Rogarou, mesmo que sem perceber – mas existe um antes e um depois.

Para este texto, a autora consultou os seguintes materiais:

Dimaline, Cherie. Who I Am. Disponível em: https://www.cheriedimaline.com/who-i-am. [Site da autora de *Todas as coisas ferozes* que conta principalmente a história dos seus antepassados.]

Government of Canada. First Nations in Canada. Disponível em: https://www.rcaanc-cirnac.gc.ca/eng/1307460755710/1536862806124.

Ribeiro, Heidi Michalski; Urt, João Nackle. Direito indigenista nas constituições de Brasil e Canadá: um estudo comparado. *Revista da Faculdade de Direito da UFRGS*. Porto Alegre, n. 36, p. 182-202, vol. esp., out. 2017.

Soares, Leonardo Barros. Idle No More: sobre a mobilização. *Revista Brasileira de Ciências Sociais*. v. 33, n. 97. [Resenha de *#IdleNoMore and the remaking of Canada*, de Ken Coates.]

The Canadian Encyclopedia. First Nations. Disponível em: https://thecanadianencyclopedia.ca/en/article/first-nations. [A *Enciclopédia do Canadá* é um canal de resgate da história dos seus povos.]

De todas as experiências que tive, *Todas as coisas ferozes* é uma das únicas leituras que me fez entender o poder de uma história quando contada pelas pessoas certas, porque, para além da capacidade de fabular, a literatura tem o poder de eternizar um povo.

Espero que Joan, Rogarou e todos os outros personagens se eternizem em você também.

Com olhos ferozes,
Dayhara Martins

prólogo

UMA NOVA CAÇADA

Medicina tradicional sempre dá um jeito de ser lembrada, de assombrar a terra onde foi exercida. As pessoas se esquecem. A medicina, não.

A cidade de Arcand era composta por uma igreja, uma escola, uma loja de conveniências, uma loja de quinquilharias e várias casas tortas, inclinadas como idosos tentando ouvir uma conversa sobre um cemitério de Greniers e Trudeaus. Domingos eram dias de Deus, apesar de a maioria das pessoas ir rezar no lago, enunciando ave-marias enquanto lançavam linhas de pesca na água verde, gritando para os céus quando não davam sorte, ou quando davam.

Festas aconteciam nas cozinhas. Euchre era esporte. E só se dançava ao som de violinos. Qualquer outra música era apenas barulho de fundo para contar histórias, beber cerveja ou flertar. Ou com o intuito de dar o clima para a luta prestes a acontecer quando tinha que quebrar a cara do seu primo.

As pessoas que moravam em Arcand foram trazidas de outro lugar, se mudaram da Ilha Drummond quando foi anexada aos Estados Unidos em 1828. Eram mestiços, filhos de viajantes franceses com mães indígenas e pessoas do povo Métis que cruzaram Manitoba. As novas autoridades coloniais queriam a terra, não os indígenas, então as pessoas foram colocadas em barcos, carregando seus violinos usados e botas gastas. Atracaram nas areias brancas da Baía Georgiana e ergueram suas casas no lado oposto à cidade já existente que não os acolheria. No começo, se viraram bem sozinhos, cheios de ferreiros e caçadores, pescadores e várias criancinhas que jogavam pedras no Lago Huron. Se soubessem que teriam que proteger cada centímetro da terra, se agarrar a cada grão de areia, talvez tivessem construído muros com as pedras em vez de presenteá-las ao lago.

Ao longo dos anos, sem um acordo nem riquezas, os mestiços foram retirados da costa, abrindo lugar para chalés de um milhão de dólares com uma enxurrada de marteladas em madeira, tantas de uma só vez que parecia que a costa recebia aplausos de uma multidão. Uma família de cada vez, a comunidade foi empurrada para as estradas.

Sendo católicos por hábito, rezavam de joelhos para que esse deslocamento acabasse, para que Jesus fizesse algo e criasse uma divisão entre os mestiços e as novas pessoas. Aqueles que carregavam medicina consigo jogavam sal grosso no chão para se proteger de toda a movimentação. Esse sal vinha dos ossos de uma família específica de Red River, que criaram seus limites quando a mão de Deus não fez isso por eles.

Chegou o momento em que, inevitavelmente, a costa pertencia aos recém-chegados que construíram armazéns para embarcações, gazebos coloridos e deques de onde crianças com a pele rosada se jogavam nas águas em junho, gritando para que alguém visse o que conseguiam fazer. E os mestiços? Eles ficaram com uma área sem rua pavimentada. Eles ficaram com Arcand.

Algumas pessoas conseguiram ficar com os pedaços de terra na costa que ninguém queria, áreas sem praia ou com lírios que se pareciam demais com dedos em decomposição de uma mulher rejeitada saindo da lama. Essas eram as pessoas mais velhas que se recusaram a se mudar para Arcand. Elas mantiveram seus deques desequilibrados onde pescadores atracavam barcos enferrujados em troca de alguns peixes. Os hectares de florestas que saíam de Arcand até a rodovia, e ruas menores com curvas fechadas que desciam até a costa habitada, continuavam também livres para quem os quisesse. Todo lar de mestiços tinha um pote de moedas e um plano ambicioso de comprar de volta a terra, um hectare de cada vez, caso fosse necessário.

Nessas terras, tanto as ocupadas quanto as que foram deixadas em paz, próximo à comunidade e à vida selvagem cada vez mais escassa, vivia outra criatura. À noite, ela andava pelas estradas que ligavam Arcand à cidade maior do outro lado da baía onde indígenas ainda não eram bem-vindos, mesmo depois de dois séculos. O nome dela era sussurrado e usado apenas em xingamentos ou orações. Ela era a ameaça nas histórias contadas por aqueles que eram velhos o suficiente para se lembrar delas.

Quebrou a quaresma? *O Rogarou vai te achar.*

Dormiu com uma mulher casada? *O Rogarou vai te encontrar.*

Respondeu sua mãe no meio de uma briga? *Não volte andando para casa. O Rogarou vai te pegar.*

Bateu em uma mulher por qualquer motivo? *O Rogarou vai encontrar sua família, logo logo.*

Matou cervos demais e o seu freezer está cheio enquanto a mata está vazia? *Se eu fosse você, ficaria em casa esta noite. O Rogarou já está sabendo.*

Ele era um cachorro, um homem, um lobo. Ele usava roupas, ele ficava nu em pelo, ele usava mocassins barulhentos. Ele era qualquer coisa que fizesse o povo temer, mas ele estava sempre ali, na beira da estrada, assoviando para as estrelas brilharem no céu azul-escuro, tão perto e tão distante quanto os ancestrais.

Para as meninas, ele era a criatura que fazia com que não andassem pela estrada, e nunca sozinhas. As mulheres mais velhas nunca diziam "não vá para a cidade, não é seguro. Nós desaparecemos. Nós sofremos". Em vez disso, se aproximavam e sussurravam um aviso:

"eu não sairia na rua hoje à noite. Alguém viu o Rogarou na quarta-feira, encostado em uma placa de trânsito, afiando as garras com a mandíbula de uma criança".

Para os meninos, ele era a pior coisa que poderiam se tornar. "Lembre-se de perguntar primeiro e respeitar o que ela quiser. Você não quer virar o Rogarou. Vai acordar com sangue nos dentes, sem saber o que fez."

Muito tempo depois do sal de ossos, levado do Red River até se tornar parte da terra, depois das palavras que o acompanharam não serem nada além de um sussurro e o dialeto em que foram ditas ser mudado da língua original para o francês comum, as histórias do Rogarou mantiveram a comunidade em seu lugar, atrás da divisa. Quando as pessoas se esqueceram do que desejaram no começo de tudo – um lugar para viver e onde a comunidade prosperasse –, ele se lembrava e voltava com seus pés silenciosos, leves como poeira em uma rua recém-pavimentada. E aquele Rogarou, com o coração cheio de suas próprias histórias e barriga vazia, voltava para casa não só para assombrar. Também voltava para caçar.

1

JOAN DE ARCAND

Procurar por alguém que você perdeu é como morrer lentamente de novo e de novo e de novo. Você não tem sangue, não consegue pensar, não sente nada ao navegar os limites do luto e do pânico. Os dedos só conseguem cavar, pernas só andam com os pés calejados.

Você procura.

Procura.

Procura.

Você enfia barras de granola na boca para não ficar de estômago vazio. Para seguir em frente. Você mija na floresta para economizar tempo, mas só depois de procurar por evidências no solo.

Você prende a respiração quando vê marcas e então as segue. Qualquer pequeno sinal de que ele pode estar perto faz uma corrente de eletricidade correr por você até seu corpo estar em chamas. Você é um fogo febril na floresta.

Só que o pedaço de um cadarço é só um cadarço e nada mais. Uma pista não é uma pista, só um acessório de cabelo perdido, um bêbado dormindo no caminho, uma camisinha usada.

E o seu sangue se afasta como a maré baixa, e os dedos se fecham com força ao redor do copo de café ruim. Descansam sobre um coração partido mal guardado em um peito negligente.

Você procura mais um tempo.

Joan estava procurando pelo marido desaparecido havia onze meses e seis dias, desde outubro, quando discutiram sobre vender a terra que ela havia herdado do pai, e ele vestiu a jaqueta cinza e saiu de casa, batendo a porta de tela atrás de si. Em cada hora dos últimos onze meses e seis dias, ela analisou cada movimento e palavra daquele dia, até a briga ser nada além de um grito, um ato e, por fim, a porta.

– Vou dar uma olhada nas armadilhas – dissera ele por cima do ombro em direção à sala de estar, onde ela estava sentada.

– Isso, ótimo – respondeu ela, sentada no sofá, de costas. – Vai aproveitar a terra que você quer vender. Por que não?

Então ela soltou uma risada sarcástica, para que o último som que ele ouvisse fosse esse tom zombeteiro e irrisório. Aquele foi o ponto-final das falas entre eles, aquele som horrível. Talvez ele não tivesse ouvido. Ela esperava que não.

Ela não se lembrava do que era comer ou dormir ou sonhar. Ela não conseguia gozar sozinha nem aliviar o peso nos pulmões para gemer, duas coisas que, na opinião dela, eram quase o mesmo. Sem Victor, Joan era apenas metade de si. Será que ele estava morto em algum lugar? Tinha fugido? Ela não conseguia passar pelo luto como uma pessoa normal – cortar o cabelo, chorar até dormir e esperar pelo dia em que conseguiria viver com a ausência dele. A única coisa que podia fazer era procurar.

Ela nasceu em Arcand, assim como seus ancestrais. Diferentemente deles, havia morado em outros lugares antes de voltar para lá, em cidades pequenas e grandes perto de Ontário, e uma vez, anos atrás, em Terra Nova e Labrador, quando namorou um pescador de bacalhau. Crescer em Arcand a fez ser curiosa e distraída. Ela precisava conhecer o que existia além dali. Achar um lugar onde se sentisse bem. No fim das contas, o pescador deixou de usar suas palavras e ela não conseguia jogar bem 120s[+] no baralho como uma respeitável moradora da ilha, então voltou para casa.

Entre as cidades de Leading Tickles, em Terra Nova e Labrador, e Arcand, em Ontário, ela conheceu Victor.

– Cuidado – Mere, sua avó, avisou para Joan quando estava embarcando no ônibus. – Alguns homens cortam fora a cabeça de outros nessas coisas. – A voz distante dela estava apreensiva no telefone.

– Não se preocupe com assassinatos em ônibus. Com a minha sorte, eu acabaria namorando o tal. – Joan só estava brincando em parte.

Mere fez um som de clique com a língua.

– Só venha para casa. Esqueça isso de namoro.

– Sim, bom, depois que eu chegar em Arcand, não posso namorar ninguém. Todo mundo é família.

Joan tinha dois assentos livres só para ela durante a maior parte da viagem, um bom livro, um pacote de salgadinhos e de cigarros e oitenta dólares sobrando da passagem. Quando o ônibus freou e parou em Montreal, onde ela esperaria quatro horas até sua conexão para Toronto, Joan decidiu ir ao bar do lado do terminal.

Desceu os degraus íngremes e pisou no asfalto molhado com sapatos inadequados, a mochila pendurada no ombro. Olhou para um céu azul-escuro que se misturava com as luzes da cidade. A neve caía devagar e em flocos gigantes, como se fossem cuidadosamente picotados de uma folha de papel. O estacionamento era um poema sobre a brancura. A placa de neon do bar Andre's era uma árvore de Natal, toda enfeitada. E as motos Harley pretas e grandes estacionadas na frente eram oito renas enfileiradas.

[+] Jogo popular que tem raízes na cultura de Terra Nova e Labrador, no Canadá, além de também ser popular em algumas regiões dos Estados Unidos. Surgiu no século 16 e é derivado do jogo britânico Maw. (N.E.)

Joan pediu a primeira cerveja do cardápio e se sentou em uma mesa de canto, longe dos clientes locais que circulavam o balcão como gaivotas famintas. Os bebedores ocupavam um grupo de mesas de bilhar do outro lado do salão, iluminadas por luminárias de vidro colorido que imitavam as de navios. As mesas estavam cheias de pessoas falando francês como um cano estourado. Ela bebeu rápido para afogar a ansiedade de estar sozinha e desconfortável, e pediu outra cerveja assim que a garçonete passou ali perto. Depois que voltou do banheiro feminino após a segunda bebida, ela parou no bar para pedir mais uma, munida de uma confiança temporária.

Já era tarde, quase onze horas, e o ônibus dela partiria à meia-noite e meia. A porta da frente se abria a toda hora, trazendo muitos homens, algumas mulheres e redemoinhos de neve constante. Em certo momento, ela foi sugada para uma conversa em grupo sobre a morte de Osama bin Laden. Perdeu a conta das bebidas e dos detalhes, falou livremente e rindo tranquila com a segurança de que iria embora em breve. Só que então ela viu Victor, o belo Victor, com suas maças do rosto evidentes e tatuagens no estilo *old school* de rouxinóis, bonecas *pin-up* e facas enfiadas em corações de linhas grossas. Victor, com sua língua afiada e olhos gentis de cor indefinida. E ela sabia que não pegaria o ônibus.

Na tarde seguinte, estava de volta à estrada. Entretanto, dessa vez estava no banco de passageiro do Jeep de Victor, e seguiam para Nova Orleans.

✦

A cidade de Arcand tinha a habilidade de envolver uma pessoa e gerar uma pressão sutil que a fazia voltar ao ritmo da cidade, como se estivesse sendo enfaixada, mas também ficasse confortável com aquilo. Trazer Victor para casa não fora fácil. Tinham passado a maior parte do mês dirigindo até Louisiana, hospedados um período com amigos e depois pegando o caminho mais longo de volta para casa, passando pelo quebra-cabeça que era o perímetro da Flórida. Depois, ficaram em Montreal por dois meses até o contrato de aluguel dele encerrar, transando e andando pelas ruas com vinho, música e hematomas na pele de tanto se beijarem. Empacotaram a vida dele em três caixas de papelão e foram para a Baía. Como qualquer comunidade pequena, Arcand exigia familiaridade e lealdade. Expelia estranhos como farpas de madeira, e tentou se livrar de Victor à sua própria maneira.

Quando o pai de Joan falecera, a casa onde ela havia crescido lhe foi entregue. A mãe de Joan não aguentava mais ficar ali, e, entre ela e os irmãos, Joan era considerada a que mais precisava de estabilidade. Já que a casa estava vazia enquanto ela vivia seu caso em Terra Nova e Labrador, Joan mudou Mere do apartamento em que morava para a casa. O que queria dizer que o primeiro obstáculo que ela e Victor precisavam enfrentar era sua avó, Angelique. Ela não costumava julgar as pessoas, mas tinha um temperamento difícil quando ficava preocupada, e o histórico de namoro de Joan com certeza a deixava preocupada. A reação dela à aparição repentina de Victor foi um silêncio que Joan tentou quebrar.

O pai do Victor era da família Boucher, você não conheceu alguns Bouchers na escola?

Victor gosta de caçar. Você precisa contar a ele como os cervos ficavam por aqui, quando o vovô era vivo.

Eu e Victor vamos na cidade fazer mercado. Você quer que a gente leve você ao bingo?

A maioria das tentativas de Joan foi respondida com um resmungo, metade em Michif. Joan só entendia o idioma dos Métis o suficiente para saber que nenhum resmungo era uma resposta de verdade. Mere passava mais e mais tempo no trailer que estacionara no quintal, perto do riacho, o lugar onde ela guardava seus remédios e o melhor conjunto de chá e onde gostava de montar quebra-cabeças. Em dada altura, Mere começou a passar a noite no trailer. Até que, enfim, parou de ir até a casa, com exceção de quando precisava usar o telefone e tomar banho.

Victor se recusava a desistir. Ele assava pães e os levava até o trailer enrolados em um pano de prato xadrez. Convidava Mere para uma partida de cartas sempre que iam jogar. Cuidou da jardinagem da propriedade inteira e plantou sálvia perto das bétulas. Foi apenas quando contou uma piada de pinto enquanto ela aguava o jardim que Mere realmente começou a ceder. Ela gostava de uma boa piada de pinto e valorizava um homem que sabia contá-las.

Os irmãos e a mãe de Joan não se podavam nas demonstrações de reprovação. Na primeira vez que ela levou Victor para os jantares de domingo na casa da mãe, seu irmão George levou o prato para comer em frente à televisão, Júnior foi para o escritório e Flo se sentou na varanda. Joan ficou magoada e envergonhada, mas não surpresa. Ela havia desperdiçado a boa vontade deles com um monte de babacas ao longo dos anos. Agora, estava com a pessoa com quem ia se casar, com o homem que era sua cara-metade, e eles se recusavam a olhá-lo nos olhos.

Aquilo durou alguns meses.

Quando ela chorava por causa disso, Victor a abraçava com cuidado, como se os ossos de Joan fossem se quebrar ali mesmo. Ele dizia: "Eu sou um estranho para eles. É claro que estão sendo superprotetores". Porém, ela sabia que aquilo o magoava também. Eles não estavam sendo superprotetores; estavam sendo escrotos. Joan voltara a trabalhar com a família na área de construção, mas ficava em silêncio quando estavam telhando e fazia cara feia enquanto construíam varandas. Ela começou a ligar para a mãe uma vez por semana em vez de todos os dias, a aparecer menos para jantar e ainda menos em batismos.

O impasse acabou no segundo inverno, quando Júnior se meteu em uma briga no Commodore por alguém ter chamado outra pessoa de "índio" e uma garrafa ter sido quebrada no meio. Victor havia parado no bar depois do trabalho com um cara novo da equipe de *framing*. Quando a gritaria começou, ele pediu licença e foi correndo para o meio da briga, tirando camadas de roupas xadrez no meio do caminho. Ele foi para cima pelo Júnior – quebrou mandíbulas, levou chutes nas costelas, arrancou tacos de sinuca de mãos alheias. Então, a polícia apareceu e mandou todo mundo embora.

Ele e Júnior chegaram na casa às três da manhã, saindo da caminhonete de George, tropeçando e andando abraçados. Joan abriu a porta, e Victor deu um sorriso tão grande que ficou claro que perdera um dente para um punho de golpe duro. Também ficou claro que ele e os irmãos dela haviam se tornado melhores amigos para sempre. Ainda bem que Mere estava no trailer. Ela teria brigado e batido neles até que ficassem cheios de hematomas por terem brigado e batido em alguém. No final das contas, tudo aquilo valeu o custo do implante dentário.

As pessoas começaram a gostar mais de Victor, uma a uma, especialmente depois do casamento, quando ficou óbvio que ele estava lá para ficar. Na primeira semana em que não voltou para casa, todo mundo procurou por ele. Até Marcel, o madeireiro quebequense, ajudou nas buscas na floresta, mesmo sendo ele quem tinha a ponta do dente de Victor fincada da mão direita depois da luta no Commodore. Porém, quando passou o segundo mês, apenas Joan andava pela cidade como um fantasma de coração partido. Alguns dias, ela não se lembrava de como havia chegado em casa ou saído para jogar o lixo. Ela só chegava lá, um pé depois do outro, seguindo por trilhas estreitas, passando por cima de móveis destruídos e jornais molhados.

✦

Onze meses e seis dias depois e ela ainda dirigia distraída, olhando para todas as pessoas andando à beira da estrada, analisando cada carro que passava, perdida nos próprios pensamentos, tão cansada que a tendência era desassociar. Até mesmo ao levar Mere e o primo Zeus de carro, pela balsa, para o jantar de domingo na casa da mãe, ela ficava perdida nos próprios pensamentos.

– *Dieu*, Joan. Encoste aqui! – gritou Mere. – Podemos andar o resto do caminho. – Ela se preparou para o impacto colocando as duas mãos no painel do carro, a bolsa baú apoiada no colo como um pequeno cachorro branco. O cinto de segurança estava apertado contra os seios pequenos, as costas retas contra o assento. – Ainda não estou pronta para encontrar Jesus. E Zeus, coitado, nem passou pela puberdade.

Do banco traseiro, o bisneto de Mere falou:

– Deixe o irmão aqui viver um pouco, tia.

– Desculpa, pessoal.

Joan se endireitou no assento, colocou as mãos no volante, na posição das dez e dez, e levou o Jeep de volta para a faixa. Ela estava pensando sobre a vala ao lado da Rodovia 11, entre Barrie e Orillia. Havia verificado lá? Talvez valesse a pena ir de novo.

– Que verão longo este ano – Mere comentou, observando os barcos na baía pela janela. Eles cortavam as águas escuras como crianças deslizando em um rinque de patinação, usando cores pastel e gorros brancos.

– Eles chamam isso verão de índio,[+] Mere, quando a estação vai até outubro – Zeus comentou.

– Quem chama? – Mere olhou para trás e o fitou, franzindo o cenho. – Quem?

– Não sei, *eles* chamam. – Zeus deu de ombros.

– Então, quem são eles? – Ela soltou o cinto e se virou para encará-lo.

– Ah, é só "eles", Mere. Pessoas.

– O que isso quer dizer? Verão de índio? Não deve ser coisa boa se *eles* falam isso. – Ela se virou para a frente de novo e cruzou os braços sobre o peito.

– Bom, existe a expressão Natal branco, então talvez seja justo – brincou Joan.

[+] Expressão cunhada por colonizadores para se referir a um período, já no outono, quando o tempo ainda está quente. Em virtude dessa condição climática, eles permitiam que indígenas fossem caçar por um período maior, antes de a primeira neve chegar. (N.T.)

– Hum. – Mere cruzou as mãos sobre a bolsa. – Talvez você tenha razão. – Ela soltou um resmungo e voltou a olhar pela janela do passageiro. – Talvez tudo isso seja parte dessa tal de reparação histórica.

Joan trocou olhares com o primo pelo retrovisor, e os dois compartilharam um sorriso divertido.

✦

A casa de Florence Beausoliel era pequena e organizada, assim como a dona. A mãe de Joan mal chegava a um metro e meio de altura usando botas, mas era ela quem tocava as obras e a equipe, da qual tinha parido todos os membros. Ela também não ficava no escritório. Com sessenta anos, Flo era a mais rápida trabalhando nos telhados, pulando entre vigas como uma lebre no campo. Ela olhava as plantas baixas e conseguia visualizar o projeto tridimensional.

Flo havia reformado sua cabana de dois andares sozinha. Não era a casa em que Joan havia crescido; essa era onde ela, Mere e Victor moravam agora – bom, ela e Mere, que havia saído do trailer e voltado para a casa depois do desaparecimento de Victor. Flo comprou essa casa próxima da costa depois que Percy morreu e os filhos se mudaram. Porém, Júnior se separou logo depois e foi morar com ela. Após algum tempo, o mais novo, George, foi expulso da faculdade em Waterloo e voltou para a casa da mãe cheio de roupas para lavar e dívidas estudantis. Flo ofereceu para Joan ficar no sofá-cama da sala por causa da "situação" dela, como Flo gostava de chamar.

Joan nunca voltaria a morar com a mãe. Antes do fim da primeira semana, uma delas estaria morta, e ela não sabia determinar quem seria. A mãe dela sabia lutar. Ela viu em primeira mão. A cidade inteira sabia disso por causa daquela vez que as professoras novas da escola tentaram dançar com Percy em uma festa na floresta. As pessoas ainda faziam barulhos de caratê quando Flo andava pela rua principal da cidade: "Ia-rá! Lá vem a Flo Kung Fu!". Joan pensava que a mãe poderia ter se esforçado mais para fazer com que as pessoas parassem com isso.

Não, Joan sempre foi a menina de Percy. Depois que o pai morreu, por um período de desamparo e, às vezes, medo, ela foi a menina de qualquer um. Então, foi a menina do Victor. E agora era apenas uma menina, uma menina de 37 anos que bebia demais e tentava olhar diretamente para o sol até ficar cega, como uma oferenda para o universo, para trazer seu amado de volta.

Com Zeus, de doze anos, e a anciã Mere, mais os dois irmãos e a mãe enérgica, todos juntos em um espaço pequeno, Joan ficou claustrofóbica assim que tirou os sapatos na porta.

Ela se apertou no sofá ao lado do irmão mais velho no cômodo que continha a coleção ridícula de almofadas da mãe. Ele estava assistindo à minúscula televisão que a mãe se recusava a trocar, como se isso fosse convencer os dois rapazes a ficar mais tempo ainda no ninho.

– Meu Deus, Júnior, quando você vai se mudar?

– Não sei. Quando você vai tomar banho?

Ela o empurrou com o ombro e ele passou o braço pelo encosto do sofá, puxando-a e dando um beijo no topo de sua cabeça, tudo isso sem tirar os olhos do jogo da tevê.

– É que seria bom ter um lugar para fumar algo além de cigarro, se é que me entende – Joan tentou falar baixinho, cutucando-o na barriga.

– Maconha é legal agora. Por que você tá sussurrando? Gladys Trudeau usa maconha para tratar o quadril. E Ajean fuma há anos. – disse Mere da cozinha, onde descascava cenouras com uma faca pequena, jogando-as na gigante panela de cerâmica. – Acho que eu vou pegar um pouco da próxima vez que o Júnior me levar na farmácia para comprar meus remédios.

– Cacete, Júnior, acho bom você não comprar drogas para a Mere.

O irmão dela riu e deu de ombros.

– E eu lá controlo ela, por acaso?

Flo estava cortando o pedaço de carne de alce descongelada e fritando os cubos em uma frigideira com óleo. A gordura da carne chiando como uma chaleira irritadiça.

– Ei, você sabia que é verão de Mischif? – perguntou Mere para a filha.

– O que é isso? – disse Flo.

– Verão de *índio*, Mere. Verão de índio – Zeus a corrigiu. Ele estava no balcão, preparando suco em pó.

– Ah, inferno, eu preciso de uma carteirinha para ter um verão longo agora? – Mere o fuzilou com o olhar. – Mestiços também gostam de sol, sabia?

Zeus misturou o pó colorido na água da jarra em silêncio.

✦

Quando o jantar ficou pronto, eles se aglomeraram na pequena mesa de jantar entre a cozinha e a sala de estar. George se sentou no banquinho que Flo usava para alcançar os armários mais altos, então apenas sua cabeça e os ombros ficavam visíveis quando se sentava ereto. Eles arrancaram pedaços de bannock e os usaram para encharcar no caldo do ensopado. Zeus já tinha um bigode laranja acima dos lábios por causa do suco e parecia feliz de sentar-se para comer. A mãe dele, Bee, raramente cozinhava, e, quando o fazia, eles comiam em frente à televisão.

– Vocês terminaram o telhado do MacIver? – perguntou Joan entre uma garfada e outra de alce.

Júnior assentiu.

– Bem a tempo do fim da temporada. Não vai ter vazamentos no próximo verão.

– Nós teríamos terminado antes se você fosse ajudar uma vez ou outra – George disse a Joan.

– Georgie, cala a boca. Você sabe qual é a situação da sua irmã. – Flo balançou o saleiro com tanta força que o pulso grosso estralou.

– É, tá bom, mas já faz quase um ano. De quanto tempo você precisa para lidar com a situação, afinal?

Flo bateu o saleiro na mesa. Fez-se um silêncio absoluto, como se ela tivesse apertado um botão de mudo.

– Eu vou lá na semana que vem – disse Joan, finalmente. – O que vamos fazer?

– Marina precisa de um galpão de ferramentas novo. – Flo foi até a geladeira pegar margarina e depois voltou para seu lugar na cabeceira da mesa. – Não deve demorar mais do que uns dois dias. Depois, vamos começar a desacelerar. Algumas varandas. Um anexo no armazém de barcos de Longlane.

– Quando chegar novembro, vamos ter que procurar trabalhos de inverno. Talvez eu vá para o Norte, nas minas. – Júnior percebeu seu erro assim que as palavras saíram da boca e se preparou para a resposta, que não demorou a vir.

Mere derrubou a colher, que bateu na tigela como se fosse um pequeno alarme.

– As minas? Você vai trabalhar para aqueles ladrões? Vai deixar de construir coisas o dia todo para roubar coisas o dia todo.

Júnior tomou cuidado com a ira da avó. Era traiçoeira e rápida, e, se não fosse cauteloso, antes que pudesse perceber, seria pisoteado por ela.

– Estou preocupado em ir de pagar minhas contas para não conseguir pagar nada.

– Você pode fazer outra coisa que não seja nas minas, isso sim. Não pode trabalhar com algo na cidade? O Centro de Amizades não precisa de alguém?

– O centro não paga tão bem quanto as minas.

– Ele também não rouba de nós, nem ignora nossos direitos, nem acaba com a terra. Está tão desesperado assim por dinheiro? – Ela havia parado de comer, o que não era bom sinal.

Zeus tentou ajudar:

– Tipo, você mora com a sua mãe, afinal.

Como Zeus era um alvo mais aceitável do que Mere, foi ele que precisou lidar com a frustração de Júnior.

– Cala a boca, Zeus. – Não foi o suficiente. Júnior ainda estava com raiva. Ele olhou o primo de cima a baixo. – Cacete, você tá gordo, hein?

– Já chega. – Flo se levantou e se inclinou sobre a mesa. – Eu não quero mais essa merda de assunto durante o jantar. Mãe, relaxa um pouco com essa política de anciãos, tá bom? E Júnior, peça desculpas para o seu primo agora. Ele tem menos da metade da sua idade.

Júnior precisou de um minuto para se acalmar, depois esticou o braço por cima da mesa para tocar no braço fofo de Zeus.

– Não era minha intenção, cara. Estava irritado. Desculpa, rapaz.

Zeus deu de ombros.

George segurava o riso cobrindo a boca com tanta força que os óculos estavam embaçados. Joan tentava se concentrar em conseguir comer mais antes que alguém comentasse como ela estava magra e acabada. Havia recebido muitos comentários nessa linha nos últimos tempos.

Quando Flo se sentou, Mere se levantou e foi até a cozinha. Ela abriu a gaveta de talheres, e o barulho de metais sacudindo tomou conta do ambiente.

Flo deixou a cabeça pender e passou uma mão pelo cabelo.

– Jesus, e agora, o que é? – murmurou ela. Depois, disse mais alto: – Mãe, o que você está procurando? Tudo deve estar na mesa.

Sem resposta. Passou-se mais um minuto de barulho, e a gaveta se fechou. Mere voltou para a mesa, mas não se sentou. Ela estava se aproximando de Júnior por trás quando George gritou:

– Cara, ela tá com uma tesoura na mão!

Mere esticou os braços, bem ágil para alguém que era legalmente cega e tinha artrite, e pegou a trança de Júnior que ia até a metade das costas dele.

– Mãe! – gritou Flo.

– Mere, não! – Joan se levantou tão rápido que a cadeira caiu para trás.

Júnior tentou escapar, mas Mere puxou a trança com tanta força que ele se sentou de novo, mãos para cima como se estivesse sendo assaltado com uma arma.

– Mere! O que tá fazendo?

– Eu? Estou te preparando para o seu novo trabalho nas minas. – O tom dela era calmo, simpático até. – Você precisa se enturmar com os outros, e ninguém vai usar o tradicional cabelo comprido. – Ela manuseou a tesoura, abrindo a lâmina.

– Espera! Espera um pouco. – Flo estava quase passando por cima da mesa.

Joan achou que fosse vomitar tudo o que havia conseguido comer. Zeus tomou mais um gole de suco. Talvez ele tenha sorrido um pouco.

– Tá, *ma mere*, por favor, *s'il vous plaît*, vamos conversar mais um pouco sobre isso. Vou ouvir. De verdade.

Júnior estava pronto para negociar. A avó, não.

– Não há nada para conversar. Tudo o que o meu grupo de idosos faz no altar às sextas-feiras é conversar, *mon Dieu*. É hora de agir. Não podemos apoiar empresas que não nos apoiam. Não podemos deixar nossos jovens trabalharem nesses lugares. Eu me recuso!

Ela levantou a tesoura para o céu, como uma Eva Perón indígena, segurando o neto pelos cabelos. Júnior parecia prestes a chorar.

– Tá, tá bom, eu não vou para lá. Eu prometo, prometo.

Ela abaixou a arma e usou a trança para puxá-lo para perto e beijar o topo de sua cabeça.

– Meu menino, você é importante demais para te perdermos.

Depois que a tesoura estava sobre a mesa, ao lado do guardanapo, Júnior ficou aliviado demais para se irritar. Ele abraçou sua pequena avó e aceitou todo o carinho e os beijos que ela lhe deu.

Flo, que não tinha uma trança para ser cortada, estava irritada.

– Ótimo, mãe. Talvez você e o grupo de idosos possam vir aqui no inverno e nos ajudar a pagar as parcelas do empréstimo e a conta de água, hein? – Ela se jogou na cadeira de novo e pegou mais um bannock, mas não tinha acabado de falar. – Às vezes a gente faz o que tem que fazer, mesmo que isso seja trabalhar nas minas. O que vamos fazer? Ficar pobres? Isso provaria que somos indígenas o bastante?

– Não, meu amor. – Mere estava calma, agora que tinha ganhado a discussão. – Nós temos que fazer o certo para a comunidade. É assim que sabemos que somos indígenas o bastante. As empresas querem tomar tudo, sabe como é. Não podemos entregar as coisas de bandeja.

– Ah, meu Deus, podemos só terminar de comer, por favor? – Flo balançou a cabeça. – Todo domingo é como a maldita Assembleia dos Povos Indígenas aqui.

– Com licença. – Joan se levantou e foi ao banheiro.

Ela trancou a porta ao entrar e se sentou sobre a tampa da privada. Talvez, se ficasse lá por bastante tempo, contando as linhas do chão de linóleo, cutucando as unhas, balançando as pernas até os dentes começarem a bater, as pessoas se acalmassem e ela poderia terminar de comer o ensopado, ou pelo menos fingir que terminou. Ela queria fumar. Ela queria beber. Ela queria dormir, ou sair correndo, ou chorar, ou entrar em coma – não tinha certeza de qual das opções era melhor, e ultimamente não tinha certeza de nada. Desde o dia em que Victor desapareceu, Joan sentia como se qualquer coisa que fizesse não era o que devia estar fazendo. Nada parecia certo. Tudo estava levemente torto, como uma casa com fundação ruim. Novos apoios ou calços a deixavam enojada nas situações mais simples, como fazer compras no mercado. Rupturas inesperadas a tiravam completamente do eixo, como o jantar de domingo com a família briguenta. Ela deu descarga para o caso de alguém estar prestando atenção, jogou água fria no rosto pálido, passou as mãos molhadas no cabelo castanho comprido e abriu a porta do banheiro.

O celular no bolso dianteiro do short jeans vibrou. Ela o tirou e viu que era uma mensagem do seu primo Travis, que morava na cidade vizinha.

Vem assistir Netflix, beber e ficar triste também. Eu e Joseph terminamos! Vem agora SOCORRO

Ela respondeu com um emoji fazendo um sinal de joinha e recolocou o celular no bolso. Na metade do caminho de volta à mesa, ouviu vozes falando alto e percebeu que não tinha ficado longe por tempo suficiente.

A voz da mãe:

– Se você é tão tradicional assim, por que as reuniões de idosos acontecem na sala paroquial da igreja, afinal? Por que não vão para uma cabana ou algo do tipo?

Quando Joan sentou-se de volta, os dois irmãos estavam mordiscando a comida, tentando não chamar atenção para si.

Mere respondeu com a mesma intensidade:

– Somos Métis, sua tonta. A igreja é a cabana. Além do mais, é melhor estar perto dos inimigos do que longe. É bom ficar de olho nas coisas. Estou tentando fazendo os mais velhos se organizarem. Não vamos deixar as lideranças assinarem nenhum acordo com ninguém.

– Tipo acordos para gerar empregos? – Flo estava irritada que o jantar fora arruinado e agora os filhos dela ficariam desempregados no inverno, e não daria o braço a torcer. – E como exatamente a imagem da igreja se encaixa nessa teoria da conspiração toda?

Mere era paciente nas respostas.

– Quanto mais pessoas deixarem a terra, mais vulnerável a terra fica. – Ela cutucou Zeus, que mexia com um velho aparelho de som, passando fita isolante na tampa depois de trocar os CDs. – Coloque um pouco daquele suco para sua Mere.

Joan pigarreou.

– Eu vou passar a noite na casa do Travis. Alguém pode levar Mere e Zeus para casa, por favor?

Júnior levantou a mão, ainda não se arriscando a falar.

– Ótimo.

Joan calçou os tênis na entrada, girando a tranca, e saiu com cuidado para não bater a porta. Ela se sentiu mais leve sem a responsabilidade de estar com parentes jovens e anciãos, mais leve e sem amarras. Era assustador se sentir assim, tão solta. Ela se sentou atrás do volante e acendeu um cigarro, abaixou a janela e então deu a ré para ir embora o mais rápido que conseguia.

O ar do fim de tarde era quente o suficiente para não precisar de mangas compridas, o céu tinha manchas de laranja e rosa que pareciam obra de uma criança riscando uma parede azul com marcadores de texto. Crianças gritavam e riam nos quintais das casas, sem medo. Duas adolescentes de Arcand estavam andando na beira da estrada, dividindo um cigarro. Joan levantou a mão para responder aos acenos tímidos das duas. Para onde quer que olhasse, ela via não-Victors. Victor não estava na fila da marina. Não estava no poço enchendo garrafões com água potável. Não estava trabalhando na reforma do celeiro histórico que havia pegado fogo no mês passado, a madeira transformada em cinzas com o calor das chamas.

Ela fumou sem pressa, se recostou no banco, a personificação de uma pessoa passeando de carro pela baía até a cidade. Mesmo naquele momento, ficou tentada a sair da estrada depois da Parada 5 e jogar o carro contra um grande carvalho na esquina, para que esmagasse seu peito em pedacinhos. Porque, nas profundezas do seu corpo magro, o coração começava a bater contra um osso, como asas tentando chegar ao céu. Seria um pequeno ato de compaixão conceder essa liberdade a ele.

2

A RESSURREIÇÃO

A ressaca de Joan estava tão forte que ela achou que ainda estava bêbada. Ela deixara Travis no sofá, em posição fetal, abraçado a uma caixa de vinho meio vazia. O celular dele na mesa de centro, onde havia ficado a noite inteira caso Joseph mudasse de ideia. Não era o melhor jeito de se estar ao meio-dia de uma segunda-feira: morta de ressaca, atravessando o estacionamento de um Walmart sob um sol que parecia um pontinho branco no céu. No entanto, ela precisava de café e comida antes de tentar voltar para casa, e esse era o lugar mais próximo à casa de Travis onde ela encontraria as duas coisas.

À sua frente, uma criança sardenta saiu pelas portas automáticas de vidro com um milk-shake gigante em mãos e apontou:

– Mãe, olha, um circo! – Joan se virou e viu uma tenda no canto do estacionamento.

De início, achou que devia ser um daqueles parques temporários ridículos que apareciam em cidades pequenas sem nenhum motivo aparente. Porém, não havia brinquedos aos pedaços ou barracas sujas. E a tenda era só branca, sem bandeiras ou outras cores. A ideia de comer frios direto do pacote em um corredor com ar-condicionado era um ótimo incentivo para seguir em frente, mas o zumbido de uma máquina – talvez de algum jogo? – escapava do lugar onde tecido e asfalto se encontravam. Ela não resistiu.

Conforme andava pelo estacionamento, a tenda parecia uma miragem acenando entre carrinhos de compras espalhados como camelos em um deserto. Levou uma eternidade para chegar. Ela ficou tonta com o sol forte e pensou que deveria ter pegado pelo menos uma garrafa de água.

Estava quase chegando quando o barulho se transformou em um aglomerado de vozes, que depois desapareceram, uma a uma. Antes que pudesse puxar a abertura de lona para entrar, ela se abriu e um mar de pessoas saiu, desviando dela e se unindo depois em uma fila única pelo concreto. Ficou parada enquanto eles passavam, controlando a sensação de enjoo. Havia várias pessoas, nenhuma das quais parecia pertencer a um circo.

Estar rodeada por essas pessoas sóbrias e trabalhadoras lembrou Joan de que, naquele momento, ela não era nada daquilo. Ela não devia ter ido à casa de Travis. Estava saindo e bebendo demais ultimamente. Era a única coisa que sabia fazer para preencher as horas vazias quando não estava em busca de Victor.

Quando o fluxo de pessoas diminuiu, ela desviou da última e entrou na sombra da tenda. Não havia cheiro de pipoca, algodão-doce ou estrume de animais, apenas suor e madeira recém-cortada. A tenda era muito maior do que parecia. O teto era alto o suficiente para se esquecer que estava ali. Havia centenas de cadeiras brancas dobráveis, enfileiradas como dentes de crocodilo. Ao centro, estava um palco com um pequeno pódio e uma cruz de madeira a três metros do chão, pintada de branco e enfeitada com pisca-piscas. Era muito organizado lá, com vários tons pálidos e tudo parecendo alinhado em ângulos retos. A única coisa fora do lugar era uma poltrona verde de encosto alto sobre o palco. Parecia ser um erro, como se tivesse sido colocada ali quando alguém foi fazer outra coisa e depois esquecida. Era como uma mancha de mofo em um pedaço de pão branco.

Quando percebeu que havia entrado em algum tipo de tenda de culto estranho, Joan cobriu a boca com a mão e soltou uma risadinha, virando-se nos tênis All Star vermelhos para observar toda aquela esquisitice. De repente, as paredes brancas e o corredor acarpetado que ia até o palco, até mesmo as cadeiras dobráveis, pareciam estranhos e peculiares, como as armas de uma civilização extinta em exposição em um museu.

Merda, por que ela não trouxera o primo? Travis teria amado isso. O lugar era tão bizarro que precisava ser compartilhado. Ela pegou o celular do bolso traseiro do short jeans e começou a filmar.

Uma voz entrou na tenda, logo atrás dela:

– Com licença, senhorita. Posso ajudar?

Ela se virou e viu um jovem bonito, com cerca de 25 anos, de barba feita e um cabelo loiro repartido para o lado de forma tão precisa que devia ter usado uma régua. Ele tinha um sorriso grande e sincero no rosto, e Joan se sentiu envergonhada pelo riso, guardando o celular de volta no bolso.

– Só fiquei curiosa. Eu estava, hum, indo até a loja e vi a tenda. – Ela colocou uma alça caída do sutiã de volta no ombro e a escondeu sob a regata amassada que vestia.

– Então você se sentiu atraída para cá, não é? – Ele juntou as mãos em frente à calça cáqui, sorrindo como se a vida dependesse disso. Todos os ângulos do corpo dele também pareciam retos. O sol que entrava pela abertura da tenda fazia sua silhueta parecer beatífica.

– Hum, sim. Quer dizer, não. Só fiquei curiosa. – Ela soltou um risinho nervoso, dando a volta nele em dois passos, em direção à saída. – Acho que eu sou meio gato. Não que você vá me matar ou algo assim, ha-ha-ha... Sabe, a curiosidade matou o gato e tal...

– Bom, nós já encerramos por hoje, mas tenho boas notícias. – Quando, por educação, ela se virou de volta para ouvi-lo, ele ergueu os braços, separou bem os dedos para demonstrar quanto a novidade era grande e boa, arregalando os olhos ao mesmo tempo. – Nós não vamos embora até amanhã à noite. Talvez eu possa convencer você a ouvir um sermão amanhã?

– Não, não. Estou de boa. – Ela tocou uma bochecha com a palma da mão, como se estivesse sentindo a temperatura. Então se virou e saiu da sombra fria da tenda para o mundo brilhante e de geometria irregular.

Foi aí que ela o ouviu.

– Jonathan, podemos começar a empilhar as cadeiras?

Ela olhou para trás, e, sobre o ombro do loiro sorridente, uma segunda pessoa apareceu, em pé sobre o palco: um homem vestindo um terno preto e um chapéu cinza do tipo fedora naquele calor impossível, a gravata-borboleta vermelha da mesma cor da raiva e da violência. Ele se abaixou até se sentar na poltrona, desabotoou o paletó e se acomodou no conforto das almofadas.

Se o coração dela fosse uma música, alguém tinha quebrado o baixo e arrancado as cordas da guitarra. Os acordes eram como granizo, se chocando contra seu estômago.

Joan não sabia que havia caído até sentir a dor nos joelhos. Ela tentou se levantar, e deles saíram pedrinhas de cascalho e um pedaço pequeno de vidro. Sangue escorreu por suas canelas, rápido e fino. Ela se dobrou de novo na altura dos joelhos machucados.

– Senhora, você está bem? – O homem loiro estava perto dela, ajudando-a a se levantar, sem o sorriso sincero.

– Eu... hum... sim, estou bem... Jonathan. – Cacete, ela estava tonta. Como sabia o nome desse cara? Então ela se lembrou de que o outro homem dissera o nome dele com a voz do seu marido. – Victor?

Ela piscou com força para os olhos funcionarem, procurando ver além do cenário embaçado. Segurou a mão que Jonathan oferecia para se levantar.

– Senhora, eu acho que talvez você tenha desmaiado. Acho que devemos chamar uma ambulância. Seus joelhos estão sangrando bastante. – Ele não parecia preparado para lidar com esse tipo de crise não religiosa. Um joelho não era uma coisa espiritual, a menos que estivesse sendo usado para se equilibrar no meio de uma oração.

A cabeça dela estava cheia de pensamentos impossíveis e bebida ruim. Ela o afastou do caminho, tropeçando alguns poucos passos até entrar novamente na tenda.

– Victor, cadê você? – chamou ela, seus olhos se acostumando ao ambiente escuro.

– Eu me chamo Jonathan, senhora, não Victor. Não tem nenhum Victor na nossa missão.

Porém, o homem que era Victor andou pelo corredor de cadeiras até a luz do lado de fora, o rosto ficou lindamente iluminado como o próprio Jesus. Joan soluçou uma vez – bem fundo.

Ele tirou o chapéu, mostrando o cabelo curto nas laterais com ondas no topo da cabeça.

– Ah – suspirou ela. – Todo o seu cabelo...

Segurando o chapéu contra o peito com uma mão, ele se aproximou devagar, como se ela fosse um animal selvagem, para tocar na testa de Joan. Ela sentiu uma conexão que parecia eletricidade e piscou rapidamente. Por um segundo, era o epítome da cura; um bom pastor colocando as mãos sobre alguém fraco e doente, que desmaiara com o toque sagrado, uma cruz reluzente ao fundo.

– Ela está um pouco quente. Vamos levá-la para uma cadeira. – Ele falou por cima do ombro. – Cecile, traz um pouco de água, por favor?

Joan estava rindo, delirando, aliviada.

– Onde você estava? – Ela se jogou nos braços dele. – Ai, meu Deus, Victor, eu quase não aguentei passar por isso.

Ele a afastou gentilmente de si, guiando os braços dela até que estivessem de volta ao lado do corpo.

– Você vai ficar bem agora. Vamos cuidar de você e te dar um pouco de água. – Ele colou uma mão nas costas dela e a guiou para uma cadeira no fim do corredor.

Ele ficou de joelhos, e seu belo rosto estava cheio de preocupação.

Os olhos de Joan iam da boca para os olhos e então para o cabelo recém-raspado.

Ela esticou as mãos para tocar as linhas do rosto dele, mas ele se afastou, longe do alcance. Qual era o problema dele?

Uma mulher chegou correndo com uma garrafa de água. Ela colocou uma mão no braço de Victor para chamar a atenção dele, o cabelo loiro trançado caiu por cima do ombro enquanto ela sorria para ele.

– Muito obrigado, Cecile. – O tom dele era gentil e familiar.

Joan percebeu como as mãos deles se tocaram por uma fração de segundo na garrafa de água gelada, e sentiu o ciúme correr dentro de seus músculos, em guinadas rápidas e fortes. Ela só percebeu quanto estava beirando a raiva quando já havia começado a gritar.

– Que porra você tá fazendo aqui?

Cecile e Jonathan, vestidos em suas calças cáqui idênticas que cheiravam a sabão e inocência, deram ambos um passo para trás. Cecile até colocou uma mão no colo, como se estivesse segurando um colar de pérolas imaginário.

– Estamos servindo ao Senhor, irmã. Estamos aqui porque Ele quer que estejamos. – A voz do Reverendo era brilhante e limpa, não havia nenhum traço de reconhecimento em seus olhos.

– Irmã? – Joan gritou e ficou de pé tão rápido que precisou se segurar na cadeira à frente para não cair. Ela se aproximou dele para falar cara a cara. – Que porra é essa, Victor? Não sou sua irmã merda nenhuma. Onde você esteve? Já faz quase um ano!

Ficar tão perto assim dele fez o corpo inteiro de Joan reagir. Um desejo tomou a frente da raiva, depois parou em uma sensação fria de alívio. Ela estava errada – isso aqui *era sim* um circo, uma casa de espelhos, tudo era feio e exagerado.

As pernas ficaram bambas, e ela se sentou. Quando ele se abaixou para ficar em frente a ela, entregando a garrafa de água, Joan jogou os braços ao redor dele e o abraçou o mais apertado que conseguiu. Enfiou o rosto no pescoço dele e respirou fundo. Apesar de o nariz estar sentindo o pulso do corpo dele, ela percebeu que ainda havia algo separando a pele dos dois. Ele não estava perto o suficiente, e logo em seguida ele a segurou também, uma pressão calorosa dos dedos. Só que não era isso. Ele havia colocado as mãos nos dois lados das costelas e a empurrou de volta para a cadeira. Então pegou a garrafa que havia caído e a colocou no colo de Joan. Depois, se ajoelhou na frente dela, mantendo a distância.

– Senhorita, eu acho que você está confusa. Talvez tenha ficado muito tempo no sol ou se divertido demais.

Ela sentiu a vergonha se espalhar pelo peito. Justo, ela estava cheirando à cerveja. Provavelmente estava com uma aparência terrível. Ele estava tentando humilhá-la, a índia bêbada? Talvez porque agora ele estava com a nova namorada loira? A raiva tomou conta dela de novo.

– E quem é essa vaca aí? – Ao abrir a tampa da garrafa, ela apontou com os lábios para a mulher que ele chamara de Cecile. Ela olhou para a moça, que não demonstrava medo, e sim pena, o que fez Joan ficar mais magoada. Ela bebeu metade da garrafa de uma só vez. Depois, se recompôs o suficiente para dizer: – É por causa dela que você nunca voltou pra casa?

– Cecile – disse ele –, acho que precisamos chamar aquela ambulância. Urgente.

E lá foi ela.

– Olha – disse o homem fingindo que não era Victor –, nós estamos tentando ajudá-la, senhora...

– Joan. Eu sou a Joan.

Um relance de luz nos olhos dele, e, logo em seguida, nada.

– Eu sou a Joan. Sua esposa. Está tirando uma comigo? – Lágrimas começaram a se formar no seu rosto seco.

Quando ela viu a expressão confusa dele se transformar em uma pena fingida, finalmente entendeu que ele realmente não sabia quem ela era. Era isso, ou tentava ganhar a porra de um Oscar. Ele colocou uma mão no ombro de Joan e, apesar do peso familiar que ela sentiu, não havia eletricidade dessa vez. Era uma conexão vazia. Foi a maior sensação que ela havia sentido em onze meses e sete dias – essa ausência devastadora.

– É melhor eu ir buscar o senhor Heiser – disse ele. – Fique aqui com ela, Jonathan, por favor.

O Reverendo se virou e sumiu do outro lado da abertura no final da tenda. Joan olhou para cima, para Jonathan, que estava com um sorriso constrangido no rosto, depois para as mãos dela, que seguravam a garrafa. Ela ficou na dúvida entre sair correndo e se jogar no chão. Que porra estava acontecendo?

– Fiquei sabendo que temos um problema aqui. – Uma voz límpida cortou o ar. Do mesmo lugar por onde o Reverendo fugira, apareceu um homem mais baixo.

Ele usava um terno azul listrado, a bainha da calça tocava os sapatos sociais que faziam um barulho rítmico no chão que lembrava dedos estalando. A gravata *slim* e o lenço de bolso eram amarelos, uma cor que destacava o tom dourado dos olhos dele sob as sobrancelhas delineadas.

Enquanto caminhava até Joan, ele verificou a hora no relógio de pulso dourado. Com esse movimento, ela viu que o braço dele tinha muitos pelos escuros sobre uma pele branca demais. Seus olhares se encontraram, e ele sorriu com tanta confiança que Joan sentiu como se tivesse levado um soco, junto da sensação de que viria mais pela frente.

– Olá. Eu sou Thomas Heiser – disse o homem. – Como podemos ajudá-la?

Joan prendeu o ar para não gritar. Ela sentiu a bexiga apertar, o estômago revirar. Estava na cara que o corpo dela queria fugir.

Victor, ela lembrou o coração.

Victor, ela brigou com os pés.

Precisamos ficar aqui pelo Victor.

– Eu quero ver meu marido.

O homem chamado Heiser colocou uma das mãos no ombro de Jonathan e disse:

– O que acha de nos dar um minuto para conversarmos a sós? Vá ver se o Reverendo precisa de ajuda.

Jonathan hesitou.

– Vamos ficar bem. A cavalaria está a caminho, e eu dou conta aqui. Vá. Agora.

Ele deu um tapinha no ombro do rapaz que o fez andar rapidamente até a saída da tenda. Houve um clarão da luz do sol tão forte que Joan precisou colocar a mão na frente dos olhos para se proteger, e então o rapaz sumira e ela estava a sós com o senhor Heiser.

– Antes que a ambulância chegue, preciso saber: você usou drogas recreativas?

Enquanto Joan estava distraída, ele havia se sentado na cadeira dobrável na frente dela e estava se inclinando sobre ela.

– Está falando sério? Eu conheço meu marido. Vá buscá-lo agora. – Alguma coisa nos olhos claros do homem fez o olhar dela recair sobre as mãos. – Por favor.

O senhor Heiser colocou uma mão no braço de Joan, o que a fez se retrair. Era como se ela pudesse sentir as digitais nos dedos dele tocarem a pele dela. Além disso, ele tinha um cheiro estranho. Como leite.

– O seu marido não está aqui – disse ele, e então passou os olhos pelo rosto dela enquanto inclinava a cabeça para um lado e depois o outro. Ele apertou de leve o braço dela, depois o soltou. – O seu marido morreu.

Ela ficou em pé com tanta rapidez que seus olhos perderam o foco.

– Não. – Ela balançou a cabeça enquanto se afastava dele pelo corredor.

– Ele está morto, e você está enlouquecendo por causa disso. – O homem ainda exibia o mesmo sorriso aguçado no rosto.

Por que ele estava dizendo aquilo? Como ele poderia saber? Os pensamentos dela estavam turvos, e o peito doía. Ela se curvou e vomitou nos pés do homem a água que havia acabado de beber. Ele nem se afastou.

Ela enxugou os lábios com o dorso da mão e olhou para ele:
– Ele está aqui. Eu vi!
O homem deu de ombros.
– Ele com certeza não está aqui.
– Quem é você?
Ele riu de leve e se sentou.
Joan gritou, do jeito que queria ter feito quando ele começou a andar na direção dela com aqueles sapatos barulhentos. Ela puxou os cabelos. Tanto luto e confusão exigiam que o corpo fizesse algo, então ela andou de um lado para outro, olhando para Heiser quando conseguia. Ele continuava na cadeira dobrável, assistindo à cena como se fosse parte de uma peça de teatro. Como ele podia falar aquilo para ela? O que ele queria dizer com aquilo?
Nada fazia sentido. Ela estava louca. Ou ele estava louco. Ela ouviu um zumbido no espaço, ou dentro da própria cabeça. Joan se lançou até o homem e o agarrou pelo paletó:
– Vai buscar ele! Agora!
Naquele instante, chegaram os paramédicos, acompanhados de um policial que fez Joan soltar o homem. Os paramédicos a sentaram em uma cadeira, ouviram seus batimentos cardíacos, avaliaram seus olhos com uma lanterna pequena e colocaram um termômetro na orelha dela. Disseram para Joan e o homem de terno que o pulso dela estava elevado e que ela estava gravemente desidratada. Perguntaram para o homem se ela costumava ter ataques de pânico.
– Não falem com ele! – gritou Joan. – Ele não me conhece. Ele é um mentiroso de merda!
Heiser arregalou os olhos, como se estivesse chocado, e então guiou o policial para o lado, em uma conversa particular. Os paramédicos rapidamente a colocaram em uma maca e pediram permissão para colocar um acesso. Ela concordou, precisava de algo, qualquer coisa. O líquido pingava gelado e de forma consistente. Isso fez Joan pensar que precisava contar, o que começou a fazer, sussurrando: "Vinte e

oito... vinte e nove... trinta...", antes de sentir os músculos relaxarem. Ela fechou os olhos só por um minutinho. Só para se recompor.

✦

Alguém sacudiu Joan. Ela abriu os olhos e se virou na cama – por que estava em uma cama?

Ela apoiou os cotovelos para se levantar, a cabeça doendo, e olhou ao redor. Estava sendo carregada para fora da ambulância.

– Espera, o que tá acontecendo? – A voz saiu seca.

Então, ela se lembrou e sentiu um pânico.

– Onde está Victor? – Ela tossiu, tentando fazer a voz voltar ao normal.

Os paramédicos a ignoraram enquanto mexiam com as rodas da maca e o acesso de soro e a levavam pelas portas de vidro de um hospital.

– Com licença? Alguém pode me dizer onde está o meu marido, por favor? – Ela teve dificuldade para se sentar na cama móvel. Ela viu o policial que estava na tenda falando com uma enfermeira perto da porta. – Senhor? Ei, policial!

Ele foi até ela.

– Senhora Beausoliel, eu sou o sargento McAllister. Nós a trouxemos para o hospital da cidade para fazer um check-up.

O uniforme dele era novinho em folha, mas ele tirara o chapéu e sua voz era gentil. O cabelo castanho ficava com um tom avermelhado sob o sol.

A cabeça de Joan girava enquanto ela olhava para o policial.

– Meu carro. Minha bolsa. – Ela tinha que sair dali. Onde estava talvez-Victor? – Espera aí. Como você sabe o meu nome?

– A sua bolsa está aqui. – McAllister apontou para a bolsa a tiracolo marrom aos pés dela. – Foi onde consegui a sua identidade. Me desculpe, senhora, mas precisava pegar as informações para os médicos daqui. E o seu carro está são e salvo no estacionamento do Walmart. E é bom mesmo, porque você não está em condições de dirigir. Agradeça por não ter desmaiado ao volante. – Ele lançou um olhar-de-policial sério para ela por cima da armação dos óculos-quase-espelhados. – Vamos entrar.

– Eu preciso ficar aqui? – Ela tentou soar bem, mas com certeza não estava.

– Que tal fazermos o seguinte: se um médico te liberar, deixo você seguir seu caminho em paz.

Joan tinha quase certeza de que ele não tinha o direito de fazê-la se consultar com um médico, mas, como uma pessoa de certa idade que havia sido criada sob os valores católicos, ela morria de medo de figuras de autoridade e de fazer alguém se sentir mal. Assim, desistiu e se deixou ser levada para dentro, o policial ao lado.

Eles a estacionaram em um quarto onde usaram uma cortina verde para separá-la de um homem idoso que estava entubado. Joan observou sapatos brancos passarem levemente por baixo da cortina que mal tocava o chão.

– Você descobriu quem era o homem na igreja? O nome dele era Victor? – perguntou ela para o policial.

– Uma coisa de cada vez. Por que você não me conta primeiro o que aconteceu hoje? – McAllister se sentou em uma cadeira ao lado da maca de Joan e tirou um caderno do bolso.

Ela tentou se explicar. Contou a ele sobre o desaparecimento de Victor, o relatório de pessoa desaparecida, as buscas, a cama com lençóis que nunca esquentavam. Contou ainda sobre o Reverendo, que de alguma forma era a mesma pessoa que o marido desaparecido. Contou sobre as pessoas loiras uniformizadas e o senhor Heiser, e o que ele dissera sobre Victor estar morto, e então sobre vomitar e se sentir péssima, e que quando deu por si os paramédicos haviam chegado.

– Bom, isso parece muito com o que eu ouvi das outras pessoas – disse McAllister. – Eu conversei com alguns membros da igreja no local, incluindo o homem que você diz ser o seu marido.

– Ele está aqui?

Ela esticou o braço para tocar em McAllister, e o acesso se moveu dentro da veia. Ela estremeceu e deixou o braço pender mais uma vez.

– Não, não está, e ele não é o seu marido, senhora. O nome dele é... – Ele virou uma página do caderno. – Reverendo Eugene Wolff.

Joan o encarou.

– Tem certeza?

– Bom, ele tem, senhora.

– Alguma chance de ele ter passado por uma... lavagem cerebral? – Ela sabia como aquilo soava, mas era tudo o que podia fazer.

– Ele me mostrou um documento de identidade. Não parecia confuso ou pressionado. Eu também conversei com algumas pessoas que viajam com ele e disseram que o Reverendo está com eles há mais de três anos, enquanto o seu marido desapareceu há menos de um ano.

Ele tinha um tom de compaixão na voz, o que fazia Joan ser empurrada contra o colchão fino até ter certeza de que as costelas iriam se quebrar com o peso da decepção. Ela fechou os olhos para ignorá-lo, para ignorar tudo.

✦

Eles a liberaram bem cedo na manhã seguinte. Ela chamou um táxi e pediu para deixá-la no Walmart. Joan se sentia pequena e fraca. Precisou de muito esforço físico para fechar a porta do táxi. Ela se aproximou do carro, esperando como se fosse um cachorro obediente, largou a bolsa pesada no capô e foi até o lugar onde a tenda estivera no dia anterior. Não havia nada ali além de alguns pedaços de fita adesiva preta colados no chão onde tinham passado os cabos, talvez fossem os cabos de eletricidade que acendiam as luzes da cruz. Pelo visto não ficaram mais um dia. Pelo visto não havia mais Victor.

Ela se sentou no cimento, lembrando da imagem do Reverendo Wolff, mas só conseguia pensar em Victor no dia do casamento deles, com as mangas da camisa dobradas e seus melhores tênis pretos, com um braço na cintura dela, o outro segurando uma garrafa de champanhe.

– Conseguimos, meu bem – disse ele no dia, e a beijou na testa.

Joan, sentada de pernas cruzadas no estacionamento sujo, tocou o mesmo lugar na testa. Os dedos tremiam como pássaros recém-nascidos. Depois, ela se levantou e foi até o Jeep, pegou a bolsa e entrou no carro.

E agora?

Ela precisava achar aquela tenda. Devia existir um site, ou uma página no Facebook, talvez? Tirou o celular da bolsa e tocou na tela, que se acendeu com milhares de notificações: ligações perdidas da mãe, de Júnior, da mãe de Zeus, Bee, e de alguns números desconhecidos. Havia algumas mensagens de texto também. Ela começou por essas.

A última era de Júnior.

> Acham que foram animais, cachorros ou talvez lobos. Liga pra gente. Preciso saber onde você tá agora.

Que porra era aquilo? Ela digitou:

> Estou no Walmart da rua 11, perto da casa do Travis. O que aconteceu???

Ela desceu a tela e achou uma mensagem de Bee.

> Cacete, Joan, sinto muito por Mere. Dá pra acreditar? Todo mundo tá surtando! Vem aqui pra casa, todo mundo veio pra cá. Zeus tá preocupado com você

Mãe.

> Filha ME LIGA URGENTE

Júnior.

> Cadê você, J? Ficou sabendo? Estou voltando pra casa.

Mãe.

> Ah *ma mere*. Quem? Por quê? Não vá para o trailer sozinha DE JEITO NENHUM. Vamos juntos como uma família

Zeus.

> Te amo, tia

O telefone dela vibrou. Uma nova mensagem de Júnior.

> Estamos indo te buscar. Joan, Mere se foi. Estamos a caminho. Menos de uma hora e chegamos. Aguenta aí.

Joan ficou fumando um cigarro atrás do outro no assento quente do carro até seus irmãos virem buscá-la. Quando chegaram, eles a fizeram ir para o banco do passageiro para que George pudesse dirigir. Mesmo quando adentraram as terras tão familiares quanto o pulso de seus próprios corpos, Joan não tinha certeza de onde estava.

VICTOR, EM UMA PRISÃO DE DOZE HECTARES

A mãe de Victor o ensinou a esfolar um coelho quando ele tinha quatro anos. Ele se lembra do tecido conector fino, marmoreado como a curva de uma bola de chiclete, e da elasticidade do sangue secando entre os dedos.

– Não segure pela cabeça quando for tirar a pele. A cabeça não é resistente o suficiente.

Victor concordou, virando a própria cabeça para sentir a flexibilidade e a fragilidade na base do crânio.

Ela cortou o corpo marrom, da incisão horizontal feito na garganta para tirar o sangue, até a cauda, fazendo uma curva ao passar pelos órgãos sexuais, a faca inclinada para separar pele da carne.

– Mantenha a lâmina afiada. Não quer que a carne fique cheia de pelos.

Ela enfiou um dedo na abertura deixada pela faca e desenhou com a unha uma lua crescente na pele molhada da barriga. Então quebrou os ossos nas articulações. Em seguida, separou e puxou o quadril rosa, soltando-o da pele.

Depois, colocou a carne nas mãos de Victor, segurando os dedos dele na posição, para mostrar o que ele deveria fazer.
– Com firmeza. Não deixe escapar. – Ela apertou a mão fraca dele para reforçar.
O restante saiu como um vestido de zíper aberto que cai pelo corpo de uma mulher.
Ele pensou sobre aquilo agora, quando um coelho passou pulando a poucos centímetros de sua cabeça. Pelo menos, achava que era um coelho, por causa dos pulos rápidos. Estava escuro demais para ter certeza. Ele estava estirado no chão, o solo gelado deixando um hematoma em suas costas. Lembrou-se do sabor daquele coelho que a mãe cozinhou, como cada pedaço era uma prece de agradecimento. Levantou um braço e deixou a mão cair sobre a barriga. Analisou a barriga com os dedos, verificando as curvas, apalpando como se estivesse escolhendo um melão no mercado.
Não, ainda não estava com fome. Apesar de a lembrança de comida ser um conforto naquele isolamento.
E então percebeu outra coisa. Ele se virou de lado, esticou o pescoço na direção da coisa, as narinas se abriram – um odor no ar por trás do cheiro denso da floresta, mais forte do que os minérios da terra. Uma mulher.
Um rosto veio à sua mente, gentil, com linhas de expressão e alguns sinais marrons na pele ao longo da mandíbula que pareciam uma constelação. Dentes retos, olhos escuros, cabelo escuro. O nome dela... estava na ponta da língua, quase lá. Ele sentiu fome pela primeira vez que conseguia se lembrar. Esticou as mãos no escuro. Então o vento soprou calor para dentro dele, dificultando a respiração. Ele abriu a boca, e o cheiro passou por seus dentes. Como se a garganta estivesse com o fôlego que vem de outra pessoa. A imagem da mulher com astronomia no rosto estava sumindo. Ele agora a perdia de vista.
As árvores nesse lugar balançavam, mas não faziam barulho, as folhas eram silenciosas como pedaços de feltro. Nenhum barulho

além de uma canção distante surgindo em um horizonte escondido. Ele se sentou, apertando os olhos, lutando para se lembrar dela. Agora estava falando com ele, a boca formando palavras que ele sabia que eram as curvas e os respiros do nome dele, mas não conseguia ouvir. Ali havia apenas o som de um hino distante, como música de elevador naquele trecho da floresta, obliterando qualquer outro som.

Ele levou um dedo até a boca, cuspiu nele e tocou a ponta no tronco cinza de uma árvore de bordo. E escreveu, molhando o dedo de novo quando ficou seco. Por um instante viu o nome dela, em cinza-escuro contra a luz, em meio a memórias e dor e medo. E, antes que o vento o levasse embora, ele o disse em voz alta e foi seu mais uma vez.

Joan.

3
DINÂMICAS DA MATILHA

Heiser preferia loiras, mas contentou-se com uma ruiva. Ela não era tão inteligente nem tão bonita, mas tinha algo que ele valorizava muito – era discreta. Estava ficando cada vez mais difícil achar parceiras na congregação que não fizessem fofoca. Ele colocou a mão atrás da cabeça dela e mexeu em seus cachos.

– Boa menina.

Ela murmurou uma resposta com o pau dele na boca. Parecia um gargarejo.

– Shiu.

Ele se virou e olhou para fora da janela do carro. A cada quilômetro que passava, ficava mais fácil respirar. O reflexo das árvores pelas quais o Buick passava se parecia com barras. Eles seguiam para o Norte. Havia segurança em manter distância.

Era culpa dele. Agora ele via isso. Devia ter percebido como essa última parada era próxima de Arcand, mas estivera ocupado demais fazendo eventos de imprensa para as novas consultorias do oleoduto: muitos apertos de mão com homens usando cocares; muitos contratos falsos que ele fingia assinar para a imprensa enquanto os verdadeiros eram resolvidos por advogados em salas particulares.

Ele não gostava de cometer erros. Entrelaçou os dedos no cabelo da menina e massageou o escalpo dela. Ela gemeu e puxou o cinto de segurança, que ainda a segurava no assento ao lado, para colocar mais dele na boca.

A respiração rápida de Heiser pareceu um chiado entre dentes. Ele fechou os olhos por um instante, depois continuou a observar campos e florestas passando. Pressionou a parte de trás da cabeça dela, trocando as mãos por um segundo para olhar a hora no relógio. Nove da manhã. Parecia mais tarde. O dia já havia sido longo, e ele mal dormira na noite passada.

Decidira que, já que havia fodido com a logística planejada, podia pelo menos aproveitar para resolver algumas coisas em Arcand. Aqueles Métis malditos nunca haviam sido um problema. Ninguém se importava com os mestiços naquele tipo de acordo. Porém, agora estavam por toda parte, em tudo. Se ele tivesse que ver mais uma porra de faixa de cintura Métis ou ouvir mais uma porra de um violino...

E então aquela mulher, a tal de Joan, aparecendo na tenda e surtando? Graças a Deus ela apareceu por lá já meio bêbada. Assim foi mais fácil se livrar dela. Ótimo jeito de fugir do estereótipo, moça.

Alguém sempre tinha que liderar a situação, ser o alfa. Ele suspirou. Sendo assim, podia ser ele. Fora um líder a vida inteira, algo que foi passado para ele dos avós do país que costumava ser a Bavária antes de se unir com a Alemanha e a cultura ser absorvida e apagada.

O pai dele, Heinrich Heiser, emigrara de Munique para Edmonton com a esposa temperamental, duas malas de roupas e um conhecimento básico de inglês. Não o suficiente para escrever poesia, mas bom o bastante para trabalhar como faxineiro em uma escola. Thomas tinha apenas um ano e não lembrava muito desses primeiros anos, além dos cachorros. Eles saíam dos quintais onde moravam para segui-lo de casa para a escola e de volta.

– *Opa* Emo, ele também tinha muitos cachorros – Heinrich dissera para ele quando foram até o parque com as luvas de beisebol. Heinrich estava determinado a fazer seu filho de sete anos aprender beisebol, como todos os meninos da América do Norte.

– Eu não tenho cachorros.

– Tem, sim, só não tem cachorros que precisa alimentar ou cuidar. Todos esses são seus. – Ele balançou os braços, gesticulando para os três que andavam ao lado dos dois e os outros que corriam ao lado na rua. – O vovô Emo me disse que os Heisers sempre tiveram cachorros e, antes disso, lobos.

– Lobos? – Thomas erguera o olhar para o pai.

O menino se interessava por cachorros. Mais do que por beisebol. Mais do que pela mãe. Ela era uma mulher severa que chutava cães que aparecessem em casa, e o arrastava para a igreja com muita frequência. Ela era fascinante, mas apenas de uma distância segura.

Ele parou de andar e pegou a mão do pai.

– Por favor, papai, me conta sobre os lobos.

– Tá bom, tá bom. – Heinrich se soltou dos dedos do menino e segurou a bola de beisebol na frente do nariz dele. – Mas só se você pegar a bola dez vezes seguidas.

Ele jogou a bola para o menino e correu pelo parque. Thomas olhou para a bola aos seus pés. Demoraria quase o verão inteiro para ele ouvir a história dos lobos.

No nono ano, ele escapara por pouco de levar uma surra de dois meninos mais velhos porque um lébrel irlandês pulara no pátio da escola e ficara por cima de Heiser quando ele estava deitado no chão. No último ano do ensino médio, dois beagles e um chihuahua sentaram no capô do Corolla dele enquanto ele perdia a virgindade e uivaram na hora em que ele gozou.

Thomas sempre fora o líder da matilha, desde esses primeiros encontros com cachorros. Aos poucos, usou a habilidade de dominar criaturas para montar uma empresa de consultoria de sucesso. Agora, por incrível que pareça, cuidava de um ministério cristão itinerante. Não que isso fosse muito difícil. Cristãos eram como gatos domesticados, na verdade. Só precisava deixar comida à disposição e confiná-los em um espaço onde achavam que eram livres. Fazer o trabalho sujo não era novidade para Thomas.

A garota colocou a mão por dentro do zíper, indo mexer nas bolas dele. Ele bateu na mão dela para afastá-la, mas ficou observando a boca dela trabalhar, a quantidade de sangue indo para a virilha o fazia ficar com a cabeça leve. Ele colocou as mãos perto da nuca dela e segurou, os cachos vermelhos entrelaçados entre seus dedos, e em seguida começou a meter na boca dela, fazendo com mais força quando ela tentou se afastar. Foi quando ele viu a mancha de sangue no punho da camisa.

Ele gozou, rápido e silencioso, e soltou a cabeça dela.

Ela se sentou, os peitos grandes e cheios de veias estavam saindo da blusa aberta.

– Humm – disse ela, limpando os cantos da boca. – Que gostoso, amor.

Ele falou com o motorista:

– Robe?

– Pois não, senhor?

– Pare no próximo posto de gasolina. Eu quero rosbife. E um Gatorade.

– Sim, senhor.

– Não o de laranja. Aquela merda é nojenta.

– Sim, senhor.

A menina se debateu com o cinto de segurança para encostar a cabeça no ombro dele. Ele se desvencilhou dela e tirou o lenço do bolso para se limpar. Ela chegou o mais perto que pôde e o observou com olhos carentes. Deus do céu. Estava quase na hora de achar uma nova. Ele apontou para o peito dela e disse:

– Cobre isso. – Então, em seguida, falou com o motorista: – Pensando bem, nada de Gatorade. Eu quero leite.

4
DEUS DE TODAS AS COISAS FEROZES

Zeus ficou parado próximo ao grupo de caçadores, no estacionamento da igreja, enquanto se organizavam para a caçada. Estava pronto para participar, se alguém deixasse. Podia argumentar que tinha o nome do deus responsável por lobisomens, isso devia significar alguma coisa. Porém, quando as armas foram carregadas e engatilhadas uma última vez, ele estremeceu. Além disso, havia o fato de que ele não conseguia mirar com uma escopeta sem que ela batesse nos óculos de lente grossa, tirando-os de lugar e o deixando enjoado. E ele não tinha um pai para ficar ao seu lado. Se a mãe tentasse argumentar por ele na frente dos homens, seria vergonhoso. Então, ele se afastou antes que desse um passo à frente.

O trabalho que lhe fora designado era de oshkaabewis – um ajudante na cerimônia que viria depois. Para a comunidade, isso significava um funeral na igreja, depois uma distribuição dos pertences de Mere e, finalmente, uma festa que poderia se igualar a qualquer violino e vinho dos céus.

Os caçadores contaram suas munições, consultaram mapas e então entraram nos cantos com mato alto que ainda existiam em seus territórios, presos no perímetro da terra domesticada. Precisavam matar a coisa que matou a anciã – acabar com o animal que havia experimentado carne humana. Era um trabalho solene guiado pelas regras binárias de luto e paz. E eles ficavam felizes por serem testados, de fazer o papel que lhes foi dado por memória ancestral. Mesmo com os aparelhos de GPS e os coletes profissionais de caça resistentes à chuva, sentiram uma conexão com esse antigo trabalho, e se sentiam gratos por isso.

Esse era um jeito de irem contra os trabalhos que os levavam para a cidade. Era assim que se curavam da humilhação de serem taxados, multados e acusados por agentes do Ministério de Recursos Naturais. A caça era uma prece. Alguns torciam para não ser aquele que mataria o alvo. O restante torcia para ser. Esses eram os homens que carregavam tabaco para oferecer para os espíritos de animais.

Zeus pegou sua BMX e pedalou pelo estacionamento em direção à casa de Ajean. Ela era a pessoa mais velha da comunidade – aquela a quem todos buscavam por orientação do que fazer. Foi ela quem deu tabaco aos caçadores. Foi ela quem preparou a velha amiga Angelique para ser enterrada. Foi ela quem disse a Zeus que ele precisava ficar de olho na tia Joan de agora em diante.

Quando chegou à casa de Ajean, sem que pedisse, ela o guiou até a mesa de jantar e colocou um prato com um sanduíche de mortadela e geleia na frente dele.

– Ela precisa de você, menino – disse Ajean. – Ninguém vai conseguir falar com ela. – E sacudiu uma mão enrugada na frente do próprio rosto. – É capaz que nem esteja vendo ninguém. Somos apenas fantasmas para ela. – Ajean balançou os braços no ar, como se estivesse flutuando pela cozinha.

Zeus tinha suas ordens. Então terminou de comer o sanduíche, deixou o número de telefone com Ajean, caso ela precisasse de alguma coisa, e voltou para sua bicicleta. Ele prendeu o *discman* velho na cintura e apertou o *play*. Quando estava amassando o cascalho da entrada da casa de Joan, as costas de sua camiseta estavam ensopadas de suor.

Foi até a porta de tela e chamou a tia. Sem resposta.

Entrou na cozinha e pegou um copo d'água, bebeu tão rápido que ficou sem fôlego. Depois, ficou encostado no balcão da cozinha e olhou ao redor. A casa era pequena para os padrões da maioria, tinha apenas uma sala de estar cheia de móveis sem par, uma cozinha cheia de xícaras de chá e tigelas de porcelana, um banheiro e um quarto. O espaço na entrada para guardar sapatos e casacos também funcionava como uma lavanderia e um depósito para roupas de neve, varas de pescar, botas e trenós. Do lado de fora, a casa era rodeada por uma pequena floresta de bétulas com galhos voltados para o céu, os finos ramos interligados como se estivessem suplicando por algo, a casca branca lembrando uma dentadura nova. O riacho que corria por trás da casa sussurrava durante oito meses do ano, contando a todos que o ouvissem que o melhor a fazer era esperar. Era ali que ficava o trailer de Mere. Foi para onde ele escolheu ir, enchendo de novo o copo d'água para levá-lo consigo.

A porta de tela bateu no batente atrás dele quando pisou do lado de fora.

– Tia? – chamou ele.

Ele ouviu um sibilo constante que não parecia ser o riacho e o seguiu. O trailer prateado brilhava entre as árvores como um peixe grande, a água reluzindo além dele. Zeus segurou o copo no alto e desceu o terreno inclinado com cuidado. Ele encontrou Joan em frente ao trailer com um balde de água com sabão, lavando as pedras da fogueira usando uma escova com cerdas de metal. A água do balde estava rosa.

– Oi, tia. – Ele ficou em pé ao lado dela, seus ombros largos bloqueando o sol.

Ela ergueu o olhar, sem parar de esfregar.

– Oi.

– Posso ajudar? – Ele não queria ajudar. Estava exausto da viagem de bicicleta, mas era um ajudante, então achou que precisava se oferecer.

Ela balançou a cabeça, mergulhou a escova no balde para enxaguar.

– Posso ir pegar a mangueira?

– Não. – Sujeira rosa flutuava na superfície do balde.

Ele andou até a mesa de piquenique do outro lado da fogueira e sentou-se nela.

– Quer que eu ligue pra minha mãe? Ela pode vir aqui.

– Não.

Zeus se perguntou se o sangue algum dia desapareceria. Mere amava aquelas pedras. Ela própria as escolhera e as colocara ali. Ela as chamava de pedras ancestrais, redondas, cinza com listras pretas e muito brilho.

Ele balançou as pernas. Havia um pânico silencioso nesse movimento. Ver a tia arrasada assim fazia Zeus sentir-se vulnerável. Ela era a única adulta que ele sabia que sempre ficaria na frente dele, protegendo-o das coisas ruins da melhor forma possível. A mãe dele não era do tipo protetora e, bem, o pai? Ele não era presente.

Bee estava sempre reclamando sobre nunca ter abortado nenhum dos quatro filhos. Depois falava sobre as noites em claro e como os mamilos dela ficaram depois de seis anos amamentando. Ela dizia: *minha vida é em função dessas crianças, e eu nunca mais vou caber em uma calça jeans na vida.* Que ela deu tudo o que tinha para dar. Zeus ouvia isso mais do que todo mundo.

Joan não era mãe, mas parecia entender que tudo bem dar tudo de si, mas ser mãe também quer dizer que às vezes você precisa criar mais só para poder ter o que dar. Dar um jeito de arranjar comida, encontrar soluções, montar mundos de memória ancestral, e então entregar tudo isso para os filhos como se fosse fácil. Assim não precisaria jogar esse peso sobre eles.

Ele sabia que a mãe não era uma pessoa ruim. Era engraçada e barulhenta, e fazia a época do Natal parecer a Disney. Só que tinha limites. Zeus morava em uma pequena cabana do outro lado dos limites de Bee. Isso tinha muito a ver com o pai dele, Jimmy Fine.

Haviam contado a Zeus, muitas e muitas vezes antes, que Jimmy Fine fora o primeiro amor verdadeiro de Bee. Ela já tinha dado à luz Artemis com um cara da cidade. Quando Bee conheceu Jimmy, Art tinha três anos, velho o bastante para usar o banheiro por conta própria e comer um sanduíche sozinho, logo, crescido o suficiente para passar a noite na casa de uma babá. Art era quieto, feliz, dormia pesado, um desses bebês que convenciam a mãe a ter mais filhos. Mais tarde, cercado por seus três filhos, carentes e chorando, Bee o chamaria de um enganador profissional.

No ano em que Art passou a ter idade o suficiente para ficar com uma babá e Bee tinha seus peitos de volta, a reserva que ficava na ilha logo depois da baía organizou o seu primeiro pow wow. Indígenas de todos os tamanhos e cores tomaram conta do território. Os que faziam negócios com o governo federal apareceram de terno, arrumados para que todo mundo soubesse que o máximo que faziam era dar consultoria. A balsa ficou cheia de adolescentes com tranças tão firmes que não conseguiam piscar por completo e roupas de ginástica grandes demais. Idosas de saias longas e dedos que eram ao mesmo tempo redondos e enrugados, como cascas de árvore, se encontravam à sombra de árvores. Casais levando bebês em carregadores de madeira completamente enfeitados com miçangas e arrastando crianças agitadas com sandálias arrebentadas e nariz entupido estacionaram seus carros cheios de coisas perto da área do pow wow. E lá estava Jimmy Fine.

Ele dirigia um Impala 1979 borgonha com o assento o mais distante possível do volante, manobrando quase que deitado, os braços esticados. Cordas enfeitadas com miçangas, três aromatizadores velhos de pinho, uma pena de águia presa a uma faixa de couro, um terço branco barato e uma foto sua de quando era bebê ficavam pendurados no retrovisor. Ele tinha uma testa grande que brilhava como uma assadeira recém-untada e um cabelo fino amarrado em uma trança que ia até a cintura, as pontas duplas escapando dela. Poderia até ser bonito, se não fosse pelos dentes.

Ele tinha lábios grossos e um sorriso largo. Mas os dentes? Era como se Deus tivesse jogado um monte de dados, pensando *foda-se, vai ficar assim mesmo*. Esperança em vão.

Porém, nada disso importava, porque no porta-malas do Impala amassado de Jimmy estavam as peças mais bonitas e tradicionalmente enfeitadas de todos os pow wows da região de Ontário: banners estampados com imagens de espíritos de ursos e relâmpagos; um colete, cheio de figuras geométricas feitas com miçangas de vidro que fechavam com botões de aço no formato de cabeças de chefes indígenas; mocassins cuja sola Jimmy trocava a cada quatro semanas para que o cheiro afrodisíaco de pele de búfalo pairasse no ar quando ele passasse, com sinos de cobre nos tornozelos tocando a cada passo, como se fosse uma maldita marcha nupcial. Tudo isso e mais o maior busto de águia que se poderia imaginar, tirada do tipo de águia que não existia desde quando dinossauros andavam na Terra.

Quando Jimmy dançou na Grande Entrada, levantando o bastão de dança com garras de urso amarradas na direção dela, Bee, sentada nas arquibancadas com um cachorro-quente em uma mão e um pacote de cigarros na outra, sentiu os óvulos vibrarem dentro dos ovários.

Quando estava bêbada o suficiente, Bee insistia que tinha tentado demais ser o tipo de namorada que Jimmy Fine queria. Ela o deixou estacionar o Impala na garagem dela e lavá-lo duas vezes por semana, mesmo quando ele largava a mangueira do lado de fora junto aos baldes de água suja e esponjas velhas. Ela deixava Art na casa da mãe por dias seguidos porque era difícil criar um clima romântico com uma criança de três anos por perto, exigindo que você olhasse para cada planta do jardim e panfleto que chegava na caixa do correio. Ela cozinhava a carne do jeito que Jimmy gostava – bem passada – e tentou muito gostar de ouvir músicas pow wow no carro, no som da sala e no iPod de Jimmy quando estavam na cama juntos. Bee não sabia aplicar miçangas, mas colocava as linhas nas agulhas dele e comprava o que ele precisasse para manter sua roupa impecável – miçangas triangulares, cordas, pele e sinos extras para quando os dele caíam ao dançar. Às vezes ela dirigia até a Six Nations, a maior reserva indígena do Canadá, que ficava a duas horas e meia de distância, para comprar mantimentos. Viajava com ele para um pow wow diferente todo fim de semana, encontrava com os amigos dele, buscava café para ele e os primos que fumavam sem parar nas espreguiçadeiras do jardim debaixo de um toldo. Ela se certificava de que o número de inscrição dele estivesse preso do jeito certo na regalia[+] para não obstruir a visão do trabalho artesanal dele e que o busto estivesse bem preso à tenda quando não estava usando, ficando por perto para não deixar que pedestres tocassem nele. Ela se tornou menor, mais quieta – vivendo em função de Jimmy Fine e de jeitos que a fariam ser uma indígena mais apropriada para ele. Aquilo era importante para uma mestiça filha de outros mestiços.

Então o inverno chegou. Jimmy ficava na casa da Bee quando não estava em Manitoba cuidando da mãe. Ele dormia até tarde e saía da cama para o sofá, onde poderia assistir à televisão e comer pratos de macarrão assado com pão, equilibrando-os na barriga, que crescia fora da temporada de pow wows.

Bee estava grávida de sete meses de Zeus quando conheceu a esposa de Jimmy Fine.

Clarice apareceu em um domingo à tarde, quando Jimmy não estava por lá. Ela disse a Bee que Jimmy já tinha um filho, Jimmy Júnior, que nascera com uma deformação na coluna vertebral e não podia andar. Clarice contou que era por isso que ele estava com ela agora, esperando um filho. Tudo o que Jimmy queria era uma criança para dançar com ele, em regalias idênticas, enquanto ele viajava por aí. Clarice disse que ela não culpava Jimmy e com certeza não culpava o filho deles. Estava ocupada demais cuidando dos dois para jogar a culpa em alguém.

+ As regalias são roupas tradicionais usadas para danças, muito comuns em pow wows e competições de danças em geral. (N.T.)

Naquela noite, as duas mulheres confrontaram Jimmy. Ele chorou, depois ficou com raiva delas, depois chorou de novo. Por fim, disse a Clarice que queria ficar em Ontário com Bee, que sentia que precisava estar presente para o bebê. Quando Clarice foi embora dirigindo a van antiga adaptada com uma rampa para cadeira de rodas, Bee sentiu como se tivesse ganhado. O fato de estar realmente grata, e não prestes a ser presa por tentativa de homicídio, era muito significativo do quanto tinha se rebaixado.

Quando Zeus tinha dois anos, no entanto, Jimmy percebeu que seu novo filho nunca iria dançar. O menino morria de medo dos tambores. O que o pai dele não sabia é que depois de nove meses no útero, ouvindo os tambores ecoarem no coração ansioso da mãe, o som era um gatilho de claustrofobia. Bee fez tudo o que podia para convencer Zeus a dançar, subornando o menino com comida, amor, atenção e quando, mesmo assim, ele se recusava, ela batia nele para valer.

Quatro meses depois do segundo aniversário de Zeus, Jimmy Fine estava em Manitoba havia uma semana visitando seu primogênito quando enviou um e-mail a Bee. Na mensagem, explicou que Clarice estava grávida de uma menina e que ele sonhara com ela se tornando uma campeã de dança de vestido jingle.[†] Ele disse que precisava estar presente para o bebê. E aquela menininha dançava mesmo, como se tivesse nascido para isso. Jimmy Fine nunca mais voltou.

Bee se sentiu tanto humilhada quanto arrasada. Humilhada por ter perdido seu homem e por ainda amar aquele desgraçado. E ela nunca perdoou Zeus, apesar de ter superado Jimmy e ter casado com Rocky, um homem calmo e bondoso que ela conhecia desde criança. Eles tiveram gêmeos, Hermes e Hércules, e Bee voltou toda a atenção para eles. O amor dela por Zeus era um rufar doloroso no fundo do coração partido – ainda estava lá, forte, mas seguido por um chocalho e um apito que dificultavam ouvir o som.

[†] Tipo de dança em que se usa um vestido com vários "sinos" de cobre. Por isso o termo *jingle*, que se refere ao tocar dos sinos quando se dança. (N.T.)

Assim, Joan se tornou a pessoa de quem Zeus precisava para sobreviver. Uma vez, ele ouviu a mãe descrever o parceiro ideal como uma alma gêmea, alguém que sabia o que você precisava antes mesmo de você saber e providenciava aquilo. Alguém que ficava feliz com sua presença, mesmo nos dias ruins. Joan era a alma gêmea dele.

✦

E agora ela precisava dele. Zeus colocou o copo na mesa de piquenique e se levantou.

– Eu vou trocar a água.

Ele levou o balde sujo para a lateral do trailer, tomando cuidado para não derramar nada na calça cinza. Despejou-o na grama alta, assistindo ao líquido vermelho descer pela encosta até o riacho e se juntar às águas, e fez o sinal da cruz. *Amém*.

Pegou água limpa do riacho e levou de volta para a fogueira. Joan estava sentada nos calcanhares, como um robô congelado, a escova na mão, a cabeça abaixada. Em seguida, ela voltou ao trabalho. Ele ficou ao lado dela, quieto e atento, até ela terminar e o sol colocar a sombra do trailer sobre os dois.

– Quer ir para a casa da Flo comigo? – Joan perguntou a ele.

– Ela vai fazer o jantar?

Joan deu de ombros.

– Provavelmente.

– Então vamos.

Ele jogou o líquido do balde fora sem que ela precisasse pedir. A água estava limpa o suficiente dessa vez para ele derramá-la direto no riacho.

✦

Eles entraram sem bater e se sentaram à mesa de jantar. Flo estava na sala de estar, vagamente assistindo à reprise de um episódio de

MASH. Ela se levantou sem dizer nada e se juntou a eles, parando no meio do caminho para colocar uma chaleira no fogo. Os olhos dela estavam vermelhos, e o cabelo, bagunçado. Ela vestia uma camiseta com o logo de uma empresa e short de pijama.

– Zeus, você foi na casa da Ajean? – perguntou ela.
– Fui. Ela estava indo preparar Mere para amanhã.
Ela suspirou.
– Eu sei. Eu levei ela para escolher as roupas e as joias hoje de manhã.
– Mãe – Joan interrompeu. – Eu preciso muito falar com você.

Flo e Zeus trocaram olhares. Flo estava bem ali, na mesa. Joan pegou um apoio de copo de papelão e começou a brincar com as pontas.

– Quando George e Júnior foram me buscar, eu estava num Walmart perto da casa do Travis. – Ela falava rápido, a respiração pesada, como se estivesse correndo colina acima. – Eu encontrei uma tenda lá, de um pregador religioso. O culto já tinha acabado, mas eu entrei. Não sei o motivo, mas entrei. E havia um homem lá, e era o Victor. Era ele, os olhos, o corpo, a voz. – Ela se endireitou na cadeira, se recusando a olhar nos olhos da mãe e ver sua dúvida. Ainda não. Ela precisava contar aquela história, contar tudo. – Mas ele era um Reverendo. E as mãos dele, o jeito como ele andava... estava diferente. Eu fiquei chamando por ele, falando com ele, e ele ficava me dizendo que não sabia quem eu era, nem quem era Victor. Só que era ele!

Ela estava ficando exaltada com a dificuldade que era descrever tudo aquilo.

– E aí ele me deixou lá e apareceu outro homem, um homem horrível, que me disse que Victor havia morrido. Como é que ele saberia disso? Tipo, quem diz uma coisa dessas? Ele meio que riu de mim. Ele também chamou a ambulância e a polícia.

Ela contou à mãe sobre ter sido levada para o hospital, ter passado a noite lá e ter sido liberada na manhã seguinte. Depois, sobre como pegou o táxi de volta até o carro e que a tenda sumira, e então ficou sabendo sobre Mere, e foi aí que a voz dela parou.

Flo ouviu tudo em silêncio. Normalmente, ela era uma daquelas pessoas que interrompem no meio da história para dizer como tudo teria acabado se tivesse feito as coisas direito, que era sempre a forma como ela própria teria agido. O silêncio era incomum.

Agora, ela se espreguiçou uma vez, passando as mãos pelo cabelo curto que estava escuro nas raízes e grisalho nas pontas. Em seguida, se inclinou sobre a mesa e tocou no dorso das mãos de Joan. Havia uma pequena pilha de pedaços de papelão entre elas.

– Ah, minha filha. Você está lidando com tanta coisa agora...

Era óbvio que a mãe de Joan ficava mais confortável com o conceito de Joan ser irracional do que qualquer teoria que envolvesse sequestro e lavagem cerebral. Joan não a culpava. Zeus ficou em silêncio.

Flo tirou a mão e limpou o canto dos olhos.

– Primeiro o Victor vai embora, e depois Mere. É demais. É demais mesmo. Não tem como nada fazer sentido. – Ela limpou os olhos mais uma vez. – Sabe, não é como se tudo tivesse sido perfeito entre você e Victor.

– Tivemos uma única briga!

– Às vezes só precisa de uma. Especialmente quando é algo grande assim.

Era algo grande, mas nada era grande o suficiente para separá-los. Zeus sabia que Victor era alguém tão importante para Joan quanto ele mesmo.

Havia alguns meses Flo começara a fazer pequenos comentários sobre como Joan tinha que seguir em frente – que "enterrar um caixão vazio não quer dizer que você precisa pular para dentro da cova junto". Joan odiava quando a mãe começava a falar daquilo.

Flo suavizou a expressão quando viu a reação de Joan.

– Querida, você realmente acha que seu marido desaparecido mudou todos os dados dele e decidiu ser ministro de igreja? – Ela dobrou e redobrou o guardanapo de tecido com listras vermelhas que estava ao seu lado. – Em uma tenda religiosa, ainda por cima? Jesus amado, se fosse assim, pelo menos ele devia ter ido para uma igreja de verdade, e não um estacionamento.

Era a cara da mãe de Joan dizer que Victor era uma alucinação e depois criticar a escolha de carreira da tal alucinação.

– Walmart? Victor? De jeito nenhum. – Flo bateu na mesa de madeira com o pano. Aquele era o martelo de mestiça dela: a decisão estava tomada. – Vou fazer uns sanduíches. Depois, vamos todos dormir cedo. O funeral é amanhã, e precisamos descansar.

Ela se levantou e foi até a geladeira.

Joan parecia um balão que fora esvaziado, largada sobre a cadeira. Zeus queria abraçá-la, fazê-la voltar à forma antiga, mas o ar estava pesado demais com as palavras ditas e não ditas.

– E, querida – disse Flo por cima do ombro –, talvez seja melhor não falar sobre esse,... hum... episódio com mais ninguém. Seria o melhor a fazer pela sua vida amorosa e pela empresa. Ninguém quer uma mulher doida construindo a casa deles.

Mais tarde, Zeus e Flo comeram seus sanduíches de presunto em silêncio. Joan mordiscou o dela. Eles ouviram Júnior estacionar o carro, e Flo se levantou para levar os pratos até a pia.

– Não fale nada disso para o seu irmão, hein? – avisou ela. – Ele já está tendo que lidar com muita coisa agora. Todos nós estamos.

– Preciso ir embora, de qualquer modo. Tenho muita coisa para limpar.

Joan se levantou, Zeus fez o mesmo e a seguiu pela porta. Eles passaram por Júnior na varanda e acenaram um para o outro.

A viagem para casa foi silenciosa. Zeus nem ouviu o *discman*, mas deixou os fones no colo. Quando Joan virou na esquina de uma rua escura, Zeus olhou de soslaio para ela. Estava com uma aparência cansada, o tipo de cansaço que vem acompanhado de uma doença. Os ombros estavam caídos, mas as mãos apertavam o volante com força.

– Ele vai voltar – disse Zeus. – Eu vou te ajudar. Sou um bom ajudante.

Joan sorriu pela primeira vez desde que ficou sabendo sobre Mere, porque esse menino estava fazendo uma promessa com muita confiança.

Eles estacionaram o Jeep na entrada da garagem e os dois desceram até o trailer, onde um animal selvagem matara Mere à noite, para terminar de limpar. Eles até arrancaram pedaços de casca de árvore manchados de vermelho, revelando o brilho de algo novo se formando.

5

NOMEANDO A FERA

– Você sabe o que um homem e um cachorro têm em comum? – Ajean perguntou para Joan enquanto tomavam chá na mesa redonda da pequena cozinha. Toda superfície da casa estava coberta por garrafas vazias e cinzeiros cheios.

Joan balançou a cabeça, dolorida por causa do uísque e do choro. As duas coisas foram uma péssima ideia para passar a noite.

– Os dois fodem. – Ajean riu alto e com gosto.

– Nojento.

Tanto a ideia quanto a palavra pareciam algo estranho de ouvir de uma boca sem dentes. Por que Joan ainda estava conversando com essa senhorinha?

– É verdade. Existe até uma posição em homenagem aos cachorros. – Ajean se inclinou sobre a mesa como se tivesse um segredo, a ponta da sua trança grisalha mergulhando no chá com leite. – É quando o homem fica por trás, sabe?

– Sim, sim, Ajean, eu sei que posição é essa. Mas eu não sei por que você está falando disso. – Joan começou a mexer na bolsa no banco de madeira ao lado dela e, ainda bem, achou uma cartela de paracetamol. Ela pegou três comprimidos. Doeu engolir.

– Deixa pra lá. Eu ainda consigo arranjar um peguete.

Joan olhou para ela. Era possível que estivesse falando sério. Ela não tinha dentes, mas tinha a trança mais grossa entre as pessoas com mais de sessenta anos e um rosto marrom bonito com rugas que marcavam a pele ao redor do sorriso, mesmo quando ficava com uma expressão séria.

O velório da noite passada entraria para a história da comunidade. Começou com sopa e pães e terminou com uma batalha de dança jig entre o velho Giroux e a viúva Longdale. Foi declarado um empate, e os dois foram para o banheiro se pegar.

Joan estava tão devastada pelo luto que aceitou a garrafa passada na primeira vez, e depois na segunda vez, e em pouco tempo estava monopolizando a garrafa inteira. Acordara no sofá de Ajean com uma ressaca daquelas.

Ela não gostava de ficar tão vulnerável. Claro, fazia uns cem anos que Ajean era uma idosa, e Joan era sua parente daquele jeito que quase todo mundo de Arcand era parente, mas ficar com essa ressaca e arrasada assim na frente dela? Era constrangedor. Além disso, por que essa mulher insistia em falar sobre sexo pela manhã enquanto tomavam chá?

Joan rezou para que os deuses do paracetamol se apressassem e começassem a fazer efeito.

– Não precisamos falar sobre... sabe... relações, precisamos? – disse ela.

– Relações? – Ajean arqueou uma sobrancelha para Joan. – Ah, quer dizer *foder*.

Ela riu de novo e, com a mão trêmula, levantou a caneca pesada até o rosto magro e tomou um gole. Então a colocou de volta na mesa e andou a pequena distância até a geladeira, de onde tirou um prato de pepinos fatiados mergulhados em vinagre, temperados com sal e pimenta, e o trouxe para a mesa.

– Não existe hora certa para falar de homens e mulheres, é toda hora. E eu só estou falando isso pra você saber o que fazer com o seu homem.

Os olhos de Joan se arregalaram e luz demais entrou neles, foi como ser atingida por uma arma de choque bem no meio da testa.

Ajean colocou um pedaço de pepino na boca e o saboreou com as gengivas, observando a expressão de choque e vergonha tomar conta do rosto de Joan.

– Sim, sim, você não parava de falar ontem à noite. Depois que todo mundo foi embora, você tagarelou igual a uma matraca.

Joan foi tomada por uma vontade súbita de usar o banheiro, mas um horror ocupava todos os espaços vazios dentro do seu corpo, e ela era incapaz de se mexer.

– Eu falei? – Ela passou a mão pelos cabelos longos e embaraçados. – Eu, hum... falei sobre o Victor com mais alguém?

Ajean balançou a cabeça.

– Você guardou a sua confissão pra mim. – Ela chupou o vinagre e o sal dos dedos. – Você só gritou com os outros por irem embora cedo demais e então os seguiu até a rua, tentando tirar os instrumentos das mãos deles. Depois mandou todo mundo pro inferno, cuspiu nos carros e disse que podia fazer tudo sozinha.

Ela bateu na mesa e riu.

– Nossa, essa foi boa. Você tirou a calça e cantou Johnny Cash na entrada usando cueca masculina até o Rickard, meu vizinho, jogar uma bota em você, como se fosse um gato de rua.

Se a mesa não fosse tão dura e tão distante, Joan teria caído nela de cabeça.

– Meu Deus.

Óbvio que foi Johnny Cash. Aquilo era culpa de Zeus. O garoto vira uma entrevista antiga do cantor, na qual ele dizia ser quase um mestiço oficial, e passara horas ouvindo as músicas dele.

– Tá tudo bem. – Ajean tocou no ombro de Joan. – Talvez você possa sair e tentar de novo hoje à noite. Eu não me importaria se ele jogasse o outro pé da bota para eu ter um par novo. – Ela olhou para os calçados de borracha na porta. – Elas são boas para pescar.

Soltou uma risada forte, soprando baforadas de ar no meio do riso.

– Escuta, Ajean, eu não lembro o que eu falei ontem à noite, mas eu não tenho cem por cento de certeza de que era ele.

– Até parece. Você *sabe* que era ele. Quer mais prova do que isso?

Joan sentiu essas palavras entrarem tanto na pele quanto nos ouvidos, o peso caindo com força.

– Mas a minha mãe...

– Escuta, menina, sua mãe é trabalhadora e ela tem aqueles peitos bons e tudo mais. Mas ela não sabe nada sobre essas coisas. Agora, a sua *mere*, por outro lado, se Jesus tivesse poupado ela por mais tempo, poderia ter ajudado.

Ajean fez o sinal da cruz. Joan reparou que um dos dedos cansados de tanto trabalho estava coberto por um anel da família com duas fileiras de gemas brilhantes. Provavelmente algo que ela comprou na revista da Avon; todas as avós aqui tinham um desses. Era uma grande fonte de orgulho ter a maior quantidade de pedras. Além disso, fazer as mãos pequenas aguentarem tanto peso era uma tarefa hercúlea. Isso sem falar da tamanha vitalidade que seus pequenos ossos já suportaram.

– Jesus não teve nada a ver com ela ficar ou partir. Aquilo foi coisa do diabo. – Joan nem percebeu que dissera isso em voz alta até sentir o tapa de Ajean no antebraço com aquela mesma mão que continha o anel pesado.

– Que coisa idiota de dizer. Nenhum diabo conseguiria pegar Angelique Trudeau. Não diga o nome dele junto ao dela.

Joan abaixou a cabeça, passou um minuto examinando as imagens desgastadas de frutas no jogo americano à sua frente, esperando a raiva de Ajean dissipar.

– Desculpa – disse ela por fim.

— Não, minha menina. O seu homem, e é o seu homem com certeza, mesmo que ele não saiba...

Joan interrompeu:

— Ele tem certeza de que é outra pessoa.

Ajean ficou em silêncio por um instante. Quando falou de novo, não havia mais provocações nem piadas.

— Os caçadores não encontraram nada.

— Eu sei.

— É porque o assassino já saiu do território.

— Achei que ela tinha sido atacada por uma matilha – disse Joan.

— Não. Eu mesma a limpei com cedro e a vesti. Não foi uma matilha. – Ela tomou um gole do chá. – Foi apenas um.

— Um cachorro?

Ajean balançou a cabeça.

— Um lobo, então?

— Mais ou menos.

Ajean tomou mais um gole do chá e depois virou a xícara em sentido horário, dando duas voltas completas sobre a mesa.

— O Rogarou pegou ela.

Joan a encarou. Ela ouvira muitas histórias do Rogarou quando criança. Histórias de um cachorro preto do tamanho de um homem que rondava as estradas eram um ótimo jeito de fazer com que crianças não saíssem andando sozinhas. Até mesmo hoje, ao ouvir esse nome, ela sentiu o xixi querendo sair da bexiga. Talvez toda criança dali se sinta assim, mas para Joan havia algo além do medo. Só mesmo Ajean para deixá-la apavorada no meio de um luto. Pelo menos aquilo a distraiu.

— Um Rogarou? Ninguém viu um cachorro gigante passando por aqui.

Ajean tinha uma expressão solene no rosto.

— Não finja que não o conhece. Você entrou nessa mesma sala, não faz muito tempo, gritando sobre isso.

Joan sentiu o rosto corar. Sim, ela tinha sua própria história com o Rogarou.

– Eu era uma criança – disse ela.

Só que até hoje ela se lembrava do cheiro, do jeito como aquele odor ruim causara arrepios como se fosse um ímã puxando todos os nervos do corpo. Ela reencontrara aquele mesmo cheiro havia pouco tempo. A lembrança fazia sua pele pinicar.

– Ajean, são só mestiços que têm um Rogarou?

– Nós não temos apenas um. Existem vários jeitos de se tornar um. – Ela usou os dedos para contar. – Ser atacado por um Rogarou, maltratar mulheres, trair o seu povo... Esses são apenas os que a gente conhece.

– Mas ele só existe para nós? – interrompeu Joan.

Ajean usou uma colher de chá para pegar o xarope doce do fundo da xícara e colocá-lo na língua. Ela engoliu, fechando os olhos com o sabor doce, e disse:

– Quando estava na escola, uma das freiras me contou sobre esses homens lobo, histórias da terra dela. Parecia muito com o Rogarou. Quase. Mais simples. Mas eu não acho que podiam dançar como ele.

– A freira, de onde ela era?

Ajean riu.

– Cacete, ela era malvada. Gorda e malvada. Ela veio da Alemanha. Eu apanhei dela uma vez quando me pegou fazendo troça com ela. Tinha um bom soco de esquerda.

Joan colocou as duas mãos sobre a mesa, apoiando-se para ficar em pé.

– Eu sei quem é.

– Sabe? – Ajean se aproximou.

– O Rogarou. Ele é o maldito Rogarou.

– Quem?

– O senhor Heiser.

– Quem é esse? – Ajean estava com uma expressão confusa no rosto. – Nunca ouvi falar desse nome por aqui.

– Não. Ele não é parte da comunidade. Ele trabalha na tenda. Onde eu encontrei Victor. – Ela ficou em pé de uma vez, os pensamentos rápidos demais. – Pode ser por isso que o Victor está todo fodido da cabeça?

Ajean alisou o jogo americano à sua frente com as mãos.

– A tenda de Jesus? Nossa, não sei. Eu não sei nada sobre esses outros lobos de outros lugares.

Joan andou pela cozinha pequena, derrubando vários potes vazios perto da geladeira.

– Mas por quê? Por que ele viria atrás da Mere? Por que ele pegou o Victor?

– Ninguém sabe os motivos de eles fazerem o que fazem. – Ela esfregou um dedo nas gengivas, depois pegou um pouco de açúcar com o dedo molhado e trouxe de volta à boca. – Tem certeza?

Joan concordou com a cabeça. Ela tinha certeza.

– É ele, tem que ser. Eu conheço aquele cheiro. O que mais teria aquele cheiro além disso?

Ajean pensou por um instante antes de responder:

– Morte.

Joan sentiu a palavra entrar em seu corpo e deixá-la agitada.

– É ele.

– Bom, então você sabe o que precisa fazer agora.

– Não sei, não.

Ajean olhou para ela, séria e direta.

– Vai tirar o seu homem das garras daquele lobo.

✦

Antes de adormecer sob a luz da lua que entrava pela janela, Joan pensou sobre a briga.

Quando o pai dela, Percy Beausoliel, morreu no Commodore enquanto tomava uma cerveja ale Labatt 50 e assistia aos Canadiens de Montréal acabarem com os Toronto Maple Leafs no hóquei, ele não era um homem rico. Passara a vida inteira construindo casas para outras famílias ao longo de toda a baía, na maioria cabanas com garagens para dois carros. Com o tempo, conseguiu comprar pequenos pedaços de terra no território ancestral. Ele não só queria impedir que as terras ficassem nas mãos daqueles merdinhas da cidade, mas também construir quatro casas: uma para ele e a esposa e uma para cada filho. Na hora em que caiu do banco do bar e bateu o rosto no ferro usado para apoio de pé, por causa de um aneurisma, ele conseguira juntar cerca de 34 hectares, dos quais 24 estavam em um pedaço no norte da baía, logo depois do Porto Honey. Um pequeno riacho cortava a terra na diagonal e terminava em uma pequena lagoa logo depois da rua de acesso no canto sudeste. O isolamento e o corpo d'água faziam daquele terreno o lar para várias famílias de cervos, perus selvagens, patos e até alguns castores. Os irmãos de Joan, George e Júnior, ficaram com esse pedaço de terra e prometeram, um dia, construir uma cabana gigantesca. Por ora, gostavam de usar a terra para caçar.

Flo estava mais do que contente com sua cabaninha perto da marina, que ela podia limpar inteira em menos de uma hora e de onde podia observar os barcos indo de um lado para outro entre as ilhas. Ela não queria nada das terras. Então a outra parte, depois de Lafontaine, ficou para Joan.

Joan não caçava muito. Depois que passou pela puberdade e os interesses dela divergiram dos do pai, ela não mais pescava. Porém, aquela terra a deixou mais feliz do que poderia ter imaginado. O pedaço dela tinha menos florestas do que o dos irmãos, com um pequeno campo aberto bem no meio, cheio de samambaias da região. Cascas escuras de bétula doce perfumavam o ar e faziam sombra. Os cogumelos cresciam em troncos e galhos no chão, como se fossem uma escada natural e espessa para esquilos diligentes. Brotos de samambaia e cogumelos se espalhavam ao nascer no solo avermelhado, pontuados como garras doces e frágeis. Andar por ali no verão significava estar rodeado por insetos voadores que serviam de alimento para os pássaros, que por sua vez gorgolejavam tranquilos em seus ninhos. Aquele lugar a fazia se lembrar de quem era.

Ela pensava que Victor o amava tanto quanto ela, até a noite em que ele sugerira vendê-lo para empreiteiras. Ele até mesmo trouxera a papelada para casa.

– Olha, amor, vamos conversar sobre isso. Isso é muito dinheiro, dinheiro que pode mudar as nossas vidas!

Ele colocou os papéis no colo dela. Joan se recusou a pegá-los, mas de fato viu qual era o número. Seiscentos mil. Ficou até sem ar, mas disfarçou com um suspiro.

– Não tem o que conversar. – Ela se acomodou no canto do sofá, para os papéis caírem dos joelhos para o chão, entre as meias dela e a mesinha de centro.

Ele se abaixou para pegá-los de volta, e dessa vez os leu em voz alta, como se o fato de ela não querer ler fosse o problema.

– Um único pagamento à vista no valor de seiscentos mil dólares, se aceito até quarenta dias após a oferta. Depois disso, a oferta será revogada. A Construtora JT vai cobrir todos os custos de avaliação, os legais e os burocráticos. Essa oferta está 180 mil dólares acima do valor de avaliação da propriedade.

Ele parou de ler e a observou. Ela levantou um pé e o colocou por baixo da coxa ao sentar.

– Victor, eu não vou vender a terra do meu pai.

Foi a vez dele de suspirar.

– Mas essa é a questão, Joan. Não é mais a terra do seu pai; ela é sua. E eu achei que era nossa. Além disso, você ainda teria a terra dos seus irmãos na família.

Ela o encarou.

– Sim, é *nossa* para aproveitar e construir. Mas não é *seu* o direito de vender. – Ela se virou para a televisão. Não se lembrava de outro momento em que se sentira tão decepcionada com ele. Então, disse exatamente isto: – Eu não acredito que você teve coragem de me perguntar isso. É como se você nem me conhecesse. Isso faz eu me sentir muito solitária, Victor.

Ele se levantou e jogou o controle remoto na almofada ao lado dela. Dobrou de novo os papéis e os colocou no bolso traseiro da calça, depois foi até a porta da frente e pegou sua jaqueta cinza de lã.

– Aonde você vai?

– Vou dar uma olhada nas armadilhas. Já que você se sente solitária, não vai se importar de ficar sozinha.

Aquela foi a última vez que ela o viu até que ele aparecesse como Reverendo Wolff do Ministério do Walmart, ou seja lá que porra era aquela. Ela se levantou e o observou se afastar da casa deles, as costas uma pequena mancha cinza em contraste com o laranja forte do pôr do sol que indicava uma emergência e um aviso.

6

A ESTRADA

Joan crescera ouvindo histórias. Elas preencheram sua infância, expandindo-se e conectando-se até a envolverem como uma colcha de retalhos. Ela não se importava quando era pequena, mas, quando tinha sete anos, as histórias começaram a soar como preocupações de senhoras idosas que tinham mais tempo livre do que dentes na boca. As horas que ela ficava com sua avó e tias-avós, entre jogos Euchre e correr pela praia para mergulhar do píer com os primos, eram as partes entediantes do dia dela. No ano em que completou treze anos, decidiu que estava velha demais para histórias.

Dois meses depois daquele aniversário marcante, no primeiro dia das férias de verão, a mãe dela levou Joan e Mere para a casa da Tia Philomene. Enquanto o carro sacudia pelas estradas de terra, ela encostou a cabeça no ombro liso da avó. Mere ainda tinha o cheiro do perfume Chantilly, sabão Ivory e segurança. Flo foi embora assim que elas saíram do carro e voltou para a obra que estava coordenando. O verão era uma época bem cheia para a empresa.

O apartamento de Philomene era coberto por painéis de madeira e tinha fotos penduradas nas paredes, e nenhuma delas parecia saber o que era reto. A tia-avó e Mere já estavam na mesa da cozinha com canecas de chá e um baralho, quando Ajean, a vizinha, chegou.

– Caramba, Joan, você cresceu, garota – comentou Philomene, olhando-a de cima a baixo. Depois, começou a embaralhar as cartas.

– Está com peitos e tudo, minha menina – disse Ajean, sem um tom de brincadeira na voz.

– Puxou para a tia favorita, então – disse Philomene.

As mulheres idosas se entreolharam. Aquele tipo de mudança gerava novas preocupações, e precisavam de outras formas de mantê-la segura.

Joan foi até a porta, calçando de volta os tênis. Ela precisava sair dali.

– Ei, vem sentar aqui. – Ajean tocou na cadeira ao lado dela. – Você pode dar as cartas primeiro.

Joan ficou onde estava. Ela não começaria as férias de verão como fizera desde sempre, passando um tempo com um monte de gente velha fazendo coisas de gente velha.

– Eu vou andando até a casa da Tammy. – Tammy era uma prima que entenderia que ter treze anos significava que algo diferente aconteceria naquele ano. E ela morava perto da cidade, outra vantagem. – Eu provavelmente vou dormir lá na casa dela. Pra gente fazer coisas.

As tias e Mere trocaram olhares. Joan explicou:

– Coisas *divertidas*, no caso.

– Você não devia andar pela estrada sozinha – disse Philomene. – Tem gente que veio passar o verão aqui, e não conhecemos essas pessoas. Além do mais, Dorothy disse que algumas pessoas viram um Rogarou perto da casa do Pitou.

Mas é claro. Um Rogarou. Já não era o bastante imaginar um homem se transformando em um cachorro feroz, ela precisava imaginar que ele estava assombrando as estradas da cidade. Sem dúvida todas as outras crianças da sala de Joan estavam em parques aquáticos ou matando tempo no shopping, e não precisavam lidar com histórias de monstros e velhinhas que as contavam.

– Toma. – Ajean entregou a ela um Ás de espadas.

– Poxa, Ajean, a gente precisa disso pra jogar. – Philomene tentou pegar, mas Ajean afastou a mão.

– Se você vai sair andando pela baía, precisa levar isso com você – a idosa insistiu, balançando a carta para Joan.

Joan ficou parada ao lado da porta.

– Por que eu preciso de um Ás?

– Não é só um Ás, é um Ás de espadas. Faz com que o Rogarou fique fraco, vai te dar uma chance de fugir pra você tentar transformar ele de volta.

Joan olhou para a avó, que concordou com a cabeça, apoiando Ajean.

– Não, eu tô de boa – disse Joan. Ela empurrou a porta de tela e saiu da casa, gritando ao sair: – E eu não sou mais uma criança!

✦

A estrada se curvava ao longo da subida para o litoral e passava pela pequena igreja onde os pais de Joan se casaram. As árvores estavam silenciosas sob o calor. Em pouco tempo, Joan ficou suada e grudenta enquanto esmagava o cascalho da beira da estrada. Como daminhas preguiçosas em um casamento, os pássaros não estavam muito a fim de voar e só chilreavam baixinho quando ela passava.

Pela primeira vez na vida, ela se sentiu inteiramente sozinha. Sem pedestres, não havia nem calçadas. Sem amigos, sem a avó, sem tias. A sensação de independência se espalhava pelo corpo em meio ao calor. Ela era uma moça grandinha e podia fazer o que bem entendesse, e o que ela queria era ir andando tranquilamente até a casa da prima. Cantarolou baixinho, parando aqui e ali para mexer, com um graveto magrelo, nos dentes-de-leão que encontrava.

De repente, uma nuvem cobriu o sol e o vento ficou frio. No mesmo instante, ela sentiu que não estava mais sozinha. Apressou o passo. Por que não ligou para Tammy e pediu para encontrá-la no meio do caminho? Ela chegou ao lugar onde a estrada de terra levaria até a cabana do velho Pitou. Uma caixa de correio estava pendurada em cima de um pedaço de madeira arranhado. E, ao lado, estava um cachorro preto de pelo curto, observando-a com seus olhos brilhantes.

Meu Deus! Ela tentou dar um passo para trás. A criatura não se mexeu. Não desviou o olhar. Era uma estátua? Ou um daqueles animais feitos de cimento que as pessoas usavam para decorar os jardins? Era brilhante, vívido, nada velho. Ela deu um passo para a frente e esticou a mão:

– Cachorro bonzinho.

O cérebro dela gritou do fundo da memória: *há anos que não mora ninguém na casa do Pitou! O que um cachorro estaria fazendo aqui?*

Então a criatura abaixou a cabeça, levando o focinho fino até o peito. Em um segundo as pernas apareceram, cobertas por uma pelagem preta e iguais às de um cachorro, mas longas demais. A criatura ficou em pé nas patas traseiras, que eram do tamanho da mão aberta de um homem adulto, assim exibindo o tronco magro e cheio de pelos, mas sem as marcas de costelas de um cachorro. O peito era mais reto e largo, tinha os músculos de um homem. O rosto estava brilhante e molhado – olhos amarelos com uma terceira pálpebra rosada e uma boca lotada de dentes afiados. Era coisa demais para compreender.

Ela absorveu todos esses detalhes em uma fração de segundo antes de sair correndo como o diabo foge da cruz, os braços se mexendo, os pulmões gritando e sentindo o frio na nuca. Ela não parou até chegar à Oficina Dusome, que estava fechada porque era domingo e Dusome sempre pescava aos domingos. Joan ficou encolhida ali, de frente para a porta trancada, recuperando o fôlego, procurando aquele impossível cachorro preto na estrada.

Cada barulho de galhos balançando fazia ela girar para todos os lados. Em dada altura, começou a seguir pela rua. A casa de Tammy era longe demais para ir sozinha. Ela seria um alvo fácil. Ele iria persegui-la com facilidade. Como chegaria em casa? Joan considerou voltar para a casa da tia, mas teria que passar pela cabana de Pitou de novo. Um Rogarou poderia fazer picadinho dela. Joan ouvira várias histórias sobre ele, aguardando viajantes solitários – uma emergência terrível que surgia de qualquer uma de possíveis transgressões. Tantas histórias. E era ali que ela estava agora, buscando uma resposta.

Quando era pequenininha, Ajean contara que havia um jeito de lidar com Rogarou.

– Faça ele se lembrar do homem que é por baixo de tudo aquilo. Você pode conseguir isso fazendo ele sangrar. Faça ele se lembrar.

Joan achou uma chave de fenda velha e enferrujada de Dusome nos fundos da garagem, sentiu o peso nas mãos, até balançou de um lado para outro. Assim que estava convencida de que era uma arma formidável, começou a voltar pela estrada até a casa da tia. Tinha certeza de que tinha visto a sombra do Rogarou na estrada, o pelo endurecido mesmo apesar do vento.

– Tá bom, então – disse ela em voz alta. – Vamos ver se eu consigo fazer você lembrar.

Ela ouviu um barulho de carro vindo às suas costas. Observou o veículo passar, imaginando se deveria gritar para avisar do perigo, ou, melhor, pedir uma carona até a segurança. O carro desacelerou quando passou por ela, depois parou por completo. Joan andou mais rápido, indo em direção à porta brilhante. Naquela hora, um homem colocou a cabeça para fora da janela do passageiro. O jeito como ele a olhava, os lábios formando um sorriso cruel, fizeram-na parar de andar, levantar a chave de fenda e se preparar. Depois de alguns segundos encarando, o homem colocou a cabeça de volta para dentro do carro e seguiu em frente.

Quando o carro virou da Rua da Marina, ela começou a correr, deu apenas uma olhada rápida para onde ficava a caixa de correio meio caída do Pitou, solitária e inofensiva na beira da estrada. Ela caiu duas vezes por causa do peso da chave de fenda, se levantou e continuou, recusando-se a deixar a arma para trás.

Ao se jogar para dentro da cozinha, sem fôlego, as velhinhas ainda estavam sentadas na mesa. Não perguntaram o motivo de ela ter voltado. Não perguntaram sobre a chave de fenda que ela largou junto aos sapatos. Só deram as cartas e começaram a contar uma nova história. Depois de ter tomado um pouco de chá e o coração voltar a bater em um ritmo normal, ela contou tudo.

Desde então, contara várias versões do que aconteceu naquela tarde: era um cachorro, foi a imaginação dela, eram apenas sombras. Chegou ao ponto em que aquelas horas andando pela baía, o encontro com o Rogarou, se tornaram uma lembrança tão vaga que se perderam na memória dela.

No entanto, assim como muitas coisas que são esquecidas na infância, elas continuaram a influenciar o comportamento de Joan. Ela nunca andava sozinha. Achou que tinham dito que a casa do velho Pitou era assombrada, então evitava ao máximo aquela região. Tinha medo de homens em carros estranhos.

Agora, porém, o Rogarou estava de volta e era muito, muito real. E, como todas as coisas que são reais, ele podia ser morto.

✦

Duas semanas depois, Joan recebeu uma ligação que deu início a tudo o que aconteceria a seguir.

– Que horas os carinhas de igreja apareceram? – perguntou enquanto segurava o celular contra o ouvido com a mão trêmula. Ela dobrou os dedos dos pés no apoio da banqueta da cozinha, os joelhos balançando, movidos pelo nervosismo.

– Rocky disse que chegaram em Hook River por volta das duas horas – disse Bee. – Ele me ligou na hora do almoço. Eu fiz ele parar de comer *fast-food* na beira da estrada. Ele precisa pelo menos encontrar uma lanchonete Denny's e pedir salada em vez de batata frita. É por isso que tantos caminhoneiros são gordos, sabe? Ficam comendo assim na pressa. – O som alto da televisão de Bee soava no fundo da ligação. – Ei, Wendy Williams colocou um aplique novo no cabelo. Você precisa ver, cheio de enfeites e spray fixador, igualzinho à sua foto no nono ano. Cara, aquilo tava horrível. Lembra?

Joan relevou o comentário. Bee podia se safar com aquilo, seria um pequeno pagamento pelo empenho dela. Joan pedira para todo mundo que conhecia que a avisassem assim que ouvissem falar de um grupo religioso nas redondezas, disse que estava procurando por um amigo distante. Não era mentira. Então, quando Rocky ouviu as pessoas na mesa ao lado falando sobre uma ressurreição de Jesus, ele ligou para Bee.

Hook River ficava a três horas de viagem.

– Que horas você pode passar aqui pra buscar o Zeus? – perguntou Joan. Zeus estava mais grudado com ela do que o normal desde o dia em que Mere morreu. – Eu quero sair o quanto antes.

Bee ignorou a pergunta. Joan conseguia ouvir o barulho de três crianças brigando no fundo. Aparentemente, uma delas fora atingida por uma peça de Lego no olho. Ela perguntou:

– Por que você tá tão interessada em religião, afinal?

– Estou procurando por uma coisa.

– *Calem a boca, vocês! Hermes, eu juro que se eu tiver que ir aí...* Tipo o quê, Joan? Jesus? Naquela tenda você só vai achar gente doida com dinheiro de sobra. Pensando bem, talvez eu devesse ir até lá. Tô precisando de alguém pra me bancar.

Bee podia bisbilhotar o quanto quisesse, mas Joan não falaria para mais ninguém sobre Victor até ter certeza. Ela deu uma olhada para a sala de estar onde Zeus estava com seus fones de ouvido e um livro em mãos.

– Eu vou passar a noite fora, então você precisa mesmo vir buscar o menino.

– Tá, mas o Rocky tá na estrada, e eu não tenho ninguém para ficar de olho nas crianças. E você sabe que eu não posso dirigir; carteira suspensa e tal. Eu posso pedir pra alguém...

– Não, tudo bem – disse Joan, derrotada. – Eu vou deixar ele aí antes de sair.

– Obrigada, Joan. Você é tudo pra mim. – As crianças começaram a gritar pela mãe. – Sério, talvez eu devesse ir com você. Eu posso ser a salvação de alguém, pra variar.

Joan desligou e ficou sentada sob as luzes amarelas da cozinha. Elas zumbiam e piscavam o suficiente para fazer o chão de linóleo xadrez vibrar. Por força do hábito, ela contou os dedais de Mere que ficavam em uma prateleira de madeira na parede. Vinte e dois. Quem é que precisava de 22 dedais se só se tem dez dedos? Ela esticou a mão por cima do balcão e pegou a caixa que era do formato de um celeiro e continha doze divisórias para que cada dedal tivesse seu próprio quartinho, como uma criança solitária. Na última divisória havia apenas a marca de um círculo onde não havia acumulado poeira. Aquele dedal se perdera desde o funeral de Mere. Joan procurara embaixo da geladeira, entre as tábuas do chão, mas tinha sumido. O espaço parecia inacabado. Joan pensou no que Mere dissera sobre trabalhar com miçangas.

– Faça linhas retas, a linha bem apertada. Mas sempre coloque algo diferente, uma cor diferente, como se fosse um ponto vermelho em um mar branco, ou uma miçanga de vidro azul em uma linha de sementes turquesas. Essa é a sua conta espiritual. É uma prece por coisas melhores.

Onze dedais. Ela estava sozinha havia onze meses e 28 dias, pensou, como se a solidão fosse uma criança que precisava de marcos temporais conforme crescia. Podia organizar seu luto desta forma: um dedal para cada mês sozinha, um torrão de estanho para empurrar os momentos solitários para dentro, como um pedaço de massinha de modelar.

Ela andou até a sala de estar e tocou no ombro de Zeus. Ele soltou um suspiro dramático antes de fechar o livro e tirar os fones.

– Pois não? – Ele revirou os olhos até encarar os dela. – Posso ajudar?

Ele deu um sorriso exagerado que logo se desfez na redondeza das bochechas.

– Escuta, cara, eu adoro essa atitude de adolescente que está exalando aí, mas você pode ir buscar suas coisas? Eu preciso pegar a estrada, então vou te deixar em casa.

Zeus deu de ombros.

– Tá booom. – Colocou os fones de volta nos ouvidos e abriu o livro. – Mas eu não acho que a Flo iria gostar de saber que você está sozinha, principalmente viajando sozinha. Ainda mais agora. Posso ligar pra ela e perguntar? Talvez ela queira ir com você.

– Seu merdinha.

Ele colocou o *discman* envolto em fita isolante no colo e apertou o botão do volume três vezes. Ele andava para todo lado com aquela coisa desde que o pai o presenteara, e Joan sempre procurava em brechós por CDs de que ele pudesse gostar. Por enquanto, os favoritos eram Johnny Cash e Willie Nelson, com Folsom Prison Blues e Whiskey River competindo pelo lugar de música favorita. Ele cantava as duas em um tom de alto soprano enquanto lavava louça ou tricotava um de seus famosos cachecóis compridos.

Joan se inclinou e beijou o cabelo escuro e bagunçado do garoto, tirando os fones do lugar. Ela deu um chute no cesto de roupas limpas ao lado do móvel da televisão.

– Dá uma olhada aqui, porque tem coisa sua no meio. Pegue o suficiente para dois dias, caso precisemos ficar um dia a mais, ou caso você cague nas calças.

– Ha-ha, tia. Muito engraçado. – Apesar do sarcasmo, ele sorriu e começou a mexer na pilha de roupas dobradas.

– E ligue pra Bee, diga que você vai comigo. Eu já volto.

Ela saiu pela porta dos fundos, sentiu a adrenalina quase familiar tomar conta do peito quando viu as bétulas. Olhou para os pés se movendo na grama enquanto descia a encosta. Nesses últimos tempos, a única forma de seguir em frente era mantendo a cabeça abaixada. Uma brisa veio do riacho e moveu as pontas dos cabelos, causando um arrepio. Ao passar pela fogueira apagada, ela olhou para as pedras limpas que formavam uma barreira.

A porta do trailer estava destrancada. Ela se abriu com um barulho seco, e Joan ouviu o tilintar de um sino dos ventos feito com colheres decorativas. Entrou e foi recebida pelo cheiro de erva ancestral, depois um vazio pesado.

Mere passava seu tempo ali montando quebra-cabeças, ou preparando comida ou ervas medicinais. No dia depois da briga, o primeiro dia de sumiço do Victor, Joan ficou sentada naquela mesa enquanto Mere mexia na cozinha.

– Aqui, minha menina, amarre aquela corda na base. – Mere estava segurando um punhado de pequenos caules cheios de folhas sobre a pia minúscula.

Joan pegou um carretel de linha vermelha e a passou ao redor dos caules como tinha aprendido, não muito forte senão ficariam machucados, não muito folgado para que não caíssem.

– O que eu quero dizer é: por que ele achou que podia falar sobre isso? A terra é minha. – Victor não voltara para casa, e Joan estava morrendo de preocupação e doente de raiva. Ela ainda estava de pijama: uma camiseta da cerveja Pabst Blue Ribbon que era grande demais e uma bermuda de ciclista preta.

– Victor, ele é do Oeste, não é? Ele não cresceu em uma comunidade, né?

– Quando era pequeno, com a mãe, mas depois se mudou para Winnipeg com o pai. – Ela cortou o fio com uma tesoura pequena e deu um nó.

– Às vezes esquecemos o que é real. Ele vê um jeito diferente de se sentir seguro, eu acho. – Mere tocou em algumas das folhas menores com a unha pontiaguda, apreciando a arquitetura da planta. – Não é algo ruim, só não é certo.

Joan suspirou, afundando mais no banco construído ao redor da mesa.

– Acho que tem razão, mas por que ele não voltou pra casa ontem à noite?

Ela sentiu uma pontada de vergonha. Nem conseguia fazer com que seu marido dormisse em casa. Era isso que Bee diria. Ela já ouvira Bee falar a mesma coisa sobre outros casais, mas estava mais preocupada do que envergonhada. Ele nunca fizera isso antes. E se ele tivesse feito merda? E se ficou bêbado e acabou dormindo com alguém e, sob a luz do dia, ficou com vergonha demais para voltar para casa?

Por favor, que não seja isso.

Mere ficou quieta. Ela pendurou o embrulho medicinal no varão da cortina sob a pia, ao mesmo tempo que afastava as cortinas de renda. O varão era de baixa qualidade, mas aguentava o peso daquele pacotinho. A maioria das coisas aguentava.

Joan continuou a falar:

– Quer dizer, tipo, como você não sabe de que modo sua esposa iria reagir a uma coisa dessas? Vender a terra do meu pai, meu Deus do céu. Por quê? A única coisa que eu compraria se tivesse dinheiro era terra.

Ela mexeu no celular, destravando e travando a tela, verificando se o volume do aparelho estava no máximo. A questão da terra não era o que mais a deixava preocupada naquele momento, mas não queria ficar pensando na outra coisa. Não em voz alta, pelo menos. E se ele tivesse ido embora de vez? Eles nunca brigaram, mas será que iria embora assim, depois de apenas uma discussão? Ela o conhecia bem o suficiente para saber se aquilo era uma possibilidade?

– Você consegue rastreá-lo? – Mere estava colocando água sobre saquinhos de chá nas canecas lascadas.

– Tipo, com rastros na floresta? Ele não saiu pra caçar. E eu não sou tão das antigas assim. Credo.

Mere parou, segurando a chaleira no ar.

– Não, bobinha, com o seu celular aí.

– Puta merda! – Ela se levantou em um pulo. – Você é um gênio! Eu nem pensei nisso.

– *E eu não sou tão das antigas assim. Credo.* – Ela colocou açúcar nas xícaras e disse: – Brincadeirinha.

Joan bateu com o celular na mesa logo em seguida.

– Droga, o celular dele tá desligado. Não aparece nada.

Ela apoiou a cabeça nas mãos. *Ai, Victor, o que você fez?*

Mere colocou a xícara na frente de Joan e sentou do outro lado da mesa.

– *Chère*, não se preocupe tanto. Aquele homem te ama. Ele não é idiota. Bom, talvez um pouco quando estamos falando de terras, mas não quando o assunto é você. Você não precisa se preocupar com mulher nenhuma nesse mundo.

✦

Agora, Joan estava parada na cozinha, aquele mesmo arranjo de folhas de framboesa secas amarrado com um fio vermelho estava pendurado no varão da cortina, seco como osso, frágil como giz. Uma onda de saudade tomou conta do seu corpo inteiro. *Mere, eu preciso tanto de você agora!*

Ela foi até os fundos do trailer, até a escrivaninha da avó, e pegou três itens: um baralho amarrado com um fio vermelho comprido, um bastão pequeno de sálvia e o canivete suíço que Mere havia comprado on-line. Nossa, ela ficou tão orgulhosa de fazer isso! Passou dias esperando o entregador da Amazon lá no começo da rua. Depois, Joan voltou para casa para terminar de fazer sua mala.

Ela olhou para o relógio na cabeceira da cama – eram quase seis horas da tarde. Talvez fosse tarde demais para assistir ao culto em Hook River, mas talvez pudesse esperar no estacionamento improvisado até os últimos fãs e pessoas aleatórias irem embora, assim como os superabençoados que se voluntariavam para limpar os lenços sujos e as manchas de botas no chão, e pegar o reverendo quando estivesse sozinho. Aí, sim, ela teria certeza.

Colocou os três itens de Mere na mochila e a levou para a sala, cutucando o menino no ombro.

– Vem, Zeus, temos que pegar a estrada.

7

A LEMBRANÇA DO DESEJO

A caminho de Hook River, Zeus ligou o celular de Joan no sistema de som para ficar de DJ durante a viagem. Ele apresentava as músicas, depois pausava no meio para fornecer curiosidades.

– Trent Reznor nem ia deixar Johnny Cash gravar "Hurt". Ele achou que era uma música muito enigmática, mas depois que foi lançada concordou que agora ela pertencia a Cash, que ele jamais teria feito algo melhor.

– Bom saber, Zeus.

– Foi uma coisa das grandes. Ele, tipo, sacrificou uma das suas músicas mais famosas porque Johnny, tipo, marinou a música.

– Marinou?

– É, tipo como se ele tivesse banhado a música na essência dele e tornado ela sua.

– Que nojo.

– Mas é verdade. Você não pode tirar os ovos do bolo depois que ele já foi pro forno. É a mesma coisa. Você não pode tirar a essência do Cash de uma música que ele já gravou.

– Só dá *play* logo, seu nerd. Ou eu vou ligar o rádio. – Ela esticou a mão em uma tentativa falsa de pegar o celular da mão dele.

– Tá, tá. – Zeus apertou o *play* e se acomodou no assento. Estavam a uma hora do destino quando ele pegou no sono.

A respiração regular de Zeus era tranquilizadora, e, com aquele silêncio reconfortante, Joan se lembrou do quanto gostava de pegar a estrada. Havia tantas coisas para ver, e pouco tempo para pensar sobre elas. Do canto do olho, enquanto passavam por um bar velho que tinha uma placa de um javali malfeito, ela viu duas mulheres de vestidos curtos dançarem juntas no estacionamento ao lado de uma pilha de lenha e uma caminhonete enferrujada. Assim que o céu foi engolido por um tom de azul-escuro como veludo, uma estrela cadente passou devagar por uma orla de árvores escuras. Na beira da estrada, uma família de cervos observava o trânsito com olhos brilhantes.

Porém, a estrada também fazia Joan pensar ainda mais em Victor. Ao longo dos anos, viagens de carro se tornaram a desculpa deles para não ficarem parados em um só lugar, libertarem-se da rotina do dia a dia. Transando no banco traseiro nos fundos de um Tim Horton's; derrubando abajures de hotéis baratos que ainda tinham quartos para fumantes; curtindo seu próprio cheiro nas mãos e no rosto do outro enquanto pediam café da manhã às quatro da tarde em um Denny's. Uma vez, eles estacionaram no acostamento só para sair correndo no meio de um campo tão bem arado que parecia veludo cotelê. Bebiam vinho tinto em copos de papel no capô do Jeep, observavam cachoeiras moldarem pedras. E eles paravam em toda atração de beira de estrada que encontravam, desde um buraco misterioso nas montanhas da Virgínia do Oeste até a reprodução de um enorme tiroteio feita com placas de madeira em uma estrada do Novo México.

Ela apertou a palma da mão contra a costura do short jeans, mas não era ali que doía.

Hook River tinha nome de rio, mas não era um. Era uma comunidade pequena, cercada por alguns terrenos arborizados e outros vazios além da grama e dos arbustos que cresciam como tumores nos arredores da reserva. Eles chegaram depois das nove, e ela seguiu os pôsteres até o local do culto. Quando estacionou o carro, Zeus continuou dormindo. Ela saiu do Jeep sozinha, fechando a porta com cuidado, e acendeu um cigarro enquanto observava os arredores.

Em meio ao vale estava a tenda do estacionamento do Walmart. Luzes pisca-pisca estavam penduradas ao redor da porta e ao longo das costuras. Tudo brilhava, graças a holofotes alimentados por um gerador que iluminavam de dentro para fora – ela conseguia ouvir o barulho de onde estava. Carros da reserva estavam estacionados ali, a porta do passageiro de uma caminhonete F-150 aberta, a luz interna piscando em virtude da bateria sendo drenada. Ela terminou o cigarro, jogou a bituca numa vala e entrou de novo no Jeep para trocar de roupa. Saiu vestindo uma saia apertada, saltos e um suéter decotado e com um casaco longo vermelho pendurado no braço. Ao procurar pelo canivete na bolsa, achou o bastão de sálvia. Atrás da porta aberta do carro, ela acendeu o bastão. As chamas consumiram cada caule até engrossar a fumaça, que ela empurrou em direção ao rosto e à cabeça, recitando uma prece para ter seja lá o que precisasse para acabar com essa história. Fechou a porta com cuidado, trancou o carro para ninguém mexer com Zeus, vestiu o casaco e acendeu outro cigarro.

Joan conseguiu ouvir o canto da congregação de longe, como uma matilha de lobos sob a luz da lua. Joan expirou, ouvindo a voz dele mais alta do que as demais.

Aleluia...

A cantoria parou, e então uma salva de palmas. As pessoas começaram a sair da tenda. Ela inspirou, deixou a fumaça passear pela língua e encher o peito, depois expirou na noite escura. Abaixou a cabeça para olhar pela janela do passageiro e ver se Zeus estava bem. Dormindo. Começou a cruzar o mar de gente que voltava aos carros e às caminhonetes e saía do estacionamento como um rastro de luz. Conforme os últimos carros pegaram a estrada à esquerda de onde ela estava, os faróis varrendo o campo, o som de grilos substituiu a cantoria. Ela ouviu alguém gritar: "deixa as cadeiras empilhadas nos fundos para amanhã!". Depois, outra voz: "coloca essas Bíblias na caixa".

Quando se aproximou, Joan viu dois homens de camisas azuis arrastarem a poltrona verde de veludo que ela vira no palco para a clareira ao lado da tenda. Eles a colocaram no chão, depois mexeram até as pernas ficarem iguais.

Então, o Reverendo saiu dos fundos da tenda e encarou o espaço aberto. Ele andou até a cadeira e se sentou, cruzando as pernas na altura dos joelhos. Vestia terno e camisa branca, o colarinho engomado estava preso pela gravata preta. Ele inclinou a cabeça para trás, para apoiá-la no tecido de veludo gasto, e parecia encarar a lua assoprar as nuvens para longe. Acendeu um cigarro e o deixou queimar sobre o cinzeiro de cristal apoiado no braço da poltrona, o pequeno brilho piscando como vagalume. Estava bem iluminado usando aquele terno claro e sob a luz da lua, então ela não podia fazer mais do que lançar um olhar rápido para ele, por enquanto. Vinha tentando impedir seu estômago de querer vomitar.

Não parecia que ele a vira se aproximar. Ela esperava conseguir manter a postura. Não tentaria convencer o Reverendo de que ele era o marido dela, não de cara, pelo menos. Se ele era Victor e não fruto da loucura, ela não queria assustá-lo. Deu uma olhada ao redor, procurando por sinais de alguma criatura selvagem, especialmente uma que pudesse se disfarçar de homem. Ele estava sozinho.

Ele falou primeiro:

– Sociedades inteiras baseavam suas ciências nas estrelas. – Levantou a mão para fazer um gesto acima da cabeça. – Como se esses pontinhos fossem uma espécie de manual.

As palavras e a entonação estavam erradas, mas a voz...

Ela estava tão perto que conseguia sentir o cheiro gostoso do suor dele, apesar de estar misturado com algo artificial, como uma colônia barata. O cabelo escuro estava penteado, dividido e fixado com gel. Ele não usava brincos nas orelhas, nenhum crucifixo pequeno no pescoço, apenas a corrente prateada de um relógio de bolso que estava atravessada no colete ajustado.

– Qual é a melhor opção? Um cara branco em um trono carregado por anjos e nuvens? – disse ela.

Ele soltou o ar pelo nariz como se fosse uma risada, bateu o cigarro para tirar as cinzas da ponta e olhou para ela sob o brilho das luzes da tenda.

Joan se segurou para ficar parada sob o olhar dele, depois mudou o apoio de uma perna para a outra e jogou o quadril para o lado. *Isso aí*, pensou ela. *Dê uma boa olhada*. Se ele gostou do que viu, não demonstrou.

– Que bom ver você de novo. Joan, certo? – Ele estava sendo educado. Era dolorido passar por aquilo. – Faz o quê, um mês, talvez dois? Eu pensei em você depois daquele dia.

O coração rebelde dela deu um pulo, e ela colocou a mão no peito para segurá-lo no lugar.

– Pensou?

– Bem, não é todo dia que alguém aparece na tenda dizendo que eu sou o marido desaparecido dela. Mas não fique com vergonha, Joan. Vícios podem ser horríveis o bastante, sem contar o calor e a falta de sono. Espero que esteja se sentindo melhor.

– Eu não sou uma alcoólatra. – Joan enfiou a mão no bolso do casaco e passou os dedos pela latinha de cigarros, depois pelas pontas gastas do baralho. No outro bolso estava o isqueiro. E o canivete. Ela sentiu o peso dos dois, mas não pegou nenhum. Apontou com a cabeça para o cinzeiro. – Você fuma agora?

Ele olhou para baixo, quase surpreso por ver o cigarro aceso.

– Eu gosto do cheiro da fumaça. Não gosto muito de tragar, mas tem alguma coisa no cheiro.

Ela observou as mãos dele, como os dedos ainda pareciam grosseiros apesar de as unhas estarem cortadas. Queria colocar aquelas mãos dentro da blusa dela. Em vez disso, falou, fazendo o melhor para manter a voz neutra:

– Talvez faça você se lembrar de alguma coisa. Ou de alguém.

Ele não respondeu de imediato. Em vez disso, amassou o cigarro e colocou o cinzeiro ao lado dos pés.

– Pode ser. – Ele sorriu para si mesmo, não para ela, depois seus olhos encontraram os dela. – Você veio para o sermão de hoje? Foi bom.

– Não. Eu mantenho distância de coisas que fazem eu me sentir desesperançosa.

– Desesperançosa? Como pode se sentir assim em um lugar de fé?

Foi a vez dela de soltar um riso.

– Um lugar de fé? Como pode sentir esperança pela humanidade cercado de cordeiros?

Calma, Joan. Vá com calma. E se ele for embora?

– Cordeiros? – Ele apontou os dois indicadores para o alto. – Não é tão ruim ser um cordeiro quando se tem um excelente pastor cuidando do rebanho.

– Está falando de Jesus, Reverendo? Ou de você mesmo?

– Eu sou um mero instrumento, que tem a sorte de ser isso. É sempre Jesus.

Ela olhou os arredores no escuro, um pequeno trecho de luz da abertura da tenda iluminava o espaço entre eles.

– Você tem algo no qual alguém pode sentar, quero dizer, além dessa cadeira chique?

– Infelizmente não. Eu não costumo ter companhia a essa hora da noite.

– Bom, talvez seja uma boa ideia deixar uma ou outra cadeira aqui fora. – Ela estava com dificuldade para achar uma brecha, mas disse: – Eu, por exemplo, sou meio tímida com multidões, mas gosto da ideia de ter uma sessão particular com... Deus.

Ele procurou por um traço de zombaria no rosto dela, mas não encontrou.

– Acho que posso pedir que coloquem uma cadeira aqui fora, caso você continue a se materializar à noite.

Enquanto ele gesticulava, ela percebeu que a aliança de casamento de Victor fora substituída por um anel de prata que tinha o desenho de uma pomba. O sangue dela ferveu. Ele estava olhando para as estrelas de novo, com um sorriso discreto no rosto. Ela decidiu contar uma história. Precisava quebrar a compostura dele, lembrá-lo de que ele tinha um pau ou tirar sangue dele, assim como Ajean havia insistido.

– Logo no primeiro ano em que meu marido e eu estávamos juntos, fizemos uma viagem de carro para o Sul.

Ele se concentrou de novo nela. Ela estremeceu, esquecendo-se de como alguém podia ficar preso naquele olhar. Estava esperando uma reprovação, talvez uma citação da Bíblia que a mandasse embora, mas nada veio, então ela continuou, enunciando a memória para a noite como o canto de uma sereia:

– Pra começo de conversa, era um verão bem quente, mesmo para essa região. Do tipo que faz você querer arrancar a própria pele. Quando chegamos ao Alabama, estávamos enlouquecendo. Eu tirei minha calça e fiquei só de calcinha e regata, com os pés para fora da janela. Meu Deus, eu lembro que minha calcinha estava tão apertada naquele calor, um pedaço de algodão segurando um inchaço terrível. – Ela soltou uma risada baixa. – Victor ficou tão distraído que quase saiu da estrada. Eu estava louca para subir no colo dele e cobri-lo de beijos.

O Reverendo se mexeu na cadeira. Ela decidiu conter a história um pouco mais. Não ia conseguir fazer com que se lembrasse se ele estivesse se recusando a ouvir.

– Nós tínhamos comprado uma barraca ridícula em uma loja de usados a caminho do Sul, uma barraca pequena do tipo que usavam no Exército. – Ela riu ao se lembrar. Eles mal cabiam deitados lado a lado, e Victor não conseguia ficar com as pernas esticadas ali dentro. – Tínhamos um engradado de cerveja Pabst e alguns pacotes de salgadinhos, então estávamos completamente preparados para aguentar a noite.

Eles estavam indo para um set de filmagem abandonado que havia sido usado em um filme do Tim Burton, construído em uma ilha em um lago marrom no meio de uma floresta do Alabama. O GPS os deixara na mão duas vezes, mas conseguiram chegar lá antes do pôr do sol. Um velho que estava sentado em uma espreguiçadeira perto da ponte cobrou cinco dólares por um passe de acampamento e abriu o portão para eles entrarem.

Encontraram um lugar mais recluso atrás da igreja de pão de ló, que agora era um abrigo para os bodes que apareciam na ilha. Eles montaram a barraca majestosa e beberam algumas cervejas. Devia estar fazendo uns quarenta graus naquele dia.

Joan acendeu outro cigarro, observando o Reverendo observar seus lábios. Ela se aproximou mais um pouco.

– Estávamos tão suados da viagem que ficamos só com as roupas de baixo e entramos no lago. Victor estava nervoso porque havia pedaços de árvores mortas que pareciam esqueletos, e ele estava preocupado que as raízes fossem lar de jacarés, tartarugas-mordedoras, algo do tipo. Bom, estávamos no Sul. Eu nadei até as árvores e subi em uma. Acima d'água, a madeira parecia ter sido drenada, toda seca e frágil. Eu olhei para Victor e estava na cara que ele não ia vir até mim, então nadei de volta até ele, que estava com água até o peito. Então enrosquei as pernas ao redor dele e pressionei meu corpo contra o dele embaixo da água.

Joan cobriu a distância que restava entre eles e ficou recostada no braço da poltrona. Ele manteve o olhar fixo nela, observando enquanto ela fumava. Quando ela colocou o cigarro no cinzeiro, ele olhou para a mão dela.

Ela tinha a atenção dele agora, mas precisava ir devagar. Ela passou a mão ao longo da saia, alisando o material por cima da coxa. Ouviu a respiração dele mudar.

– Eu tive a sensação de que estávamos sendo observados lá. – Ela baixou a voz para ele ter que prestar atenção. – Senti alguém nos olhando, mas não vi ninguém, só as árvores esqueléticas e o lago marrom. O Victor tinha mãos grandes, sabe? Ele me segurou para que meu rosto se encaixasse naquele lugar no pescoço, bem acima da clavícula. Minha tia Dorothy me disse que aquele lugar foi feito especialmente para mulheres descansarem a cabeça. Foi assim que ela teve a certeza de que foi uma mulher quem criou o Universo.

Joan arriscou esticar a mão e tocar no mesmo lugar na clavícula dele. Como ele não rejeitou o toque, ela colocou a palma da mão inteira no peito dele.

– Então lá estávamos nós dois, nos pegando no meio de um lago-cemitério, no meio do calor intenso e do silêncio do mês de julho no Alabama, e foi aí que eu vi um bode grande e cinza, bem gordo. Atrás dele, mais acima na colina, havia outros quatro, provavelmente as esposas dele ou sei lá. Eu não entendo muito sobre a vida amorosa de bodes. Eles não estavam se mexendo, não estavam mastigando. Só estavam ali parados, observando.

Ela se virou, a mão ainda repousando no corpo do Reverendo, e encontrou seu olhar, tentando buscar o marido. Levou os dedos para os botões da camisa dele. Só precisava abrir alguns, para ver a pele dele, ver as linhas familiares das tatuagens de Victor, para ter certeza de que era mesmo ele.

– A questão com bodes são os olhos deles. São geométricos. Eles me lembram câmeras e telas, não coisas vivas. Eu sei que é esquisito, mas aquela pequena plateia, bom, fez eu beijar meu marido com mais vontade, me esfregar mais forte contra ele. – Agora ela sussurrava, e a cabeça dele estava inclinada na direção da boca dela, para ouvir melhor. Ela mordeu o lábio inferior. – Só um pouco mais...

– Reverendo? – A mulher, Cecile, saiu da tenda. Quando ela viu a cadeira, agora ocupada pelos dois, a voz saiu cheia de repúdio. – Ah, eu pensei que estava sozinho.

O peito de Joan foi tomado por um sentimento de frustração. Ela precisou fazer um esforço consciente para engolir aquilo, para achar a compostura e manter tudo aquilo dentro do peito. Não queria assustá-lo. Porém, Wolff se levantou, rápido e confiante. A mão de Joan caiu no colo dela, como um pássaro arrancado do céu.

– Cecile. – Ele andou até a moça, que tentava disfarçar a mágoa no rosto. – Eu estava só conversando com Joan, nossa visitante do encontro em Orillia, lembra?

– Como poderia esquecer? – disse Cecile, encarando Joan. Ela olhou para o Reverendo e falou com Joan utilizando um tom mais doce: – Estávamos preocupados em saber o que havia acontecido com você depois de ter ido para o hospital, considerando as alucinações que você estava tendo. Como está agora?

– Sem alucinações. – Ah, que tortura. – Menos do que a maioria das pessoas, eu diria.

Joan se levantou com cuidado para deixar o casaco aberto, mostrando como os seios grandes esticavam as linhas da blusa.

A expressão arrogante de Cecile se desfez. Ela disse:

– Bem, já estamos indo. Reverendo, você precisa voltar para o hotel para descansar. É só o nosso primeiro dia aqui. – Ela colocou a mão nas costas largas dele e o guiou de volta para a tenda. – O senhor Heiser não gosta quando você fica acordado até tarde.

A garganta de Joan ficou seca apenas com a menção daquele nome. Ela os observou, se segurando para não correr atrás dele. Então ele falou por cima do ombro:

– Você deveria participar amanhã, Joan. Eu adoraria vê-la no sermão. Começamos às seis da tarde.

Cecile foi rápida. Ela parou e se virou para Joan.

– Sim, nós adoraríamos que você comparecesse. Estamos sempre abertos a novos fiéis.

Joan deu um sorriso, lento e aberto.

– Talvez eu venha apenas pra ver você, Reverendo. Guarde um lugar pra mim.

Enquanto Cecile observava, Joan se abaixou até o braço da poltrona e, como se o Reverendo ainda estivesse ali, balançou a perna para que uma boa parte da coxa fosse iluminada sob a luz da tenda.

✦

Quando ela voltou para o carro, Zeus estava jogando no celular.
— Meu Deus, você demorou, hein? — Ele suspirou. Nunca ficava de bom humor depois de cochilar. — Da próxima vez me acorda para eu ir com você. Aconteceu alguma coisa?

Joan não respondeu, só balançou a cabeça. Ela dirigiu por trinta minutos, voltando pela estrada, e fez check-in no hotel New Star. Pagou em espécie os cem dólares por uma noite e estacionou na frente do quarto número sete. Destrancou a porta e Zeus entrou. Depois ela voltou para o Jeep, tirou a mala e trancou o carro.

De volta ao quarto, ouviu o chuveiro ligado. Estava exausta. Ficou de calcinha e vestiu uma das velhas camisetas de Victor que usava como pijama, aquela cinza que tinha uma estampa de águia na frente e as mangas cortadas, e ficou mexendo no celular até Zeus terminar de usar o banheiro e se deitar na cama de casal dele. Depois ela foi se lavar e, só quando estava passando água no rosto, percebeu que estava sorrindo. Muito. Aquilo dificultou tirar a maquiagem das linhas de expressão ao redor dos olhos.

Amanhã. Amanhã Joan tentaria libertá-lo. Não precisava ver as tatuagens dele. Ela vira os olhos do marido por trás do disfarce do Reverendo. Ainda não entendia o que acontecera com ele, ou o que um homem branco com um Rogarou dentro de si tinha a ver com tudo aquilo, mas pelo menos agora ela sabia que podia tê-lo de volta.

Ela deu uma olhada rápida atrás da cabeceira, depois entre o colchão e a armação, verificando se havia algum percevejo ali. Ao não encontrar nada além de algumas teias de aranha e uma revista pornográfica antiga, Joan deitou na cama. Os lençóis estavam frios e ela precisou socar os travesseiros para ficarem confortáveis, mas ainda assim estava feliz – ou, pelo menos, mais feliz do que estivera desde o instante em que Victor saiu de casa.

Enquanto estava deitada sob um teto manchado, ouvindo o trânsito da rodovia, ela tentou imaginar o que passava pela cabeça de Victor naquela mesma hora. Será que estava com Cecile? Será que as lembranças que ela havia contado estavam começando a fazer sentido? Será que estava se masturbando enquanto pensava nela? Ou será que ele estava sentado naquela cadeira ridícula lendo a porcaria da Bíblia dele?

Jogou os cobertores ásperos e se virou de lado. Tirou uma versão do livro que estava guardada na gaveta da mesa de cabeceira, com páginas finas que pareciam nunca ter sido tocadas. Ela se levantou e andou descalça pelo carpete que afundava sob seus pés e abriu a porta. O estacionamento estava iluminado por lâmpadas fracas presas nas paredes do hotel, brilhando como moedas antigas em águas turvas. Ficou parada ali por um minuto, segurando a Bíblia que nunca havia sido lida. A lua era um buraco perfeito no céu, sangrando prateado na noite.

Então ela esticou o braço para trás e jogou aquela merda o mais longe que conseguiu. A encadernação se desfez, e as páginas emitiram um som frenético ao aterrissarem com um ruído baixo, a capa com letras douradas virada para baixo. Era só um livro. Ela trancou a porta depois de entrar.

Teve a melhor noite de sono em um ano, ou melhor, em exatos onze meses e 28 dias.

VICTOR E O BARULHO NOVO NA FLORESTA

Victor estava pensando em seu tio. Etienne Boucher fora um homem grande e quieto, que se movia como um navio em águas profundas. Ele usava dois pares de meias até mesmo no verão, especialmente quando estava andando de mocassins. No inverno, as botas dele deixavam pegadas do tamanho de raquetes de neve. O jovem Victor precisava pular de uma para a outra quando o seguia. O ano em que ele conseguiu acompanhar o passo do tio foi o ano em que decidiu que era um homem.

Victor se lembrava do tio e tentou fazer com que seus passos fossem tão firmes e silenciosos quanto os dele enquanto andava pelo mato. Porque ele estava sendo caçado. Tinha certeza disso. Havia um cheiro novo na floresta, selvagem e, ao mesmo tempo, refinado, como o aroma de suor em um pedaço de seda. Alguma coisa o observava.

E então ele ouviu a voz dela, distante. Não havia como confundi-la.
– Joan! – chamou ele.

A voz parou, mas depois a melodia abafada começou mais uma vez em algum lugar acima ou abaixo de onde ele estava. Tentou ouvir e escutou o som enlouquecedor de uma música, longe demais para reconhecer a canção. Victor correu em um círculo pequeno no espaço que conhecia como a clareira leste, diminuindo o passo às vezes para ouvir, para ver se chegara mais perto dela. Então ele tropeçou e bateu o queixo com tanta força que a mandíbula saiu do lugar.

– Joan!

Lutou para se apoiar nas mãos e nos joelhos, e então se deitou para colocar uma orelha contra o chão. A voz dela não parecia mais próxima. Ele cavou para tirar a terra e enfiou a orelha no buraco. Ela não estava ali embaixo.

Ele ficou em pé e virou o rosto para o céu. A voz dela ainda estava longe e baixa, mas ele sabia que estava aborrecida. Ele passara tempo suficiente com ela para saber que era melhor ficar em silêncio quando estava aborrecida, mas não agora. Agora ele preferiria receber um mata-leão verbal só para sentir os xingamentos dela sobre sua pele, para impedir suas palavras com a própria boca. Ele as engoliria por inteiro.

Victor se recostou contra um pinheiro alto e suspirou. Havia quanto tempo não a via? Havia quanto tempo ele estava ali na terra, andando pelos mesmos dezessete hectares? Não importava quanto ele andasse, ele nunca encontrava a estrada. Nunca encontrava o quadriciclo ou a cabana de açúcar que ficava ao lado, ou a velha Oficina Dusome. Só havia uma luz cinza e escuridão.

Puta que pariu.

Quando foi a última vez que ele dormiu? Por que não estava cansado? Ele achou que talvez fosse hora de descansar, afinal, e se deitou no chão. O queixo doía e, quando tentou limpar, sentiu um pouco de sangue coagulado. Se podia sangrar, ainda devia estar vivo.

Joan.

Ele não conseguia mais ouvir a voz dela, e a música sumira com a distância. Sentiu-se apagado. Exceto pela saudade de Joan, havia apenas um novo medo que cortava a confusão em sua cabeça. Assim como sabia que era a voz de Joan, como sabia que o sangue no rosto dele era vermelho apesar de não conseguir ver, ele sabia que algo na floresta o perseguia. Estava perto. Ele acalmou a respiração. Ficou em posição fetal, transformando-se em um alvo menor. Tornar-se parte da árvore. Desaparecer.

À esquerda dele, na escuridão, gravetos foram quebrados, o que fez pequenos animais assustados correrem para galhos mais altos. E agora uma batida, como em uma porta, mas em um tronco de árvore.

Ele abriu os olhos o máximo que conseguiu e fez de tudo para enxergar em meio à escuridão. Se esticasse as mãos, o que seus dedos encontrariam? Em vez disso ele fechou os punhos, os enfiou nos bolsos do casaco e abaixou o rosto no colarinho.

Joan precisava encontrá-lo logo. Antes que outra coisa o fizesse.

8

REPROGRAMADO

Joan acordou quando Zeus ligou a televisão.

– Parece que vai chover hoje – relatou ele.

Ela se virou. A luz que vinha das cortinas translúcidas era cinza.

– Melhor não sair. Capaz de você derreter de tão doce que é – disse ela em uma voz de bebê. Um travesseiro foi jogado em suas costas, e ela riu.

– São dez e meia. Podemos ir tomar café? – perguntou ele.

Ela bocejou e se sentou encostada na cabeceira da cama, tentando organizar os pensamentos. Eles ainda tinham horas livres até terem de ir à tenda para o próximo encontro.

– Claro. – Ela tirou os cobertores. – Precisa usar o banheiro? Eu vou tomar banho.

Ele balançou a cabeça em negativa.

Joan levou a bolsa de maquiagem para o banheiro e colocou cada item em cima da toalha dobrada no balcão. Ligou o chuveiro e deixou a água ficar quente. A sua coisa favorita em hotéis era a água quente à vontade, diferentemente de como era em casa. Ela usou o xampu ruim do hotel, mas finalizou com o condicionador com cheiro de pêssego que levara. Depois, com o condicionador ainda no cabelo, raspou as pernas.

Ela desligou a água, enxugou-se e se enrolou na toalha fina. Secou o cabelo com o secador, depois ligou a chapinha e alisou o cabelo escuro até ficar sedoso. Com sorte, ela levaria Victor para lá naquela noite antes de irem juntos para casa. Era melhor pegar um quarto diferente para Zeus, pensou, porque ela e o marido tinham muito tempo perdido para compensar.

– Prepare-se para aquilo que deseja – disse ela para o reflexo no espelho.

Vestir-se com a antecipação de fazer sexo era uma experiência diferente do que só se vestir. Ela alisou a faixa de renda na calcinha que tocava seu quadril para não ter dobras. Prendeu o sutiã no gancho mais apertado, depois colocou a mão dentro de cada bojo para levantar os peitos e aproximá-los, formando uma bela linha abaixo da clavícula. Ela se virou na frente do espelho para admirar a si mesma e depois passou maquiagem. Era empolgante, depois de um ano de luto e arrependimentos, vestir uma calcinha bonita e passar batom vermelho.

Colocou uma calça jeans preta e colada e um suéter cor de aveia com um decote fundo e largo. Havia muita pele exposta, então decidiu usar um colar, o que tinha um pingente de uma pistola prateada com que Victor a presenteara no Natal. Ela segurou o pingente na mão por um tempo para esquentá-lo enquanto olhava a hora no celular: 11h47.

Havia uma lanchonete Denny's ali perto. Ela levaria Zeus até lá, voltaria para o quarto para verificar sua aparência uma última vez, depois chegaria cedo na tenda para se sentar na primeira fileira. Queria poder manter com o bom Reverendo o tipo de contato visual que fosse impossível de ignorar. Olhou mais uma vez no espelho, depois saiu do banheiro e pegou a bolsa, o casaco e a chave do quarto.

– Pronto?

– Aham. – Zeus desligou a televisão e saiu da cama. Ele estava colocando os sapatos quando ela abriu a porta.

Com uma pancada leve, um livro, úmido e pesado, caiu aos pés dela. Era a Bíblia que ela arremessara – deve ter sido encostada de volta contra a porta. Ela sentiu a adrenalina correr pelo sangue, fria e veloz. Olhou para o estacionamento. A maioria dos carros da noite passada havia partido, exceto pelo Jeep e por um hatch tristonho estacionado torto.

Zeus estava logo atrás dela.

– Vamos, tia.

Ela não se mexeu.

– Tia?

Joan usou a ponta do pé para empurrar o livro para o lado. Saiu da frente para Zeus passar e fechou a porta, verificando a tranca. Talvez tenha sido a camareira, mas devia haver quarenta quartos ali, divididos em dois andares. Como a camareira saberia a qual quarto pertencia a Bíblia? A menos que alguém tivesse visto o arremesso.

Ela colocou a mão no ombro de Zeus e manteve a cabeça erguida, olhando ao redor durante todo o percurso até o carro. Olhou para dentro antes de destrancar a porta do passageiro. Os assentos estavam vazios, exceto pelo moletom preto dele.

– Coloque o cinto – disse ela depois que Zeus entrou e fechou a porta.

Olhou para a passarela do segundo andar e a escadaria de metal quando deu a volta para o lado do motorista. Então entrou e trancou a porta logo em seguida. Ela se sentiu segura naquele espaço pequeno.

Zeus estava observando seus movimentos ansiosos.

– Tá tudo bem?

– Claro. – Ela colocou a bolsa entre os pés, olhando para o quarto deles, onde o livro encharcado estava deitado embaixo da janela.

Pôs a chave na ignição e girou. Nada.

Girou a chave de novo. Nada.

– Caralho. – Segurou o volante com as duas mãos e o sacudiu.

– O que aconteceu com o carro?

– Não sei. Eu acabei de fazer uma revisão nessa porcaria.

O Jeep era velho, mas confiável. E ela fizera alguns reparos no mês passado: substituiu as pastilhas de freio, trocou o óleo, consertou uma trinca no para-brisa. Qual era o problema?

Ela observou o vento abrir a Bíblia e virar as folhas.

E se alguém tivesse feito aquilo de propósito? A cabine do Jeep estava quieta demais, como se estivessem prendendo a respiração. E se a pessoa ainda estivesse por ali? Ela puxou o cinto de segurança e se virou para olhar o banco traseiro. Enquanto isso, Zeus a observava, curioso. Estava tudo vazio.

– Ridículo – disse ela.

– O quê?

Ela deu de ombros e pegou o celular na bolsa para ligar para o seguro.

– Bom, aqui está o seu problema.

Barry, o cara da oficina que aparecera com um reboque com chamas pintadas na lateral, segurou duas pontas de fios.

– A conexão da sua bateria foi cortada.

– Cortada? Como é que isso aconteceu?

Ele coçou a barba ruiva.

– Não faço ideia, moça. Você irritou alguém? – Ele soltou uma risada curta e largou os fios.

Ela ficou feliz que Zeus voltara para o quarto e estava jogado na cama, distraído pelo jogo no celular. Eram quase duas da tarde, Barry havia demorado demais para chegar.

– Então, você pode trocar?

Ele se encostou no para-choque, como se tivesse todo o tempo do mundo.

– Não, mas eu posso rebocar o Jeep até a oficina da cidade. – Ele mexeu a aba suja do boné de beisebol para cima e para baixo enquanto falava, como se estivesse ventilando o cérebro sobrecarregado. – Eu sou apenas o Príncipe Encantado que pode te dar uma carona.

Claro, porque o príncipe de Joan vestiria *mesmo* calça moletom e uma jaqueta corta-vento que se subia toda vez que ele movimentava os braços, mostrando a parte de baixo da barriga redonda. Mas que outra opção tinha? Quando ela concordou, ele baixou o capô e foi até o caminhão de reboque para enganchar o carro. Ela foi buscar a bolsa e o sobrinho no quarto.

Quando estavam prestes a entrar, Barry empurrou para o lado o cooler, uma pilha de pranchetas, jornais e sacos de salgadinhos vazios. Ele bateu no banco.

– Tem espaço suficiente pra vocês – disse ele. – O menino pode ficar na janela. Já que você é magrinha, pode ficar no meio, pertinho de mim.

Ela ignorou o tom de flerte o máximo que conseguiu, com cuidado para não chutar a caixinha de suco aberta no chão, fingindo não ver em cima do painel o jornal da semana aberto na seção que anunciava o serviço de acompanhantes. A Bíblia acenava seu adeus com o vento conforme o reboque saía do estacionamento do hotel com o Jeep pendurado na parte de trás como um cervo preparado no campo.

A cidade ficava a dez minutos de distância, era um daqueles conjuntos de postos de gasolina e restaurantes *fast-food* que apareciam à beira da estrada. Eles entraram em uma rua residencial com casas que pareciam estar prestes a serem demolidas, os jardins cheios de escorregadores de plástico e brinquedos, até chegar à Oficina Sunny.

– Não acredito que alguém mora aqui. – Ela não queria ter dito isso em voz alta.

– Uhum. Só umas duzentas pessoas. Mas não por muito tempo. Estão expandindo o gasoduto, então vai ter mais empregos na área em breve.

– Ah, é?

Eram 14h26. Ela estava começando a morder as cutículas.

– Uhum. A empresa apareceu aqui mês passado. Rolou uma daquelas assembleias da cidade. Só precisam conseguir algumas permissões e pronto. Talvez eu pare de dirigir para pegar um desses empregos. O salário é bom, e tem plano de aposentadoria. Eu sou praticamente um homem livre e posso fazer esse tipo de mudança. Sabe, enquanto ainda não tenho uma senhora Barry.

Ele tirou os olhos da estrada e olhou para Joan sobre os óculos espelhados, que tinham uma armação vermelha brilhante e pareciam algo que só um piloto de carros ou um otário usaria. Ela fingiu não entender o comentário.

As nuvens estavam se aglomerando e afastando, como um punho abrindo e fechando no céu. O estômago de Joan imitava o movimento. Precisava ir para a tenda. Recusava-se a pensar sobre quem poderia ter cortado os fios da bateria; aquilo seria resolvido mais tarde, depois que ela estivesse de volta na estrada e indo em direção ao marido.

A oficina era uma garagem dupla com um tapume faltando embaixo da placa amarela quebrada. O dono era um homem pequeno que usava um macacão sujo de graxa e suor, com uma perna dobrada para mostrar a pele manchada de um solteiro malnutrido.

– Escuta, querida, você tem outro problema aqui. – Ele estava na ponta dos pés, com a cabeça dentro do motor.

– O quê?

– Bom, basicamente o seu sistema está frito.

Em meio à histeria, Joan não entendeu.

– Frito?

– Bom, não frito de verdade. – Sunny riu. – É uma linguagem figurativa.

– Você quer dizer figura de linguagem.

– Não, *figurativa*. – Ele riu da ignorância dela. – Parece que alguém tirou alguns fusíveis. Levou embora mesmo.

Ela balançou a cabeça.

– Fusíveis sumidos? Como isso frita o sistema? É só trocar. Não é complicado, e também não é caro.

– Ora, ora. – Sunny a olhou de cima a baixo. – Eu adoro uma mocinha que entende de carro.

Ela franziu o cenho.

— Todo mundo sabe disso...

— Escuta, não estou julgando. — Ele a dispensou com a bandana suja de graxa na mão. — Mas acho que você tem alguma inimiga, hein? Tá pegando o marido de alguém, talvez?

Ele deu outra risadinha, limpando as mãos na bandana.

Joan se encostou na porta do passageiro e suspirou.

— Eu nem moro aqui. E meu carro estava funcionando ontem à noite.

— Bom, eu posso trocar os fusíveis, mas eu tenho que encomendar os fios. E tem uma lista de espera.

Joan olhou para o estacionamento. Além do reboque e do Jeep, havia um Fusca velho e um 4x4 com o logo da oficina na lateral.

— Então, o mais cedo que consigo é amanhã à tarde.

As nuvens cobriram o sol como se fossem puxadas por um fio. O vento ficou mais frio, e sujeira voava pelo estacionamento. Joan chutou algumas pedras, pensando sobre o fato de que alguém queria que ela ficasse presa ali e quem poderia ser.

— Não tem como ser mais rápido?

Sunny balançou a cabeça pequena, as mechas do cabelo penteado sendo levantadas pelo vento.

Barry ainda estava por ali, fingindo que era o momento perfeito para limpar a cabine da caminhonete e preencher papelada. Zeus ficou com ele, de alguma forma aturando o heavy metal tocando no rádio de Barry, embora soasse como uma gaita de fole sendo espremida por uma enfardadeira. Joan sabia o que precisava fazer. Ela disse para o mecânico fazer o serviço e arrastou os pés até o reboque.

— Ei, Barry, o que você vai fazer agora?

✦

Ela pagou com conversa a carona até o local da tenda. Descobriu que o signo de Barry era sagitário, que era alérgico a alho, que preferia assistir à tevê em vez de Netflix. ("Eu não gosto que um robô fique sugerindo o que eu quero assistir. A tevê não me diz o que eu gosto.") Ela ficou escutando. Barry disse que até gostava de índios, ou pelo menos de tabaco e cassinos. E que a mãe dele o criou sozinha, e esse era o motivo de querer ficar na região até ela bater as botas, exatamente com essas palavras.

Ele continuou falando, a voz como pano de fundo para as manchas de linhas amarelas, dos campos borrados que passavam pela janela. A terra ainda não havia congelado, mas os ossos de Mere deviam ter começado a sentir a dor terrível causada pelo frio; nenhum falso verão podia enganá-los. Ninguém podia enganar nada em Mere, nem mesmo seus ossos, que agora estavam no cemitério St. Anne's, cobertos por um vestido floral em tons de azul; tons que só existiam em climas onde não havia frio no ar.

Eles pararam no estacionamento improvisado às 17h26.

– Obrigada por nos trazer aqui – disse Joan, se virando para olhar para ele.

Zeus, que ainda estava com os fones de ouvido, assentiu uma vez e saiu da caminhonete.

– Até a próxima, amiguinho – disse Barry, e se inclinou para a frente a fim de ver a tenda pelo para-brisa, assoviando entre os dentes. Ele olhou de volta para Joan. – Não achei que você fosse esse tipo de beata.

– Ah, não sou. Mas eu tenho que me encontrar com meu marido aqui.

– Seu marido? – A postura de Barry mudou, um ombro por vez.

Ele largou o cartão de visita com o número dele escrito à mão no chão sujo da caminhonete.

– É. Obrigada pela carona! – Joan deslizou pelo assento e saiu do carro, batendo a porta do passageiro ao passar.

Ela o dispensou com um sorriso no rosto. Só quando viu a caminhonete voltar para a estrada que percebeu que eles não tinham como voltar para o hotel.

Merda.

Ela se preocuparia com isso depois.

9

UNINDO-SE AO REBANHO

Já havia pessoas lá dentro, a metade da frente da tenda estava cheia. As pessoas usavam camisetas pretas com datas de turnê de cantores de música *country* nas costas. Usavam calças jeans ou vestidos de manga comprida da marca Reitmans de mais ou menos 1986. Usavam óculos gigantes de forma não irônica que faziam os olhos escuros parecerem maiores, e batiam os tênis Reebok com sola ortopédica e as sandálias da loja de 1,99 no chão temporário da tenda. Elas tinham acabado de tomar banho e usavam as melhores roupas desconfortáveis que tinham. Eram impulsionadas por algo que Joan não conseguia ver e estavam com as bochechas marrons douradas sob as luzes. Para ela, pareciam bonitas.

As cadeiras brancas, o teto e as paredes de tecido branco, as luzes brancas, tudo conspirava para iluminar as unhas lascadas e as costeletas mal aparadas, mas ao mesmo tempo perdoava todos por isso. Eles ignorariam seus erros porque eram bem melhores do que os outros.

– Com licença, senhorita – disse um homem com chapéu de vaqueiro que sorriu quando passou entre Joan e Zeus, que estavam parados, olhando em volta.

– Me desculpe – disse ela, cutucando Zeus pelo corredor.

Ele tirou os fones de ouvido e guardou o celular.

– Esse lugar é muito louco.

A expressão dele era de preocupação verdadeira.

Jovens limpos e gentis como os que ela vira no Walmart distribuíam livremente e em igual medida panfletos e abraços – um exército de calças cáqui, camisas azuis e bons modos. Será que foi algum desses filhos da puta abençoados que fodeu com o carro dela? Era difícil de acreditar que algum deles soubesse o que fazer, mas, se não foram eles, quem foi?

Joan estreitou os olhos, mas não viu nenhum sinal do Reverendo ainda. Nem de Cecile. Será que estavam juntos? Será que ela estava curvada sobre uma mesa com uma coleção de pratos, lá nos fundos, com a saia cáqui acima dos quadris, a calcinha abaixada até os tênis brancos e Victor atrás dela?

– Posso lhe dar uma boa notícia, irmã?

Um ajudante veio na direção deles segurando um panfleto. Ela não o reconheceu, mas ele tinha um sorriso gigante no rosto e usava a camisa azul com uma pequena cruz branca bordada onde o jacaré ou jogador de polo ficaria. Ele obviamente não tinha malícia alguma, então ela acabou sorrindo de volta.

Zeus pegou o panfleto oferecido, dizendo:

– Claro, boas notícias são sempre bem-vindas.

Ele se virou para uma fileira de cadeiras, e Joan o seguiu.

– Tenha um bom sermão – disse o ajudante.

Zeus e Joan se sentaram lado a lado.

– Cara, tem um cheiro estranho aqui. Tipo uma mistura de peido com tênis de academia – disse ele, entregando o panfleto a ela.

Joan o cutucou com o cotovelo para ele parar de falar.

Ela examinou o panfleto, que trazia as palavras *Ministério da Nova Redenção* em um fundo azul cheio de cruzes enfeitadas com glitter.

Dentro, havia fotos de pessoas que pareciam ter vindo de um banco de imagens em que alguém procurou "índios sorrindo e felizes".

Havia bebês vestidos em franjas, dois meninos gêmeos e anciãos usando coletes de estampa camuflada. As mulheres bebiam chá juntas, as vovós tinham lenços amarrados abaixo do queixo e as crianças estavam correndo livremente pela grama alta ou tendo as bochechas apertadas por adultos. Havia uma imagem grande com pessoas medindo líquidos brilhantes em béqueres, ou segurando pranchetas, ou palestrando para outras pessoas com uma tela no fundo em que se lia PROGRESSO em letras garrafais.

Ela leu o texto inteiro:

DECLARAÇÃO DE FÉ DO MNR

Nós acreditamos que a Bíblia é a única e inegável Palavra de Deus para todas as pessoas da Terra.

Nós acreditamos na ressurreição dos que foram salvos para a vida eterna no Paraíso e a ressurreição dos condenados na punição infinita do Inferno.

Nós acreditamos na Grande Comissão de Cristo com a Igreja para ir ao mundo e pregar o Evangelho de Jesus Cristo para todas as criaturas.

Nós idolatramos Jesus Cristo, e não outros espíritos, ou totens, ou animais. Nós não toleramos nenhuma outra forma de espiritualidade ou crença.

– Quem raios fica idolatrando animais? – comentou ela com Zeus. Ele riu, e uma mulher de cabelos castanho-avermelhados finos se virou para encará-los. Joan deu um sorriso rápido e se concentrou em dobrar novamente o panfleto.

O espaço estava quase cheio agora, o que era impressionante considerando a pouca população da região. Joan ouviu uma enxurrada de sussurros atrás dela e se virou para ver o que estava acontecendo.

Era Heiser, fazendo uma entrada triunfal com seu terno cinza, balançando o relógio dourado no pulso enquanto o olhava rapidamente. (Pesquisa em banco de imagens por "homem branco de terno".) Os ajudantes se enfileiraram na frente dele, como crianças obedientes, para receber um aperto de mão forte que balançou os ombros estreitos e fez seus dentes tremerem.

– É o filho da puta do Heiser – sussurrou ela para Zeus.

Zeus arqueou as sobrancelhas, assistindo ao homem dar tapinhas nas costas dos homens e abraçar as mulheres, e então fazer o sinal da cruz.

Cecile saiu andando a passos apressados da escuridão ao lado do palco e desceu o corredor para ficar na ponta da fila de cumprimentos de Heiser. Quando parou, balançou a mão perto do peito, como se para recuperar o fôlego, depois arrumou a trança longa e loira. Joan estreitou os olhos. Ela odiava Cecile. A jovem e prestativa Cecile, com o cabelo volumoso e espaço entre as coxas. Juntos, ela e Heiser andaram pelo corredor, cumprimentando mais algumas pessoas, mais tapinhas nas costas, e se sentaram algumas fileiras atrás de onde Joan e Zeus estavam.

Uma única nota aguda de um órgão saiu e subiu até o teto, explodindo em várias notas graves. A multidão calou-se, a música silenciou as conversas como se fosse um botão de liga-desliga. Aqueles que estavam perto da porta se sentaram, e o órgão continuou a tocar por vários minutos em uma suspensão incrível. Até mesmo o coração descrente de Joan ficou encantado com cada acorde.

E então, com a deixa de vários aleluias instrumentais repentinos, o belo Reverendo Wolff subiu ao palco.

– Puta merda – disse Zeus. – É *mesmo* o Victor!

A mulher dos cabelos avermelhados se virou com uma carranca no rosto e um dedo inchado contra seus lábios rosados, apesar de que pedir por silêncio não fazia muito sentido, já que a multidão estava enlouquecida, aplaudindo e gritando e batendo os pés. Por uma fração de segundo, Joan se sentiu orgulhosa de aquele homem ser dela, e depois lembrou que não era, não mais.

Ele ergueu uma mão pedindo silêncio, e, quando o fizeram, começou a recitar a declaração de fé do panfleto, algumas dezenas de vozes se juntando a ele.

Joan se sentiu presa em um lugar entre desejo e nojo. Ele ainda era alto e magro e forte, aquilo era óbvio mesmo debaixo daquele terno, mas se movia como um homem que havia acabado de aprender a se mexer, em nada como era seu marido. Victor tinha um charme.

Depois de agradecer aos voluntários, o Reverendo foi até a parte da frente do palco e falou com eles como se estivessem tendo uma conversa particular:

– Meus amigos, como pessoas indígenas, estamos em uma posição única. Como guardiões da nossa terra, carregamos um mal que está dentro de nós, mas também fomos agraciados com a bênção de tudo isso.

As pessoas concordaram com a cabeça.

– Esse mal que vive à espreita surgiu por causa das decisões de nossos ancestrais de dar as costas para o Senhor, ignorar a Sua palavra, renunciar a Ele e a tudo o que Ele significa.

Ah, quanta merda ridícula saindo daquela boca linda.

A multidão acompanhava os movimentos de mão que ele usava para marcar as palavras. Eles se inclinavam para a frente quando ele sussurrava e batiam os pés quando gritava, como se ele os conduzisse para longe da dúvida e os levasse até a certeza, falando cada nota com precisão, tirando sons das cordas mais silenciosas.

– Nós nos permitimos sair do caminho correto. Alguns de nós nesse lugar seguimos os ensinamentos errados, idolatramos falsos deuses. – Nessa hora, ele sorriu e virou as palmas das mãos para o céu. – Eu não estou bravo com vocês. Eu sei que disseram para vocês que é isso que devemos fazer, para nos comunicarmos com esses espíritos fracos, esses tais totens. Nos disseram que temos ajudantes animais, que os fantasmas de semideuses e nossos ancestrais vivem entre nós, que pertencemos a clãs nomeados em homenagem a criaturas. Eu já fui como vocês, levado para o mau caminho. Eu estava perdido. E, meus amigos, essa fé errada, esse estilo de vida pagão, é exatamente o que me fez definhar: o que fez o nosso povo, nosso povo *do bem*, definhar. E, por causa disso, nós vivemos um momento de grande degradação e pobreza. Por que nós, entre todos os filhos de Deus, sofremos tanto? Por que fomos deixados para trás quando falamos em aproveitar as riquezas do reino Dele? Por que nossos jovens estão morrendo, nossos homens sendo presos aos montes, nossas mulheres sendo assassinadas ou desaparecendo? Estamos pagando os pecados dos nossos pais.

Ele andou até a beirada do palco, parando para ter certeza de que suas palavras estavam fazendo efeito. Ao ressoarem por cada fileira, se permeavam onde conseguiam e criavam fissuras onde não conseguiam. Com a falta de resposta da plateia, ele enunciou com mais energia, até o suor brilhar na testa lisa.

– As suas supostas lideranças têm agido como agentes de uma força maligna. Eles os guiaram para longe da luz com distrações simplórias. Como crianças, nós nos permitimos *ser* distraídos. Um tambor não é como um coração que bate: apenas o coração que pertence a Deus pode bater do jeito certo. Uma tenda de suor não vai limpar você: apenas uma confissão para Deus faz isso. Nos deram ferramentas ruins e planos fracassados e nos disseram para construir algo por conta própria. Por quê? Porque o Diabo se regozija com isso. Qual entretenimento seria melhor para o demônio do que assistir a pessoas perdidas lutando para viver com ferramentas falhas? Especialmente quando Deus já havia nos provido um lar, quando Ele prometeu que iria nos alimentar e amar e proteger. Que piada!

Wolff observou a plateia por alguns minutos, dando passos na beirada do palco de braços abertos.

– É uma piada na qual não vejo muita graça. Não como um homem indígena que crê em Deus. Não, nem um pouco. Por que, irmãos e irmãs, vocês iriam venerar um animal ou ter fé em uma pena quando o próprio Jesus lhes mostrou um caminho para O Deus Verdadeiro que criou todos os animais?

A multidão gritou de volta "Sim!" e "Amém!".

– *Antigamente*, nós estávamos perdidos. *Antigamente*, estávamos quebrados. Nós fomos quebrados e separados da verdade. E agora? Agora temos o sagrado, temos tudo.

Ele desenhou um círculo no ar e, quando as mãos se encontraram na parte de baixo, entrelaçou os dedos como se fizesse uma oração.

– Essas terras nos foram dadas pelo Senhor – continuou ele. – São nossas, para vivermos e prosperarmos aqui. Essa natureza inteira é nossa para celebrarmos e honrarmos a glória de Deus. *Ele* é a resposta para a nossa pobreza, afinal, como podemos ser pobres com o amor Dele? E, como retorno, precisamos dedicar nosso sucesso e bem-estar para a luz Dele.

A assembleia levantou as mãos para o céu, balançando como flores grandes sobre caules finos.

– Todo esse império silvestre é nosso, para que possamos honrar o nome Dele.

Quando toda a multidão ficou de pé para louvar, os ajudantes foram até os mais velhos e frágeis para que eles também pudessem se levantar, de braços e corações abertos.

– Nós devemos construir igrejas, novas casas, escolas melhores, negócios prósperos, tudo em nome Dele. É assim que vamos avançar. É assim que vamos nos curar.

– Curar do quê? – perguntou Zeus.

Ele e Joan eram os únicos que ainda estavam sentados, apesar de Joan sentir que algo a incomodava. Ela passou a mão pelo cabelo e segurou o lóbulo da orelha. A sensação não sumiu. Ela se virou.

Lá estava Heiser, duas fileiras atrás deles, em pé com o restante das pessoas. Ao lado dele estava Cecile. Ambos sorriram para Joan, mas não havia luz em seus olhos. Quando centenas de vozes começaram a cantar, Joan encarou Cecile, que desviou o olhar para o palco, fechou os olhos e abriu a boca para cantar junto.

Heiser não cantou. Ele manteve o olhar em Joan, como se estivessem sozinhos em um barco de madeira de piso irregular e com cadeiras dobráveis desconfortáveis, cercados por ondas de música.

Aquele homem sabia por que ela estava ali. E, apesar do medo que sentiu no estômago ao perceber isso, ela sabia que, se ele estava tão incomodado com Joan ali, era porque ela era uma ameaça. Ela inflou o peito sob o casaco vermelho fino. Não podia ser ignorada. Precisava ser temida. Quando a música terminou com um grande final, foi ela quem sorriu para ele. Depois, moveu a boca e disse, sem usar a voz: *eu sei*. Ele estreitou os olhos, e ela se virou, satisfeita por saber que o deixara preocupado. Imaginou os pelos escuros do braço dele se eriçando.

Agora as pessoas ao redor de Joan e Zeus estavam brilhando de emoção, olhando para o Reverendo, com o queixo voltado para cima, o rosto virado para a cruz como se ela fosse o sol brilhando no céu.

Satisfeito, o Reverendo se sentou na poltrona e abriu a velha Bíblia com os dedos compridos de Victor. A assembleia também se sentou, as cadeiras fizeram barulhos contra o chão. Ele ficou quieto por um instante enquanto as pessoas se acomodavam, olhando para elas como um professor do jardim de infância pronto para a hora da história. Um professor de jardim de infância incrivelmente atraente. Em seguida, abriu as páginas e leu:

> Ah! Todos vocês que têm sede, venham às águas; e vocês que não têm dinheiro, venham, comprem e comam! Sim, venham e comprem, sem dinheiro e sem preço, vinho e leite. Por que vocês gastam o dinheiro naquilo que não é pão, e o seu suor, naquilo que não satisfaz? Ouçam com atenção o que eu digo, comam o que é bom e vocês irão saborear comidas deliciosas. Deem ouvidos e venham a mim; escutem, e vocês viverão...

Ele mal olhou para a página enquanto falava, semeando cada palavra na direção de cada fileira da assembleia, enunciando com cuidado, sendo retumbante nas partes mais sensíveis. Virou a página e continuou, sem pausas:

...porque farei uma aliança eterna com vocês, que consiste nas fiéis misericórdias prometidas a Davi. Eis que eu fiz dele uma testemunha aos povos, um príncipe e governador dos povos. Eis que você chamará uma nação que você não conhece, e uma nação que nunca o conheceu virá correndo para junto de você, por causa do Senhor, seu Deus, e do Santo de Israel, porque este o glorificou.

Joan estava ansiosa. Ela odiava aquela versão barata de Victor, preenchida por mentiras. Não podia mais ficar ali parada. Empurrou a cadeira para trás a fim de se levantar, emitindo um guincho alto. O Reverendo levantou o olhar por um segundo e a viu. Ela o encarou de volta, para que não conseguisse desviar.

Ele fraquejou, como se não soubesse que *Cristo* vinha depois de *Jesus*, e olhou para baixo para o livro aberto em seu colo, procurando pela página para achar onde parou. Joan ficou tentada a se virar para trás, para Heiser, mas se desafiou a não tirar os olhos do homem no palco, caso ele a olhasse de novo.

Wolff voltou a ler a passagem em um lugar diferente, hesitante. Quando ergueu os olhos mais uma vez, eles estavam ferozes, passando por rostos que o observavam, procurando por algo ou alguém. Joan continuou em pé, para que ele não pudesse ignorá-la. O Reverendo largou a Bíblia e se levantou. A multidão começou a sussurrar, e ele colocou uma mão no encosto da cadeira para se estabilizar.

Tentou limpar a garganta, depois disse:

– Hum, perdão. Eu, ahn... eu preciso... água...

Ele saiu tropeçando pela lateral do palco e atravessou as cortinas.

Depois que saiu, parecia que a multidão tinha acordado, lentamente e em conjunto. Alguns se espreguiçaram, outros bocejaram e alguns passearam pelas fileiras e saíram da tenda para ir aos banheiros químicos, tentando permanecer discretos. Independentemente de qual fosse o feitiço que o Reverendo tinha feito, ele fora quebrado.

– E agora? – sussurrou Zeus.

Joan se virou. Cecile sumira, mas Heiser ainda estava lá. Ela sorriu de novo para ele, de um jeito bem babaca, que teria começado brigas com os irmãos quando eles eram crianças. Heiser apenas suspirou e, tirando o celular do bolso interno do paletó, começou a digitar ferozmente.

Então Cecile voltou, se inclinou para sussurrar algo no ouvido dele, e ele levantou e a seguiu pelo corredor. Andaram rapidamente até a frente e desapareceram atrás da cortina, pelo lado esquerdo do palco. Um minuto depois, um voluntário loiro subiu ao palco segurando um microfone:

– Senhoras e senhores, vamos fazer um intervalo de dez minutos – disse ele. – Podem ter certeza de que o Reverendo está bem. Por favor, fiquem à vontade para ir lá fora e pegar um pouco de ar fresco, ou conversar com seus devotos amigos até ele retornar. Deus abençoe a todos.

Houve uma salva de palmas educada. Depois, as pessoas se levantaram e foram para a saída.

– Precisamos chegar nele – disse Joan.

– OK – disse Zeus. – A gente vai entrar ali?

– Temos que tentar.

Joan começou a andar pelo corredor principal. Zeus estava logo atrás dela, mas ele perguntou, nervoso:

– Tia, será que é uma boa ideia tentar agarrar o Victor agora, com toda essa gente por perto?

– Tudo o que precisamos fazer é lembrar Victor de quem ele é. Depois, com sorte, ele vai vir conosco sem que a gente precise "agarrar" ninguém.

– Posso ajudar? – Uma voluntária ruiva bloqueou o caminho deles até as cortinas. Ela piscou para Joan e sussurrou: – Os banheiros são lá fora, no canto direito do estacionamento, flor.

– Estamos aqui para ver o Reverendo.

– Ah, não estamos todos? – disse a mulher, soltando uma risadinha. – Ele deve voltar rapidinho. Enquanto isso, fique à vontade para tomar um café e comer biscoitos.

Ela apontou para a mesa de lanches perto da entrada.

– Ele é meu tio – disse Zeus, saindo de trás de Joan. – Ele está me esperando.

– Ah, tudo bem, então. – Ela colocou a mão no braço de Zeus para impedi-lo de passar. – Deixa só eu ir lá dentro e avisar que você está aqui.

– Tio! – gritou Zeus. – Tio, sou eu, Zeus!

As bochechas dela ficaram rosadas.

– Só um minuto, por favor.

Ela desapareceu pelas cortinas.

– Obrigado – disse ele. Zeus jogou a cabeça para tirar a franja da testa e arrumou os óculos de armação grossa no nariz.

As cortinas se abriram, e, em vez da ruiva, Cecile apareceu. Joan apertou a nuca de Zeus.

– Ah, olá, Joan. Eu achei que era mesmo você. – Ela não se deu ao trabalho de sorrir.

– Cecile.

– O Reverendo Wolff não está se sentindo bem. Você vai ter que esperar até o fim do culto se quiser conversar. – Ela olhou para Zeus. – Como todo mundo.

– Moça, eu quero ver meu tio agora. – Zeus deu outro passo em frente. Ele era poucos centímetros mais baixo do que Cecile quando arrumava a postura.

Ela tirou o olhar de Joan e o levou ao menino.

– Que fofo. Você precisa esperar também. – Alguma coisa no olhar severo de Cecile o fez recuar para trás da tia. Ela sorriu de forma irônica e falou por cima do ombro: – Marvin?

Um rapaz com o cabelo bem curtinho saiu das cortinas. Marvin era bem mais alto do que eles e parecia ser tão grande quanto alto. Cecile falou para ele:

– Pode se certificar de que ninguém incomode o Reverendo? Ele precisa de um pouco de privacidade.

– Sim, senhora.

Cecile tirou um fiapo da camisa azul-clara de Marvin.

– Muito obrigada. Somos muito gratos pelo seu trabalho.

Ela se virou de volta para Zeus e Joan com os braços cruzados na frente do peito.

– Vem, Zeus – disse Joan, e eles voltaram pelo corredor.

– Eu provavelmente podia acabar com aquele cara – murmurou Zeus, mas seguiu atrás de Joan. – O que vamos fazer agora? Esperar, como ela disse?

Joan o guiou pela entrada até a escuridão.

– É uma tenda – disse ela para Zeus. – Não deve ser muito difícil de entrar.

Eles fizeram uma curva para se distanciar dos fiéis, que estavam agrupados do lado de fora, e correram pela lateral da tenda, procurando por um lugar de entrada. O som dos geradores era alto ali. As luzes internas faziam a parede de lona brilhar. À direita deles havia uma fileira de árvores escuras que se transformavam em uma floresta, silenciosa como só a natureza consegue ser à noite.

– Você ouviu isso? – Zeus perguntou ao lado dela.

– O quê?

– Pare! – Ele gritou, assustado.

Joan se virou para ele.

– O que aconteceu?

Foi aí que ela ouviu. Um rosnado baixo saindo das sombras.

Zeus arregalou os olhos.

Veio de novo, um rugido longo e grave que saía de um peito largo. Ela apontou para a floresta. Vinha das árvores? Zeus balançou a cabeça e levantou uma mão trêmula para apontar.

Joan se virou lentamente, usando um braço para manter Zeus atrás dela. Bem onde a estrutura da tenda se juntava à escuridão, estava uma criatura curvada, a cabeça cheia de nós e tufos de pelo ou cabelo, o peito inflando com outro rugido.

Zeus se virou e correu.

Joan ficou parada por um instante, tentando reconhecer o rosto da criatura na escuridão.

– Senhor Heiser? – ela conseguiu dizer, a voz trêmula. – É você?

A resposta foi um rosnado tão estridente e seco que era como se a criatura tivesse cuspido na bochecha dela, e Joan também se virou e correu. Ela conseguia ouvir a criatura galopando atrás, sentir o calor quando se aproximou.

Ela alcançou Zeus e os dois foram para baixo das luzes do estacionamento, desviando por pouco de um grupo de senhorinhas que estava abaixo das luzes pisca-pisca.

– Cacete! – Joan gritou quando parou de correr, olhando ansiosa para a noite atrás deles.

Alguém fez um comentário reprovador para eles. Algumas velhinhas riram. Zeus tremia tanto que ela pegou a mão do menino e o guiou para além dos carros e caminhonetes com rapidez, ambos ofegantes.

Depois que cruzaram o estacionamento, eles apertaram o passo e correram, Joan envolvendo a mão de Zeus na sua até chegarem à estrada.

– O que vamos fazer agora? – Zeus estava arfando quando chegaram.

– Eu não sei. Não sei. – Ela havia se esquecido do Jeep. – Merda!

Zeus se inclinou, apoiando as mãos nos joelhos.

– Talvez... talvez possamos pegar uma carona?

Ela massageou a câimbra na lateral do corpo e concordou.

– Boa ideia. Vamos em direção à cidade.

Eles começaram a andar pela estrada em direção a um carro estacionado no acostamento de cascalho.

Joan estava perto o suficiente para ler a placa e percebeu que era o seu carro. As portas estavam destrancadas, e as chaves, no banco do motorista.

– Como... – disse Zeus.

– Eu não sei. E não tô nem aí.

Eles entraram apressados no carro, atentos a qualquer movimento nas sombras ao redor deles. De início, ela não viu o cartão bege preso embaixo do limpador de para-brisa. Então saiu e o pegou, esperando até ter entrado e as portas estarem fechadas antes de olhar para ele.

De um lado, escrito em relevo, estava *Thomas Heiser, CEO, Especialista de Desenvolvimento*. Do outro, escrito em tinta azul: *Joan, vá para casa*.

✦

A viagem foi silenciosa, e eles chegaram ao estacionamento do hotel sem trocar uma palavra. Joan desligou o carro, e os dois ficaram sentados naquela quietude. O celular de Zeus apitou. Ele tirou o cinto de segurança e puxou o aparelho do bolso. Mexeu os lábios enquanto lia, o rosto iluminado pela luz azul da tela.

– Ajean disse que precisamos voltar. Agora.

Joan encostou a testa no volante, descansando sobre o gelado plástico moldado. Não faria diferença ficar ali, já que era óbvio que eles estavam ridiculamente despreparados para resgatar Victor.

– Ela disse que tem uma coisa que vai ajudar.

– Uma cura para amnésia? – Joan sentiu as lágrimas se formarem nos olhos.

– Aqui o que ela disse: *venha para casa agora. Tem coisas que podem ajudar. Vamos atrás delas. Pra você pegar aquele cachorro.*

– Ótimo – disse Joan, saindo do carro. – Que maravilha. – Ela bateu a porta com força enquanto Zeus saía pelo outro lado. – É isso que eu quero fazer, capturar a porra de um Rogarou. Vamos pegar nossas coisas e sair daqui.

VICTOR E O CAMINHO OESTE NA FLORESTA

Pela primeira vez em sabe-se lá quanto tempo, Victor viu o sol. Não achava que era o sol de verdade, apenas uma sugestão da sua luz, só o suficiente para poder acreditar que o sol estava lá.

Sob o novo céu iluminado, Victor levantou as mãos na frente do rosto. Era reconfortante ver onde ele começava e terminava. Para ter certeza de que era mais do que a respiração e o coração batendo cheio de saudade e dor.

Aqui estavam os dedos dele, um tom de ocre queimado sob luz fraca, com meias-luas marrons embaixo das unhas. Sangue? Ele tinha sangrado? Será que estava em uma cama de hospital por ter levado um tiro de um caçador irresponsável? Será que a prisão da floresta era na verdade apenas monitores e morfina?

Ele colocou as mãos no peito e procurou por feridas. Nada. Então se lembrou de que havia caído e que o queixo sangrara. Tocou o local também. Porém não havia um corte, nenhum hematoma. Ele tinha sonhado com aquilo?

Então por que tinha sangue nas mãos? E onde diabos estava o seu rifle? Ele procurou pelo chão. Nada além de terra e sujeira, e as raízes venosas das árvores velhas. Ele procurou nos troncos, esperando encontrar a arma encostada em algum deles. Não estava ali.

Então percebeu que o sol estava mesmo se pondo em algum lugar, e esse lugar tinha que ser o oeste. Oeste. Ele tinha uma direção. Se continuasse a seguir na direção da luz, poderia deixar de andar em círculos. Talvez conseguisse encontrar uma saída.

Ele passou a correr na direção da luz, que começou a diminuir como se fosse um efeito especial de um filme colocado na velocidade acelerada. Ele correu mais rápido. Pulou sobre troncos caídos e pisoteou samambaias no chão, ouvindo os próprios passos a distância. Atrás de si, a escuridão era total, a mesma escuridão na qual ele existiu dentro da prisão indeterminada. Ele podia sentir que ela estava por perto, como o ar saindo do focinho de um cachorro grande.

Logo em frente, a mancha do sol se abaixava delicadamente por trás das árvores. Ele seguiu em perseguição, usando as mãos manchadas de sangue para tirar galhos baixos que prendiam na jaqueta ou na trança dele.

Sob o pânico e a dor e a pressa, estava uma onda de empolgação. Logo em frente, talvez, ou atrás, havia um aroma familiar. Fumaça, hidratante, hidratante labial rosa, pêssego e algodão. E a imagem da curva na parte de baixo do peito dela.

Joan.

Cada pedaço, cada detalhe de Victor, foi feito para Joan. Ele sabia disso no dia em que a conheceu em Montreal, no bar, com sua fala rápida e o rosto corado pela bebida, o quadril jogado para a frente, esfregando os olhos pintados por uma sombra cinza e o uísque. Ele podia senti-la agora do mesmo jeito que a sentiu naquela noite – como se fosse inevitável, necessária. Sua função era existir para que ela continuasse conversando, beijando-o com mil beijinhos em lugares estranhos: na parte de dentro do cotovelo, na nuca, em cima do umbigo, no lugar onde o zíper da calça começava. Não havia outra razão para existir. E aquilo era suficiente.

Onde estava ela? O que ela tinha feito enquanto ele estivera preso ali? Havia quanto tempo estava ali?

Ele correu.

Finalmente, quando não tinha mais forças, ele irrompeu do meio das árvores.

Não. Não! não!

Virou em círculos, um movimento de insanidade e sem propósito.

Que porra é essa?

Ele estava de volta à clareira onde começara.

Gritou para o nada, os punhos ao lado do corpo, inclinando-se para a frente para projetar o som, para se culpar ou achar paz. E ali, no meio da clareira, antes de a escuridão se tornar completa, ele viu. Uma poltrona verde-musgo com armação de madeira.

E então as sombras engoliram os dois.

10

VÁ PARA CASA

Eles chegaram em casa no meio da madrugada. Joan ajudou um Zeus semiacordado a andar até a casa e se jogar no sofá da sala. Ela tirou um cobertor azul da poltrona, o que Zeus tinha tricotado para ela como presente de Natal, e o cobriu. Em seguida, se arrastou até o quarto.

Quando os pássaros começaram a cantar na aurora, o barulho ficando mais alto à medida que a luz aparecia, ela ainda estava acordada. Observou uma joaninha rastejar pela janela. Joaninhas amam madeira, então estavam sempre por perto quando a família dela trabalhava. Ela aprendeu desde criança que elas mordiam. Pousavam no pai dela e ele as colocava nas mãos cheias de calos, para em seguida jogá-las ao vento ou de cima do telhado. Porém os irmãos dela gostavam de esmagá-las, soltando um líquido de cheiro metálico, e ela sempre gritava: "deixem elas em paz!".

Eles riam e esmagavam os pequeninos corpos vermelhos o mais perto possível do rosto dela.

Em certo verão, ela decidiu construir uma colônia de joaninhas perto do galpão do quintal, onde poderiam ficar em segurança e se reproduzir. Ela juntou o máximo de joaninhas que conseguiu, colocando-as em um pote de geleia que roubara do armário de potes da avó e preparado com furos na tampa, feitos com uma chave de fenda, e enchendo o pote de folhas crocantes com pulgões. As joaninhas pareciam miçangas ali dentro, quando saíam rolando ao perderem o apoio enquanto escalavam os gravetos.

Na última semana de julho, ela e a família foram para a ilha do tio em Porto Honey. Antes de sair, ela se certificou de que seus insetos tinham folhas o suficiente e colocou o pote na sombra feita pelo teto do galpão.

Quando voltaram no domingo à noite, ela correu pela casa e foi direto para os fundos. Na metade do caminho, sentiu uma pontada de pânico que a fez acelerar o passo. Joan deu a volta no galpão e ficou aliviada ao ver o pote na grama alta, exatamente onde o deixara. Sentou-se, já decidida a deixar as joaninhas voarem para longe.

Ela pegou o pote. Estava mais pesado do que o normal. Ela o levantou até a altura dos olhos e viu que tinha cerca de sete centímetros de água suja. Chovera durante o tempo que passara fora, e os buracos na tampa se transformaram em torneiras. Os insetos não poderiam sobreviver. Duas dúzias de corpos redondos flutuavam na superfície, juntos uns dos outros e imóveis. Ela matara todos eles.

✦

Joan finalmente pegou no sono com lágrimas nos olhos, o que era algo normal nesses tempos.

✦

– Tia, acorda. – Zeus sacudiu o ombro dela.

Joan suspirou contra o travesseiro, se virou para o lado e o viu em pé ao lado, os braços cruzados como se fosse um pai recriminando uma criança.

– O que foi, inferno?
– É quase meio-dia. Você disse que nós tínhamos que sair cedo.
– Ele se sentou na beirada da cama, o cabelo espetado. Quando ela demonstrou confusão, ele disse: – Lembra? A mensagem que recebemos em Hook River? Da Ajean?

Ela bocejou.

– Meio-dia é cedo, por acaso?

– Não é minha culpa, cara. Alguém me cobriu com um cobertor da hora com habilidades mágicas que fazem a pessoa dormir. Eu tive que lutar para acordar.

Ela não conseguiu não sorrir para ele.

– Beleza, deixa eu tomar um pouco de café e vamos ver a velhinha.

✦

Ajean estava na praia quando eles chegaram, sentada na mesa de piquenique comendo uma fatia de mortadela direto do pacote, enquanto três dos seus netos jogavam pedras do píer.

Quando ouviu os dois se aproximarem, ela se virou e disse:

– Olá, vocês acabaram de chegar?

Zeus se sentou à mesa ao lado dela e pegou uma fatia. Joan acendeu um cigarro e se sentou do outro lado.

– Desculpa. A gente chegou tarde ontem e acabamos dormindo demais.

Ajean apertou carinhosamente a bochecha de Zeus, depois olhou para Joan.

– Você está acabada.

– Valeu. Você está velha.

A mulher deu uma gargalhada.

– Vocês encontraram Victor?

– Mais ou menos – disse Zeus.

– Hum. Vocês encontraram o Rogarou, então?

– Mais ou menos – Zeus respondeu de novo.

Ajean pegou o pacote de frios e o colocou de volta na sacola do mercado.

– Kendall, Kylie... é... e a outra aí, vamos! – gritou ela para as crianças. – Zeus, pode ficar cuidando deles por um tempo agora à tarde? Eu e Joan temos uma missão a cumprir. Sem crianças.

– Não sou criança – Zeus reclamou, mas Ajean o encarou e ele acabou concordando com a cabeça.

✦

Ajean vestiu uma saia longa por cima da calça de lycra e falou, enquanto amarrava os mocassins:

– Eu não sei muito sobre a mágica de lá. – Ela apontou para o leste com os lábios, o que Joan imaginou que fosse uma referência à Europa. – Mas eu não confio nela. Eu acredito que existe, mas não confio.

A anciã estava protegida contra o frio com camadas de roupas peculiares. A primeira era um suéter infantil de gola redonda com uma estampa gasta do Patolino, o bico aberto e os braços no ar como se estivesse gritando *você é dessssprezível!* A trança estava por dentro da roupa, mas era tão longa que aparecia por baixo da bainha das camadas, parecendo uma cauda cinza e fina.

– Fico imaginando: por acaso os velhos brancos da cidade sabem de alguma coisa? – considerou ela, e depois respondeu à própria pergunta. – Não, esse é o problema, eles não têm conexões, nada vivo nas histórias antigas.

Mordeu os lábios e andou pela cozinha, juntando e soltando as mãos. Joan se sentou à mesa. Zeus estava na sala de estar, jogado no sofá enquanto as três crianças dançavam freneticamente na frente da televisão, que mostrava os dez vídeos mais pedidos.

– Você já ouviu falar de sal de ossos? – perguntou Ajean finalmente.

– Sal de ossos? É algo que se coloca na sopa pra fazer caldo?

– O quê? Não. Caramba, você não sabe cozinhar, né? A sua mãe devia ter passado mais tempo dentro de casa do que pendurada em telhados.

– Ajean, fala da sopa de ossos.
– *Sal* de ossos, sua tonta. Sal de ossos. Angelique nunca falou sobre isso?
Joan balançou a cabeça.
– E nunca cresceu nada em você? – Ela abaixou a voz, passando a mão no próprio braço. – Tipo, dentro de você?
Joan suspirou.
– Olha, primeiro fala de como eu cozinho e agora de como eu não tenho filhos. Já entendi, sou uma mulher ruim.
– *Dieu*, não. Eu não estou falando de crianças. Credo, qualquer um pode ter um desses. – Ajean gesticulou com o braço para onde estavam as netas, cada uma concentrada em imitar o *twerking* da Nicki Minaj, todas muitos distantes de cumprir seu objetivo. – Quero dizer, partes novas no corpo, ossos, coisas do tipo.
– Cacete, como assim? Não, eu tenho certeza de que tenho a quantidade normal de ossos.
Enquanto pensava, Ajean mexeu em um único pelo que crescia no queixo dela, como se fosse um gênio do mal que precisava de um cavanhaque melhor.
– Acho que na sua mãe também nunca cresceu um.
Por fim, ela entregou para Joan a sacola com coisas que faziam barulho e abriu a porta de tela, falando para as meninas:
– Vocês três, comportem-se!
Elas já haviam passado pela igreja St. Anne's e estavam na metade do caminho para chegar à Oficina Dusome quando Ajean falou algo. Mas, como ela andava a uma velocidade que a fazia ficar sem fôlego, Joan não se importou com o silêncio.
– Angelique, ela me levou junto para enterrar os dela. É para onde vamos. Devia ser os dela, já que você nunca teve.
Joan estava cansada demais para pedir uma explicação.
Elas andaram entre a estrada asfaltada e a grama suja. Apenas um carro passou por elas, dirigido por Sven, o sueco que comprou a loja de conveniências perto da escola, na última praia antes de

chegar ao condomínio fechado que costumava ser território demarcado indígena antes de a terra ficar cara demais. Ele buzinou duas vezes e acenou.

Ajean levantou o dedo do meio.

– Malditos capitalistas. – Ela fez um estalo com a língua. – Espero que esses merdinhas não tenham construído algo em cima do lugar. Se tiverem, torço para que esses filmes de terror tenham acertado de que construir algo em cima de coisas indígenas faz seus filhos desaparecerem e ficarem presos na televisão.

Elas subiram a colina e passaram pela curva, sem pararem até chegar à Oficina Dusome. Tinha sido lá que Joan encontrara com o Rogarou naquela tarde, mas também era onde ela parava para tomar picolé com os primos quando andavam de bicicleta ao redor da baía, depositando as moedas em um pote plástico que Dusome deixava ao lado do freezer. Ele nunca ficava de olho nas crianças. A atenção dele era direcionada àqueles que buscavam suas habilidades com motores defeituosos; quanto pior, melhor. Depois que ele morreu, a oficina foi trancada. Ficou abandonada por tanto tempo que parecia uma caixa de papelão esquecida na chuva, quase derretendo no asfalto rachado. Ajean foi para os fundos, onde a grama se misturava com cascalho.

– Mas que porra... – disse Joan.

– Shiu. Estamos em território sagrado a partir de agora.

– A Oficina Dusome é sagrada? – Joan baixou a voz mesmo assim.

– Não, não, menina tonta. Uma coisa foi deixada aqui. Algo que não pode ser esquecido.

Joan aprendera que, sempre que pessoas mais velhas falavam mais baixo ou eram mais diretas com suas palavras, ela devia calar a boca. E foi o que fez.

Elas desceram pela entrada, passaram por uma cadeira e um cinzeiro de pé, ambos totalmente enferrujados, e seguiram até um pequeno bosque que foi protegido de construtoras graças a um ninho de uma espécie rara de coruja dali. Ajean se curvou e analisou o chão. Ela parou entre um salgueiro gigante e uma bétula cinza e se ajoelhou em um lugar onde as raízes vazias formavam um buraco.

– Me passa aquela pá ali.

Joan colocou a mão dentro da sacola de Ajean e puxou uma pá verde de jardinagem.

– Nós só precisamos que as mãos certas libertem. Precisamos das palavras certas para cantar e trazer de volta. A magia é paciente.

Ajean fez o sinal da cruz com a pequena pá, de olhos fechados. Ela se curvou e esticou a mão, balançando a pá pela alça no cabo. A brisa espalhou lixo antigo pelo chão rochoso – latas de alumínio com logos de refrigerante, papéis amassados, bitucas de cigarros enrolados.

– Amém – disse Ajean quando terminou, e deixou a pá cair.

A ponta se fincou na terra. Ela se levantou e limpou a sujeira das mãos na parte da frente da saia.

– ok, então – disse ela a Joan. – Comece a cavar.

Joan suspirou. Ela devia ter adivinhado que estava ali para fazer o trabalho pesado.

– O que estou procurando?

– Só cala a boca e cava.

Ela cavou. O chão era duro e ela precisou tirar alguns pedaços grandes, parando para examinar cada pedra. Como Ajean não falava nada, ela continuou.

Joan cortou duas raízes pequenas, liberando um aroma de carne que a deixou com raiva. Depois, quando o buraco tinha cerca de trinta centímetros de profundidade, atingiu algo diferente. Tirou a terra com cuidado e viu um pedaço de tecido velho. Ela parou e Ajean olhou para dentro.

– É isso. Cuidado. Não tire com tudo para não derramar.

Derramar?

Gentilmente, Joan cavou ao redor do tecido até ter espaço suficiente para tirar o pacote por inteiro. Era duro, como se estivesse fossilizado em algumas partes pela água do solo e pressão, mas sem dúvida era uma toalhinha de chá. Que pertencera à família da mãe

– ela conseguia identificar pelo laço de crochê com um botão quebrado na ponta para que pudesse ficar pendurado na alça do forno.

– Você sabia que aqueles caras barbudos, os que têm os navios grandes e os chifres... como é que se chamam mesmo? – Ajean falou enquanto Joan colocava a toalha de chá no chão.

– Vikings?

– Isso, vikings. Eles mesmos. Alguns desses vikings usavam peles de lobo. Os que eram considerados os melhores lutadores, os mais corajosos, os que não podiam ser mortos. – Ela fez um estalo com a língua. – O lobo tem muito poder. Talvez porque ele esteja por toda parte.

– O que quer dizer com isso? – Joan estava tirando os amontoados de sujeira ao redor da toalha.

– Bom, vikings. Alemães. Nós aqui. E tem um povo na Bíblia, um dos doze povos de Israel? O símbolo de um deles também era um lobo. Mas esse povo desapareceu. Um povo que se perdeu. Mas os lobos, eles sim, estão no mundo todo.

– Você ficou lendo coisas na internet com o grupo de idosos de novo? – Ajean sempre voltava das suas aventuras na internet com histórias loucas, sem entender que nem tudo o que ela lia on-line era verdade. Joan limpou a testa com o dorso da mão e ficou de cócoras. – Olha, é o melhor que eu posso fazer. É para eu abrir?

– Aqui não. Pega aquela lata ali, na minha bolsa.

Joan pegou uma lata redonda e azul feita para guardar biscoitos. Ela abriu, jogou fora o único botão que estava solto lá dentro e, com cuidado, colocou o embrulho lá. Depois, pôs a lata de volta na sacola e ficou em pé.

– Não, não. – Ajean bateu no braço dela. – Coloque um pouco de tabaco no buraco e feche tudo.

Joan fez o que ela mandou. Quando o buraco foi fechado, pegou a sacola e elas começaram a andar de volta para casa.

– Ajean, você acha que eu fui idiota por ter levado o Zeus comigo para Hook River? Fico pensando que talvez eu devesse ter deixado ele em casa.

– É sempre melhor ter crianças por perto, sabe? Elas veem coisas que nós não vemos.

– Sim, mas o Rogarou. Tipo, a gente foi perseguido.

Ajean parou de andar.

– Perseguidos? Nossa Senhora do Céu. Tinha gente por perto?

– Não muito longe.

– Filho da puta corajoso, esse aí. – Ela deu um toque reconfortante no braço de Joan, depois começou a andar de novo.

Joan a seguiu.

– Como podíamos saber o que ele ia fazer? Além do mais, agora temos o embrulho da Angelique. – Ela bateu de leve na sacola.

De volta a casa, elas encontraram todas as crianças, incluindo Zeus, cochilando no sofá. As meninas estavam encolhidas, uma debaixo do braço dele, outra aos pés e a terceira embaixo de um cobertor na poltrona. Joan olhou para as bochechas redondas de Zeus por alguns instantes, se perguntando por que ele estava dormindo tanto esses tempos: talvez estivesse prestes a ter um pico de crescimento.

– Vamos deixar eles aí – disse Ajean enquanto colocava uma toalha sobre a mesa da cozinha e depositava a lata no centro. Ela foi até o armário e pegou um ralador de queijo com uma alça vermelha de plástico e colocou ao lado da lata.

– Por que precisamos disso?

– O seu irmão, ele teve um, no antebraço.

– Do que raios você está falando? – Joan se sentou, finalmente cansada de todas essas histórias de índio.

– Um osso. Um osso de sal.

Ajean abriu a lata e tirou o embrulho dali.

– No povo de Red River, do lado da sua *mere*, há gerações têm crescido ossos de sal.

Ela abriu a toalha e revelou uma bola torta, como uma bola de beisebol sem a capa de couro. Era amarelo-escura, quase marrom em algumas partes.

– O do seu irmão começou como um calombo embaixo da pele

no antebraço. Inchou bastante e os médicos disseram que era um fragmento, infeccionado ou algo assim, depois que era um cisto; eles não tinham certeza, médicos nunca têm. Só que Angelique sabia. Ela tentou explicar pro seu irmão, mas ele não quis ouvir. Ele queria tirar logo, mas o hospital demorou demais. Disse que não apresentava risco de vida, então ele tinha que esperar. Tenho certeza de que foi por isso que cresceu tão rápido, porque ia ser tirado.

Joan não conseguiu se segurar.

– Então essa coisa aleatória tinha consciência?

– Olha só. – Ajean apontou para o rosto dela. – Você para com essas merdas.

– Engraçado, eu ia falar a mesma coisa.

– Pergunta pro George de onde veio a cicatriz no braço dele. Acha que apareceu do nada?

E foi então que Joan se lembrou da volta de Toronto depois de uma das tentativas fracassadas de ser livre, quando tinha vinte anos, e viu que George tinha uma cicatriz no antebraço esquerdo, indo do pulso ao cotovelo. Não parecia inflamada, na verdade, parecia mais uma dobra na pele do que um corte cicatrizado. Quando ela o questionou sobre isso, ele só deu de ombros e disse: "Nada de mais". Ela não perguntou outra vez.

– Enfim, uma noite começou a rasgar a pele. A sua *mere* terminou de tirar e o costurou de volta. Não sei ao certo o que ele fez com o osso. Espero que Angelique tenha guardado para ele.

– De quem é esse, então?

Ajean suspirou.

– Você não presta atenção em nada. Este aqui é da sua avó, é da Angelique, caramba.

– Ossos extras não crescem aleatoriamente nas pessoas, Ajean. Não é assim que funciona. – Joan apontou para a bola calcificada na mesa.

– Você acha que uma criança nasce com todos os ossos que vai ter na vida? Novos ossos crescem em bebês depois que eles saem da mãe. A sua família só desenvolve alguns mais tarde. Só isso.

– ok, então onde exatamente cresceu esse da Mere? No braço, tipo o George?

Ajean riu.

– Não, não. Angelique sempre tinha que ser diferente. Esse cresceu na cabeça dela.

– Caralho!

– Pois é, imagina só. Ela teve que usar lenços por um mês até a coisa cair. – Ajean colocou a língua para fora enquanto se concentrava para alinhar o ralador contra a superfície porosa.

Joan esfregou os braços. E se ela tivesse ossos a mais dentro de si? Ela imaginou pequenos membros, como os de uma centopeia, ou ossos de asas saindo das escápulas, duros demais para voar.

– Por que essas coisas crescem, afinal?

Ajean deu de ombros.

– Alguém descobriu que, se você ralar, elas viram sal. E você pode usar esse sal para se proteger.

– Com sal feito de ossos. – Joan se imaginou jogando sal nos olhos do Rogarou e saindo correndo enquanto ele coçava o rosto. Então a arma secreta dela podia ser derrotada por um frasco de colírio?

Ajean começou a ralar. O barulho fez os dentes de Joan rangerem.

– Como você impede coisas indesejáveis de entrarem na sua casa?

– Uma tranca?

Sem resposta.

– Uma arma?

– Não, idiota, com esse sal. Você coloca o sal ao redor da casa e nenhum espírito, nenhum Rogarou, vai poder entrar.

Ajean produziu uma pilha de grãos que tinham por volta de dois centímetros de largura por um de altura. A parte interna exposta do osso de Mere tinha um tom mais claro de bege e era sólida. Não existia tutano em ossos de sal?

Ajean apontou com a cabeça para sua mesa de costura.

– Me traz um pedaço de pano.

Pendurado na cadeira estava um saco de retalhos que ela usava para fazer colchas. Joan pegou um quadrado vermelho e trouxe para a mesa. Ajean arrancou uma faixa de um dos lados. Cuidadosamente, colocou a pilha de grãos no meio, depois uniu as pontas, girou e usou a faixa para amarrar. A seguir, embrulhou o osso de novo na toalha grudenta e o colocou de volta na lata.

– Quando isso tudo acabar, você vai enterrar isto de novo onde encontramos. Para a próxima vez.

– Cristo, eu espero que não tenha uma próxima vez.

Ajean riu.

– Você acha que aqui só tem homens bons e mulheres bonitas como eu? Tem bastante gente ruim. Precisamos ter equilíbrio. – Ela se virou no assento e jogou o ralador na pia. – Alguém precisa.

Ajean se levantou e colocou a lata em cima da geladeira onde ficavam todas as coisas importantes. Ela entregou o pequeno pacote vermelho de grãos de ossos a Joan, que o recebeu relutante, tentando não imaginar que aquilo tinha crescido dentro da cabeça da avó.

– Então, o que eu faço com isso agora? – Ela segurou o embrulho pelo nó. Quase não tinha peso.

– Você guarda sempre com você. Se precisar prender o Rogarou, coloca ao redor dele. Se precisar manter a casa segura, coloca ao redor dela. Se precisar se proteger, bom, a mesma coisa. É um Sistema de Segurança Indígena. – Ajean começou a cantarolar a música de um comercial de tevê sobre segurança do lar, mas dessa vez Joan não achou graça.

Ela colocou o pacotinho no bolso do suéter e juntou as mãos sobre a mesa.

– Ajean, eu devo ficar assustada?

A anciã mordeu o lábio, olhou para a porta de tela e juntou as sobrancelhas.

– Você precisa do menino.

O menino? Joan achava que precisava de muitas coisas: uma arma, um plano, um destino, um milagre... mas o menino?

– Por que eu precisaria do Zeus?

Ajean tirou a trança de dentro do suéter, jogou-a por cima do ombro e brincou com as pontas.

– Uma criança faz você pensar antes de fazer alguma loucura. O menino vai lembrar você de voltar para casa.

Joan se levantou da mesa e foi até o fogão, onde ligou o fogo para esquentar a chaleira. Ela se recostou no balcão, olhando pela janela ao mesmo tempo que uma raposinha colocou a cabeça para fora detrás da igreja do outro lado da rua, depois cruzou o estacionamento e seguiu até a floresta.

Se o Reverendo Wolff era mesmo Victor, como ela acreditava ser, Joan precisaria lidar com o Rogarou, roubá-lo daquela igreja e voltar para Arcand. E tudo o que ela tinha era um menino de doze anos temperamental e uma velha com um saco de pó de osso da avó que pode ou não ter crescido como a porra de um chifre de unicórnio.

– O que é que eu faço agora, cacete?

Ajean deu de ombros, tranquila.

– Não tenho certeza. Que tal me fazer um chá?

✦

Joan convenceu Zeus de que estava na hora de ele dar as caras na própria casa, então ela o deixou lá e voltou dirigindo para casa sozinha. Estacionou e ficou sentada dentro do Jeep. Sentia falta de Mere. Mere saberia o que fazer. Mesmo que não soubesse, pelo menos estaria esperando por Joan com chá pronto.

O que caralhos está acontecendo?, ela perguntou para o nada no carro. Para onde foi aquela vida que ela possuía, em que ela fazia telhados com os irmãos, bebia cerveja Labatt 50 com a mãe, ia com a prima favorita até a cidade para comprar roupas novas a cada estação? A vida em que ela havia se casado com um homem bom e prestativo que fazia as pernas dela estremecerem com um simples toque de sua mão?

A casa estava fria, um túmulo silencioso. Na entrada, as luzes estavam apagadas, como ela havia deixado. Não havia a música de antigamente, nem Victor cantando no chuveiro, nada de passos vindo até ela depois de um longo dia de trabalho que diriam: "deixa eu tirar esse seu cinto".

Ele gostava de fazer aquilo: abrir a porta de tela e tirar o cinto de ferramentas dela. Na verdade, ela o colocava de volta quando saía do carro – não tinha como dirigir com um martelo pendurado no quadril –, mas ele gostava tanto de tirar dela, adorava a ideia dela suada e cheia de ferramentas.

– Humm, tadinha – dizia ele. – Você parece exausta. Vem cá, deixa eu ajudar você a tirar essas roupas sujas.

Obediente, ela levantava os braços enquanto ele tirava a camiseta dela.

– Ah, olha só. Você vai precisar de um banho. – Ele passava o dedo pela clavícula dela, na pele grudenta.

Ela concordava com a cabeça. Sim, era óbvio que ela precisava tomar banho.

– Você também.

Victor sempre estava com as roupas de trabalho, cheirando a madeira e lâminas quentes de metal. Ela o ajudava a tirar a camisa, deslizando o tecido pelos ombros queimados que eram prova de que ele trabalhara o dia todo sem camisa. Aquilo a deixava um pouco ciumenta, com uma pontada no estômago ao imaginar os olhares de mulheres que passavam pelo local. Seu belo Victor, nu da cintura para cima, levantando paredes e fazendo sozinho o trabalho que demandaria de dois homens.

Ele se abaixava para desamarrar as botas dela, olhando para o rosto de Joan, tão próximo da sua virilha que ela sentia a respiração dele ali. Tirava uma de cada vez, depois as meias. Em pé, ele a levantava, uma mão embaixo de cada nádega, e a carregava para o banheiro, os peitos embaixo do queixo dele, assim ele tinha a oportunidade de esfregar o rosto ali ou admirar o rosto queimado de sol. Que dilema difícil para o homem.

Eles deixavam a porta do banheiro aberta. Não havia ninguém para interromper.

Naquela noite, ela tirou os sapatos e foi até o sofá, sentindo o grande vazio da vida dela como um peso que não aliviava, pressionando cada vez mais e mais. Ela se sentou e se cobriu até o queixo com o cobertor de Zeus.

✦

Joan acordou antes de o sol nascer, deitada de lado no sofá. O pescoço estava duro por ter dormido em um ângulo ruim, e ela o esfregou enquanto andava até a cozinha para pegar um copo de água. Retirou um copo do escorredor e o encheu de água gelada, bebendo ali mesmo. Estava enchendo um segundo copo quando ele falou:

– Oi, amor.

Ela derrubou o copo na pia, onde ele bateu em uma faca de pão e uma lasca do tamanho de um botão saiu voando.

Ela se virou e viu Victor sentado em uma das banquetas da cozinha, um sorriso grande no rosto sujo. Segurou-se na beirada da pia para se manter de pé, todo o ar em seus pulmões havia sumido.

– Victor... – ela conseguiu dizer.

– Eu sinto muito pela outra noite – disse ele. – Eu não fiz por mal. Eu só... sabe... estava pensando que você sempre disse que queria sair daqui. Poder viajar numa van, lembra? Uma daquelas dos anos 1980 com cortinas nas janelas e poltronas nos fundos? Mas eu não queria te magoar. Eu fico feliz só de estar com você, não importa onde.

Os joelhos dela começaram a fraquejar e ela os travou, osso e articulação.

– Victor, onde você estava?

Ele esfregou o queixo com barba por fazer. Olhou para além dela, para a janela da cozinha, e seu olhar ficou vazio.

Joan continuou se segurando na beirada da pia, apertando o alumínio gelado contra as palmas da mão. A camiseta dele estava destruída.

Era sua favorita, a que tinha uma boneca *pin-up* encostada em uma bicicleta antiga. Ele a comprara em Abita Springs, em um brechó, porque eles ficaram sem roupa limpa e estavam ocupados demais transando para lavar qualquer peça. *Ele vai ficar puto*, pensou ela.

Ele se levantou, e a camisa se mexeu. Pelo rasgo, ela pôde ver a parte branca de um osso.

– O que aconteceu com a sua camiseta? – perguntou ela, como se o tecido fosse o problema, e não o osso.

– Me escuta – disse Victor.

– Estou ouvindo. Estou aqui. – Ela cruzou o espaço entre eles. – Amor, a gente estava com uma ideia louca de que havia um Rogarou e você tinha sido, de alguma forma, enfeitiçado ou sequestrado, sei lá. Mas não pode ser verdade.

Ele esticou os braços, ainda olhando pela janela atrás da cabeça de Joan. Quando as mãos dele tocaram os braços dela, ele os segurou com força e então encontrou o olhar dela. Ela viu a cor das íris mudar, de pretas para um castanho-claro e depois para um amarelo que só se via na parte de baixo de nuvens de tempestade.

Ele ergueu o olhar, encarou a janela de novo e então gritou:

– Amor, você tem que CORRER! CORRE AGORA! CARALHO, ELE TÁ VINDO! AH, NÃO, NÃO, POR FAVOR, ELE TÁ QUASE AQUI!

Os braços dela, ainda envoltos por ele, estavam gelados. Ela tentou se virar para ver o que ele via, mas ele não a soltava.

E então o vento ficou mais forte, girando como um soco que saía do chão de linóleo. Panelas foram arremessadas dos ganchos. Pratos voaram do escorredor como se fossem *frisbees*, espatifando-se contra a parede onde ficavam os dedais, que caíram no chão fazendo uma cacofonia de estanho e prata e porcelana. O cabelo dele – ah, o cabelo dele estava longo de novo – voou em seu rosto aterrorizado e ela tentou tocá-lo, tirar aquela expressão dali, mas o que viu naquele momento, por baixo do cabelo embaraçado, a fez parar.

Parecia que a mandíbula dele estava quebrada e os olhos estavam mais arregalados, a pele se partindo como se fosse uma cicatriz de cirurgia abrindo. As mãos dele estavam vermelhas com sangue seco.

– *Corre!* – ele gritou de novo, mas a voz estava mais distante do que o próprio corpo.

Joan lutou com ele, mas não tinha voz para gritar – o vento tirara todo o ar de si. O pânico preencheu seu peito como se fosse um líquido. Ela se debateu, tentando se mexer. Depois, sentiu a ponta do cobertor de Zeus nas mãos e o puxou, ofegante.

Estava no sofá, sozinha. Fechou os olhos com força por um segundo e depois os abriu de novo. A sala estava vazia, iluminada pela pouca luz do amanhecer. Ela se sentou e viu a cozinha vazia. Como sempre, estava sozinha.

Joan passou a mão pela cabeça, depois a descansou sobre os olhos, para ficar no escuro por um instante.

– Ai, meu Deus. Deus do céu.

Ela se levantou, jogando o cobertor no sofá.

– Cobertor idiota. Merda!

Foi até a cozinha. Vazia de verdade. O relógio estava barulhento – ele sempre foi barulhento assim? Ela olhou para ele e viu que eram quase cinco e meia da manhã. Tentou pegar um copo do escorredor, mas viu que só havia pratos ali. Embora houvesse um na pia, um rosa, com uma lasca redonda do tamanho de um botão na borda.

– Vai se foder – disse ela para ninguém, mais alto do que o barulho do relógio de parede.

E então ela falou, para uma pessoa específica:

– Estou indo. Já estou a caminho.

VICTOR NA FLORESTA: OUVIDO

Já estou a caminho.

11

SIGA OS SINAIS

Desde Hook River, Cecile estava de olho no Reverendo Wolff. Não que ela já não o fizesse normalmente, mas agora tinha um motivo para isso. Ninguém podia julgá-la por demonstrar essa preocupação. Ninguém se atreveria a fofocar sobre sua devoção. Ele dissera que estava com enxaqueca. Não conseguira voltar para o palco naquela noite. Dois dias depois, o Reverendo ainda estava fora do normal, fazendo pausas longas antes de responder a uma pergunta, e começara a fumar. Ela sabia que o senhor Heiser estava preocupado.

Estavam seguindo na direção norte para a localização do fim de semana seguinte quando ele disse para todos pararem por algumas noites em um hotel de beira de estrada, um prédio baixo e deprimente atrás de um posto de gasolina. Ele fazia isso às vezes, mudava o destino por inteiro ou pedia para esperarem um pouco para organizarem a logística.

Da janela do quarto no segundo andar do hotel, Cecile observou o Reverendo andar até as árvores atrás do estacionamento. Ele carregava consigo um saco de dormir marrom e uma mochila verde. Vestia túnica cinza e calça preta – sem paletó, sem chapéu.

Ele dormia na floresta quando podia. Dizia que estar sob as estrelas o fazia se sentir mais próximo de Deus. Por causa disso, ela sempre tentava reservar hotéis que ficavam perto de algum pedaço de mata selvagem. Porém, naquela noite, ele andava como se tivesse o dobro da idade. Ela temia que, talvez, ele estivesse tendo uma espécie de colapso mental. A teoria de Ivy era de que ele estava distraído pela voz de Deus, que falava diretamente com ele. Só que Ivy era uma idiota. Cecile pensou diversas vezes em pedir para ela se retirar do grupo de voluntários, mas ultimamente o senhor Heiser demonstrava muito interesse na moça. Tirando o rosto sardento e os peitos gigantes, Cecile não conseguia compreender o motivo.

Agora, Wolff desaparecera em meio às arvores e não voltaria para o quarto até a manhã seguinte. Cecile decidiu que ela não podia esperar tanto tempo para vê-lo. Ela havia sido paciente. Meses ao lado dele. Meses lendo versículos juntos à noite. Semanas e semanas se aproximando: certificando-se de que iria se sentar ao lado dele nas reuniões semanais, aparecendo na mesma hora para refeições por pura coincidência, pegando sempre o mesmo elevador. Ela se considerava uma mulher de fé. Uma mulher paciente. Mas, ainda assim, era uma mulher. E decidiu que aquela seria a noite, mesmo que precisasse ir atrás dele no meio de uma floresta.

Ela cantarolou hinos alegres no chuveiro, depois passou o hidratante de cortesia que encontrou no banheiro e secou o cabelo com o secador barulhento preso à parede. Enquanto remexia nas roupas de baixo, tentou invocar a antiga Cecile, a mulher antes do Ministério da Nova Redenção, antes da reabilitação, lá quando era uma mulher com liberdade sexual.

Aos vinte anos, ela se sentia sufocada na cidade natal, Hamilton. A mãe morrera, a relação com o pai era complicada no melhor dos dias, e a avó – a única pessoa que realmente cuidara dela – morreu quando Cecile tinha quinze anos. Ela passou horas trancada no quarto assistindo a programas de televisão sobre Ken Kesey e a viagem de carro com Merry Pranksters, sobre os Beats e Timothy

Leary e outras coisas psicodélicas. Amava liberdade, autoexpressão. Aquelas eram pessoas que entendiam a importância de realmente viver, e não apenas existir.

Cecile leu *Siddhartha* meia dúzia de vezes e conseguia recitar as três primeiras páginas do poema "Howl" de cabeça. O pai dela dizia que ela era das antigas, mas ela se sentia novinha em folha, parte de um renascimento, parte de uma geração que estava entediada e de saco cheio com o excesso dos anos oitenta, a vergonha dos anos noventa, a perdição dos anos dois mil. Ela precisava ir para a Califórnia. Então juntou todo o dinheiro que tinha, de trabalhar até não aguentar mais em um supermercado, terminou um ano de faculdade na Mohawk College, como havia prometido ao pai que faria, e comprou uma passagem de avião para Los Angeles.

Ela devia ter ficado apavorada, ou pelo menos nervosa, já que não conhecia ninguém na Califórnia e tudo que tinha, ou o que aquela nova versão dela tinha, estava em uma sacola azul da IKEA no compartimento superior do avião. Mas ela não ficou. Estava empolgada. Usava sandálias e duas saias brilhantes, uma por cima da outra, e uma camiseta *cropped* de quando era adolescente com "CAI FORA" escrito em letras redondas sobre os peitos. Enrolara colares nos tornozelos e costurara os fechos para que ficassem do tamanho certo, e fez duas tranças de cânhamo ao redor dos dedões dos pés e os conectou. Ela viajara com o cabelo muito sujo: prometera a si mesma que faria dreads quando chegasse e precisava começar o processo sem ter lavado o cabelo durante três semanas.

Naquele primeiro dia em Los Angeles, sentada em um café que de acordo com as redes sociais era um bom lugar para a galera punk e New Age, ela conheceu Sage, um homem com dreads lindos, loiros e manchados pelo sol, que iam até a cintura. Ela não fazia ideia de quantos anos ele tinha, talvez alguma idade entre 21 e 49. O rosto dele era basicamente as maçãs do rosto e sardas ao redor de um sorriso gentil que mostrava um cuidado dental na infância e uma negligência na fase adulta. A barriga nua formava um v até a bermuda que guiava um olhar para baixo. Ele parou para pedir um copo de kombucha com lactobacilos para a atendente careca do balcão, depois se sentou ao lado de Cecile no banco.

Sage disse que ela era uma visão. Ele disse que tinha, literalmente, visto ela chegar em uma premonição, e portanto era fácil para ele se aproximar dela. Já que não eram estranhos, ele se sentia confortável de colocar a mão, gelada por causa da bebida, no antebraço dela, e depois deslizou até a lombar enquanto conversavam. Pouco depois, ele a convenceu a se juntar a ele e às esposas em uma caravana para o que dizia ser a última comunidade livre de verdade no mundo: Slab City.

– Fica em território público. Não tem taxas, aluguel ou preocupações. Quer dizer, não tem eletrônicos, nem sistema de esgotos, mas não tem problemas também. É uma cidade autônoma, do jeito que as coisas deveriam ser.

– Parece perfeita – disse ela.

– Do que você gosta, afinal?

Ela se aproximou dele.

– Ram Dass, poligamia e expansão da mente de forma orgânica.

– Ah, mano, você tem que vir comigo. Se ficar aqui, em pouco tempo vai começar a pedir esmola ou se prostituir.

A caminhonete dele cheirava a xixi de gato. Sempre que faziam uma curva, rolavam garrafas de Listerine e latas de Red Bull pelo chão. Ela pagou por gasolina suficiente para saírem de Los Angeles, e ele discursou sobre a ruína do capitalismo até chegarem ao deserto. Quando ela chupou o pau dele no banheiro de um posto de gasolina perto de Joshua Tree, compreendeu que ele não estava brincando quando falou sobre não ter água encanada. Por fim, saíram da rodovia para uma rua de terra, passaram por um trailer enferrujado e um homem em uma scooter elétrica que fumava um cachimbo gigante. Sage buzinou duas vezes e gritou "Ei, Jetson!" pela janela. O homem acenou de volta. Eles passaram por galinheiros e um burro manco amarrado do lado de um galpão feito de caixotes, com um teto verde angular. Naquele primeiro dia, ele ofereceu um tour na comunidade para ela, onde artistas e mágicos viviam em casas construídas de lixo, onde dava para tomar ácido ou escrever poesia. Ele a levou para as fontes termais onde eles podiam tomar banho pelados.

As esposas de Sage estavam ou muito acima ou muito abaixo do peso, e se ocupavam de se coçar em diversos lugares ou enrolar cigarros que fumavam até só sobrar cinzas. Logo Cecile descobriu que os mágicos tinham transtornos mentais, e os artistas estavam mais interessados em conseguir opioides do que pintar.

Na segunda semana na caravana, ela já estava fumando metanfetamina em ocasiões especiais: shows e apresentações de poesia que aconteciam no pátio; o palco era demarcado por velas baratas. No segundo mês ela criara o hábito, fumando até em dias em que o calor fazia os residentes irem para as salas de estar comunitárias com móveis quebrados e chão de madeira compensada e onde as pessoas podiam ver o que ela estava fazendo. Ela ficou menos exigente. Começou a pegar caronas na scooter de Jetson, o assento fora substituído por um *cooler* de cerveja, até os trailers onde sabia que conseguiria a droga. Ela fazia alguns bicos para conseguir dinheiro: lavar pratos, fazer tarefas para diabéticos que tinham perdido membros do corpo e bater punheta para homens velhos.

Depois de um aborto forçado conduzido pelas esposas, que encheram ela de chá de framboesa e fizeram uma espécie de massagem que era, na verdade, dois drogados apertando o estômago dela até tocar a coluna, Cecile decidiu que precisava ir embora. Ligou para o pai, que comprou uma passagem de avião para ela, e então voltou para o Canadá e foi direto para um centro de reabilitação. Foram necessárias várias doses de penicilina para livrá-la dos presentes que ela recebera como moradora de Slab City. Sem falar na pediculose, nas mordidas de cachorros e no olho roxo que ganhara quando Sage decidiu que ela pegara mais droga do que deveria.

Algumas pessoas dizem que não sabem o que estavam procurando até Jesus aparecer e encontrá-las. Cecile soube. Ela soube na hora em que pegou a Bíblia, na biblioteca do centro de reabilitação, que estava procurando por Jesus. Jogou fora as miçangas e os xales com estampas de mandala e os trocou por saias longas, blusas e um terço que encontrara em um brechó. Quando o conselheiro comentou que estava trocando um vício por outro, ela discordou veementemente. Depois que saiu do centro, Cecile brigou com o pai quando ele marcou consultas regulares com uma psicóloga e brigou com a psicóloga quando ela levantou a questão de que a mudança repentina de Cecile era um sintoma de transtorno de personalidade borderline. Ninguém via que o que estava acontecendo com ela não era um transtorno mental, e sim o seu chamado.

Ela voltara para a casa do pai, mas não podia retornar para a vida que tinha antes da Califórnia e a reabilitação e Jesus. Não voltaria para a faculdade, nada de filmes e definitivamente nada de livros que não foram escritos pelo Senhor. Ela foi de igreja em igreja, procurando por um sinal de que pertencia àquele local, que era lá que ela precisava estar. E então o ministério apareceu na cidade.

Era algo bem menor na época. Não tinha tenda. Em vez disso, faziam os encontros nos porões de centros comunitários e entregavam panfletos em bazares de igrejas. Ela se voluntariou na hora e começou a viajar para todas as assembleias, trabalhando duro para se tornar indispensável: organizando outros voluntários, criando e imprimindo pôsteres e panfletos que ajudavam a espalhar como o ministério ajudaria os povos indígenas a viver melhor. O senhor Heiser era tão impressionante quanto inspirador. Um homem que vestia ternos de cinco mil dólares, mas comia macarrão com queijo oferecido em sopões comunitários. Ele sempre tinha tempo para os fiéis e os voluntários. Uma vez, ela lhe perguntou como conseguia ter tempo para tudo.

– Deus teve tempo para criar o mundo em sete dias – disse ele. – Eu acho que, depois disso, nada parece impossível.

É claro que sim.

Finalmente, o senhor Heiser reconheceu quanto ela era valiosa e ofereceu a ela o cargo de coordenadora da congregação. Foi nesse mesmo dia que ela arrumou as coisas e deixou a casa do pai de uma vez por todas. Desde então, viajava com o ministério.

Um ano depois, o Reverendo Wolff apareceu. Ele era carismático e acessível, e logo mais a congregação cresceu e a rota deles foi expandida. De repente não estavam só aparecendo, e sim sendo convidados por comunidades. Compraram uma tenda usada de uma loja de aluguéis de casamento e cadeiras de plástico com um empréstimo da empresa do senhor Heiser. Ficou óbvio a partir daquela primeira manhã, em que a luz do sol iluminou a tenda montada, em toda a sua glória, que Cecile encontrara seu lugar.

E, no belo Reverendo Wolff, Cecile viu o segundo sinal: um que não esperava receber. Agora sabia ao lado de quem deveria ficar. Deus abençoe o senhor Heiser e onde quer que ele tenha encontrado Eugene (um nome que ela só ousava usar para o Reverendo em pensamentos). Que bênção seria se tornar a esposa de um ministro tão poderoso!

Então ela vestiu uma das suas melhores lingeries e um dos seus vestidos longos, modesto mas que caía bem, e o mais importante, fácil de tirar. Colocou brincos de corações feitos de cristais em ganchos prateados e passou maquiagem para destacar as melhores características. Penteou o cabelo e deu um pouco de volume com spray, deixando o restante dos fios soltos. Em seguida, vestiu a capa bege longa, colocou a chave-cartão do quarto no bolso da frente e saiu pelo corredor, a porta batendo atrás de si. Desceu pela escada, para não encontrar com alguém do ministério no elevador.

Ao pôr do sol, ela cruzou o estacionamento, depois cruzou a vala cheia de lixo e entrou na floresta. Não foi difícil encontrá-lo. A floresta era aberta, e ele tinha acendido uma pequena fogueira.

Wolff estava deitado em cima do saco de dormir, com uma almofada embaixo da cabeça e o cobertor puxado até o pescoço. Parecia que já estava dormindo. Ela ficou em pé ao lado dele, observando as pequenas sombras formadas pelas chamas se moverem no rosto dele. Elas pintavam e apagavam seus traços de forma que a mesma pessoa parecia mudar: de um cabelo longo e barba por fazer, cansaço e tristeza, e de volta para a perfeição do seu Reverendo. Aquela mudança a incomodava por um motivo que não sabia explicar, já que era apenas um truque da luz.

Enfim, ela respirou fundo, tirou os sapatos e se deitou à direita dele. Apoiou a cabeça com a mão, sustentada pelo cotovelo, com cuidado para não bagunçar o cabelo.

– Reverendo? – sussurrou ela.

Sem resposta.

Colocou a outra mão no peito dele e pressionou de leve.

– Reverendo Wolff.

Depois, ela se arriscou.

– Eugene?

Nada. Como ele conseguia dormir tão pesado ali? E se aparecesse um urso? A perna dele poderia ser mastigada até o joelho, e ele nem perceberia. Tirou a capa e levantou o cobertor dele, cobrindo-se também. O calor do corpo dele era preocupante, mas a respiração estava constante, normal. Talvez só tivesse uma temperatura corporal alta quando dormia. Ela se lembraria disso quando fosse comprar lençóis para a casa deles.

Chegou mais perto, deitando a cabeça no peito dele. Quando ainda assim ele não se mexeu, colocou uma coxa sobre a barriga dele, depois a deslocou mais para baixo. Enquanto mexia a perna para cima e para baixo, os olhos dela se fecharam e os lábios se abriram, como se ela fosse seduzida pelos próprios movimentos por baixo do cobertor de lã.

✦

Memórias vivem não só no cérebro, mas também nos músculos e nos tecidos em que foram criadas. Elas dormem aconchegadas em células e plaquetas, até o toque certo acordá-las. Quando um homem beija a esposa, não é necessariamente o contato imediato que acelera seu coração, mas a memória da boca molhada no pescoço e o barulho da aliança de casamento tocando no zíper da calça, três décadas atrás. Às vezes uma mão familiar no ombro pode se tornar uma música que acorda o corpo e faz alguém dançar.

Então, quando o bom Reverendo Wolff – que realmente acreditava que Cecile era uma ótima candidata para ser uma esposa e companhia, que amava seu cabelo amarelo sedoso e sua bondade – abriu os olhos e viu o rosto ávido, ouviu o gemido baixo e sentiu sua coxa grossa, não ficou interessado pelo jeito como ela o procurara. Mesmo assim, deixou que as mãos dela passeassem pelo seu abdome e não protestou quando elas substituíram o peso da coxa dela.

O Reverendo não era tanto um homem, e sim a carcaça de um, como o desenho em giz de uma silhueta no chão de asfalto. Era por isso que precisava da solidão da floresta e da luz da lua, era por que precisava de sessões com o senhor Heiser: para ser regularmente colocado de volta no lugar, para que sua mente comportasse a palavra do Senhor, pudesse seguir com um propósito, pudesse servir. Todos os seus desejos e suas vontades eram em função da igreja. Ele esperou para ver se Deus permitiria que os movimentos de Cecile o despertassem. Deus não fez isso. O Reverendo não ficou tentado. Sabia que essa era a vontade Dele.

Ele se mexeu e ela se deitou de barriga para cima, esperando que ele se colocasse sobre ela. Em vez disso, ele olhou para a arquitetura do céu e balançou a cabeça.

– Não – disse ele.

Ela tocou no zíper dele, levando os lábios para seu pescoço.

– Cecile, não. – O Reverendo empurrou gentilmente a mão dela e se virou de lado, dando as costas à moça.

A rejeição a paralisou por um instante. Então ela saiu de baixo do cobertor e ficou em pé, descalça. O chão estava mais frio do que parecia. Pegou as sandálias, enrolou-se com a capa e saiu correndo da floresta enquanto pedras, cacos de vidro e gravetos furavam a sola macia dos pés.

De volta ao quarto, Cecile ligou o chuveiro o mais quente que conseguia aguentar e ficou debaixo da água, de calcinha e sutiã. Quando terminou, se secou com uma toalha fina que deixou a pele dela vermelha. Em seguida, vestiu a longa camisola branca e se deitou na cama. Ela se esqueceu de desligar a luz e, quando se virou para a janela, encarou o próprio reflexo, sozinha na cama. O que fizera de errado? Será que tinha interpretado mal os sinais? Ela fechou os olhos, mas não dormiu.

Na manhã seguinte, Cecile não suportou a ideia de encontrar o Reverendo, então fingiu estar com dor de estômago e ficou no quarto. A humilhação é um tipo de doença, afinal – profunda e piedosa. Naquela noite, ela viu Ivy andar com o Reverendo sob as luzes do estacionamento até a floresta.

Que porra é essa?

A respiração dela formou um círculo na janela, a mão apertando as cortinas laranja-queimado ao redor do rosto. Lá estava Ivy, ajudando a carregar o saco de dormir do Reverendo, observando-o com adoração enquanto ele falava. Quando ele pegou o saco de dormir ao chegarem na vala, e colocou a mão na cabeça dela como uma bênção e dispensa, Cecile riu. Ela torceu para que Ivy olhasse para cima no caminho de volta e visse Cecile na janela, encarando-a. Porém, Ivy não olhou para cima. Naquela noite, pelo menos, Cecile conseguiu dormir.

Ela acordou com uma chamada para uma reunião de café da manhã com o senhor Heiser, o Reverendo e alguns dos membros do alto escalão do ministério na cafeteria do hotel, provavelmente para conversar sobre seguirem mais ao norte, onde cresciam coisas miseráveis: pinheiros, rochas pré-cambrianas, reservas indígenas. Ela odiava o Norte: frio demais, vazio demais. Talvez, depois que assumisse mais funções do senhor Heiser, ela pudesse guiá-los de volta para o Sul, talvez até cruzassem a fronteira dos Estados Unidos. Por um instante, enquanto se preparava para estar diante de todos, imaginou um retorno triunfante a Slab City, trazendo Jesus para aquele grupo de pessoas da Idade da Pedra, como um cavalo alado de destruição e renascimento – pisoteando as tendas nojentas, espalhando fogueiras repulsivas alimentadas por gasolina pelo caminho, enquanto os maníacos esqueléticos caíam de joelhos nos paletes cheios de farpas que usavam como varandas. Até os percevejos nas camas passariam por uma transformação, talvez virassem borboletas, ou mariposas pelo menos, com olhos grandes e asas marrons que as mantivessem seguras dos corvos do Demônio.

Cecile cruzou o saguão devagar, os ferimentos na sola dos pés cobertos por curativos. Cada passo doía, mas aquilo era bom – fazia com que se lembrasse de que estava sozinha, só ela e Jesus, outro mártir com os pés machucados. Quando abriu a pesada porta de vidro da cafeteria, só a corrente no topo da porta avisou da sua entrada – nenhum sino feliz tocou. Uma fileira de cabines conjuntas de assentos rasgados cortava o espaço em dois. De um lado, havia um balcão que não era mais usado para servir comida e, em vez disso, agora abrigava pilhas de pratos, guardanapos, jornais, um suéter e algumas canetas. A outra parede era reservada para mesas na janela com vista para o estacionamento e a estrada do outro lado, com mais meia dúzia de mesas e cadeiras de madeira. Tudo parecia grudento.

Os outros já estavam ali, sentados em uma cabine com copos de café. Todo mundo estava usando uma camisa polo azul da MNR, menos o senhor Heiser e Cecile, que decidiu usar um longo vestido branco. Todos olharam para ela quando se aproximou, e ela acenou para eles. Greg acenou de volta. *Ela estava atrasada?* Cecile olhou para o relógio fino no pulso. Sim, um pouco. Culpou os pés feridos. Depois, viu Ivy, empoleirada no banco de vinil. *O que ela estava fazendo ali?* Não era membro sênior.

– Olá, pessoal. Me desculpem pelo atraso. – Cecile esperou, na extremidade do banco, que Ivy saísse para ela poder se sentar ao lado do senhor Heiser, como sempre. – Acho que ainda estou meio devagar por causa do estômago. Mas cheguei, então podemos começar.

Só que Ivy não se mexeu. Em vez disso, se aproximou mais do chefe e deixou a ponta para Cecile. Ela sorriu para o copo, se recusando a fazer contato visual.

Mas que raios era aquilo? Cecile se sentou no banco, onde as pontas gastas do tecido rasgado foram cobertas por fita isolante. Era certo que alguém diria a Ivy que ela precisava sair dali.

Só que Heiser não se importou com a mulher mais jovem se pressionando contra ele.

– Que bom que você conseguiu vir, Cecile – disse ele. – Vamos começar.

– Espera, onde está o Reverendo? – perguntou Ivy.

Meu Deus, quem era ela para interrompê-lo assim? Porém, Ivy tinha razão. Ele não estava sentado, nem na cafeteria.

– O Reverendo está descansando um pouco mais hoje – disse Heiser. – Com certeza tem alguma coisa circulando por aqui, talvez ele tenha pegado a mesma coisa que Cecile. Enfim, não precisamos incomodá-lo com esses detalhes.

Uma garçonete com peitos grandes trouxe café para Cecile em uma caneca bege, apesar de ela realmente querer um copo de água quente com limão. Mesmo assim, agradeceu de maneira educada.

O senhor Heiser olhou o celular, depois o guardou e deu atenção total a eles.

– Ivy levantou uma questão importante que eu acho que precisamos discutir antes de planejar o próximo evento e revisar o orçamento – disse ele. Ele parecia sério ao virar pequenos potes de creme dentro da xícara de café. – Ivy, por que você não compartilha isso com o grupo, por favor?

Ela pigarreou, as bochechas rosadas. As bochechas de Cecile estavam mais avermelhadas. Só um dia de folga, e o mundo tinha ido para as cucuias.

– O senhor Heiser e eu estávamos conversando sobre o cansaço do Reverendo durante o último sermão, e eu sugeri que pode ser uma boa ideia todos nós tirarmos alguns dias de folga. Talvez fazer algo divertido.

– Divertido? – Cecile não queria ter dito em voz alta. Ela bebeu o café para impedir que mais palavras saíssem. Queimou a língua. Outra penitência.

– Acho que devemos considerar. Porque, infelizmente, temos um problema maior com o qual lidar. Cecile? – disse Heiser.

– Sim, senhor Heiser?

Finalmente, era hora de os adultos conversarem.

– Você se lembra da mulher que entrou na tenda na assembleia em Orillia no mês passado? A mulher para a qual tivemos que chamar os paramédicos para ajudar?

– Claro que me lembro – disse Cecile. – Ela apareceu nos dois últimos sermões em Hook River também.

– Sim, ela esteve lá. Ivy, você também a viu. Ela estava com o menino que tentou entrar nos bastidores.

– Ah, nossa! – Ivy se inclinou sobre a mesa em direção a Garrison. – Eles foram tão agressivos, você devia ter visto.

Heiser suspirou.

– Eu queria evitar esse problema, mas chegou a hora de vocês saberem algumas duras verdades sobre o nosso amado Reverendo Wolff. Eu não costumo compartilhar detalhes pessoais, mas é necessário nesse caso, para que possamos proteger a ele e ao ministério.

Cecile balançava a perna na mesma velocidade com que o coração batia. Quais duras verdades?

Heiser apoiou os cotovelos na mesa e juntou as mãos, os dedos longos curvados à frente.

– Quando eu conheci Eugene, ele estava em mau estado. Drogas. Talvez outras coisas, não sei ao certo. Uma noite, ele apareceu do lado de fora da tenda. Eu não acredito que estivesse nos procurando, mas acabou cruzando nosso caminho. Deus trabalha de maneiras misteriosas.

A mesa disse um amém obrigatório.

Cecile se lembrou da primeira vez que viu o Reverendo. Eles disseram ao policial que já fazia três anos, mas o senhor Heiser aparecera com ele havia apenas um ano, depois de ter passado uma semana longe por conta de outros trabalhos. Wolff parecia tranquilo e confiante desde o primeiro dia. Porém, ela supunha que não deveria ficar surpresa. Todo mundo tem um passado. Até os mais santos.

– Eu vi alguma coisa nele – Heiser continuou a falar. – Eu não sei o que era, mas era algo poderoso. Algo que não precisava ser liderado, mas que precisava liderar.

Mais sussurros e cabeças concordando.

– E eu pensei: *Heiser, mantenha esse homem por perto. Guie-o para o caminho certo, e ele vai nos levar para um novo patamar, novas glórias.* Então eu me aproximei dele como se fosse uma criatura selvagem. Ofereci café, água e roupas limpas. Ele não aceitou nada, apenas se sentou e chorou. Parecia que Jesus havia chegado primeiro, porque ele já estava pronto.

A admiração de Cecile por Wolff devia ter crescido por tudo o que ele superara, especialmente considerando o que ela própria havia passado, mas, em vez disso, ela se sentiu enganada. E se prendeu àquele sentimento.

– Então eu o ouvi – disse Heiser. – Ali mesmo, na lama ao lado da tenda. Parecia que aquele homem estava fugindo de coisas horríveis. Ele conhecera uma mulher em Quebec que o levou para o caminho errado.

– Minha nossa. – Garrison mexeu na barba. – Não nos deixeis cair em tentação...

– Parecia um programa de televisão – disse Heiser. – Antes de ele deixá-la para trás, ela o viciou em coisas ruins, de todos os tipos, a menos grave era heroína.

– Ai, não! – Ivy exclamou.

Cecile entendia sobre vícios. Ela contara com o poder de Jesus para salvá-la. Mas e o Reverendo? Ela começava a acreditar que

Deus a salvara na floresta – que talvez Ele não quisesse que ela se entregasse para um drogado, não agora que estava curada.

– Chocante, não é mesmo? Mesmo assim, eu decidi naquela hora que ele havia sido enviado para nós. – Heiser apontou para o teto da cafeteria, cheio de teias de aranha e manchado de gordura.

Tanto Garrison quanto Greg bateram as mãos na mesa, dizendo "Sim!" e "Amém!". Colheres saltaram e sacudiram, e a garçonete achou que era um sinal de que queriam mais café. Eles esperaram que ela servisse mais.

Heiser continuou a história.

– Então, eu o levei para a cidade na primeira oportunidade que tive. Eu o deixei em um centro de reabilitação e o apresentei a um teólogo que eu conheci na Universidade de Toronto que acreditava que ele tinha um excelente potencial. E assim ele foi estudar lá, viver como um monge. Ele trabalhou duro e cada minuto de sacrifício valeu a pena, porque se tornou o ministro mais eficiente e abençoado que já tivemos.

– Abençoado seja – Cecile e Ivy disseram ao mesmo tempo.

Cecile evitou fazer contato visual com os outros.

– Mas agora parece que a vida antiga dele voltou a persegui-lo. Em Orillia, a mulher o encontrou mais uma vez. Ela estava bêbada e drogada. O Reverendo lidou com isso, para melhor ou pior, ao insistir que ela estava enganada e que não a conhecia. Depois disso, ele ficou transtornado. Eu o levei de volta para a cidade comigo por uma semana para ter certeza de que não teria uma recaída. Lembra disso, Cecile?

Ela assentiu. Depois que aquela mulher foi embora na ambulância, Heiser colocou um Wolff perturbado em seu carro. Ela disse:

– Essa *stalker* não gostou nem um pouco de mim quando me viu tentando ajudar o Reverendo.

– Bom – disse Heiser –, ele me fez prometer, me implorou, na verdade, para nunca mais deixar que ela se aproximasse dele. Sabe que ela é uma fraqueza para ele. Ela o levou pelo mau caminho uma vez, e ele ficou preocupado que ela o levasse de novo. Então eu prometi ao nosso bom e piedoso Reverendo que nós iríamos protegê-lo a qualquer custo. Que nos certificaríamos de que essa mulher, essa Joan, nunca chegasse perto dele.

– Pelo menos ela não sabe para onde vamos – disse Greg. – Talvez consigamos continuar fugindo dela. Talvez seja melhor pedir uma ordem de restrição ou algo assim?

Heiser suspirou, tirando as mãos de cima da mesa e pousando-as nas coxas.

– Na verdade, pessoal, eu concordo com Ivy. Eu acho que a melhor forma de lidar com isso é tirar alguns dias de férias dos encontros. Quando a nossa missão nos levar até as pradarias, algo que eu acredito que deve acontecer em breve, o problema terá se resolvido.

– Por quanto tempo? – perguntou Ivy.

Cecile percebeu que isso era melhor do que Ivy havia imaginado.

– Por uma semana, sete ou oito dias por garantia. Pensem nisso como férias em família.

– O que devemos fazer se a *stalker* nos encontrar? – perguntou Greg.

Heiser se inclinou sobre a mesa na direção dele, os olhos apertados por causa do sorriso grande e cheio de dentes.

– Não se preocupe. Eu mesmo vou lidar com ela.

12

COLEÇÃO DE ALMAS

Ivy puxou a saia para baixo, pegou a calcinha que estava debaixo da cama e começou a falar enquanto passava os pés pelos buracos.

– Eu acho que a Cecile sabe sobre nós.

Heiser nem sequer havia guardado o pau e já estava com o celular na mão, olhando seus e-mails.

– Ivy, você vai ter que ser um pouco mais específica. – Ele largou o celular para poder vestir a calça.

Ela se sentou na beirada da cama feita.

– Ela tem sido malvada comigo.

– Jesus Cristo, eu não tenho tempo pra isso. – Heiser mordeu o lábio e abaixou a cabeça. – Por favor, perdoe minha blasfêmia.

Ela assentiu, como se ele estivesse pedindo desculpas para ela. Que bela idiota era essa menina.

– Cecile é uma mulher muito ocupada – disse Heiser. – Às vezes ela fica irritadiça por causa disso. – Ele deu as costas para Ivy e mandou uma mensagem rápida para o motorista. – Parte do motivo de eu gostar dela é por ela ser tão determinada, mesmo que isso a enlouqueça às vezes.

– Você gosta dela? – Ivy cruzou os braços.

Heiser suspirou.

– Ivy, eu não tenho tempo pra isso. – Ele largou o celular de novo, esticou o braço e ergueu o queixo dela. – O recreio acabou.

Ele se levantou e foi para o banheiro se limpar.

– E por favor procure por um local ideal para um retiro, um lugar isolado. – Ele parou na porta do banheiro. – De preferência, fora da nossa rota atual.

Cecile ficaria irritada por ele ter pedido para Ivy organizar isso. Ele sinceramente não se importava, desde que fosse resolvido.

Heiser abriu a torneira e ajustou a temperatura da água para que ficasse morna, não quente. Tirou a calça e se recostou no balcão, colocando o pau na beirada da pia. Riu para si mesmo. Ah, Ivy. Ela estava sendo divertida. Apesar de saber que não deveria permitir que ela o distraísse agora, considerando tudo o que estava acontecendo. Principalmente agora com os contratos de projetos e essa merda do Wolff, ele estava atolado de coisas.

Ultimamente, a igreja estava tomando mais tempo do que ele gostaria. Ainda assim, era uma das melhores ideias que já tivera. Foi uma aposta ser um consultor – a diferença entre clientes, a confiança no sucesso do último trabalho para garantir o próximo, especialmente quando estava lidando com relações com indígenas no setor de energia. Ele tinha melhorado muito suas chances ao trazer a palavra de Jesus para os territórios onde precisava defender projetos. Depois que Deus aparecia nos locais, especialmente quando era representado pelo belo Reverendo Wolff – um dos seus –, as pessoas ficavam menos preocupadas em proteger suas terras. Ele se secou, fechou a calça e se olhou no espelho por um instante.

Quando jovem, nunca teria imaginado essa vida para si. Um imigrante, um ateu, o filho de um faxineiro – agora ali estava ele, comendo quem ele quisesse, gerenciando um ministério cristão e ganhando uma bolada de dinheiro de empresas e do governo. O Reverendo tinha trazido as massas, feito o trabalho de bastidores para facilitar as liberações dos projetos. As pessoas adoravam ver um reflexo de si mesmas no palco. Wolff era ouro puro, e Heiser não iria perdê-lo. Ele não estava preocupado: essa tal de Joan não seria páreo para ele.

Trinta anos atrás, Thomas Heiser ainda não entendera de verdade o que ele era. Cachorros gostavam dele. E daí? Além de ter garantido um trabalho de meio período como passeador de cachorros durante o verão, aquilo não mudou sua vida. Ao terminar a faculdade, conseguiu um emprego como conselheiro júnior para o governo federal. Ele foi alocado em Saskatchewan como parte da equipe jurídica enviada até lá para avaliar pedidos de adesão de demarcações de terra. Quando não estava em um cubículo deprimente, estava viajando em um carro alugado com outros conselheiros seniores. Ficavam em um hotel Days Inn enquanto faziam reuniões em escritórios temporários ao redor de terras indígenas.

Era o começo da primavera, e ele estava em uma mesa velha na sala pequena, digitando as anotações feitas à mão em um processador de texto pesado. Parte do trabalho dele era carregar aquela monstruosidade de um lado para outro. Em vez disso, deixava o processador no hotel e anotava as reuniões à mão, fazendo as transcrições no quarto.

Naquela primeira noite, ele sentiu um cheiro estranho, uma podridão orgânica que lembrava um pântano. Depois, teve a sensação de estar sendo observado. Ele terminou de digitar a página, parando apenas para massagear a nuca, quando sentiu olhos fixos nele. Nessa hora, se virou para a janela.

Através do vidro, encarando-o, estava um rosto peludo, cheio de pelos bagunçados, sujeira e baba. Os olhos da criatura eram brilhantes, sob uma testa grande; o focinho longo terminava em um nariz grande que tinha cor e textura de areia. Primeiro, achou que era um cachorro, um cachorro imenso, com as patas da frente apoiadas no batente.

Ele salvou o relatório na memória do aparelho, colocou as páginas escritas à mão em uma pilha embaixo do cotovelo e fechou a tampa do processador. Em seguida, respirou fundo, levantando, e empurrou a cadeira de madeira, andando até a janela. Tudo foi bem metódico. Ele sempre foi calmo.

Conforme se aproximou, Heiser notou a largura dos ombros da criatura e a altura impressionante, mesmo agachado como estava; tinha os ombros arredondados, o pescoço tão grosso que era grotesco. Ela abriu a boca e rosnou, um barulho que passou pelo vidro fino como se fosse uma rachadura. Os dentes da frente estavam quebrados e marrons.

O grito de Heiser veio em forma de bile estomacal e o fez se engasgar e curvar para a frente. Quando olhou de volta para a janela, estava vazia, com exceção de uma mancha no vidro feita por um nariz molhado que havia sido pressionado contra o vidro.

Ele conseguiu continuar com o trabalho pelos próximos dois dias, sobrevivendo à base de pequenas sonecas que não pareciam durar mais do que um longo piscar de olhos. Por fim, precisava descobrir o que era aquilo, o porquê de ter aparecido para ele e o que queria. Então, na terceira noite, trouxe um saco de *fast-food* para o quarto e deixou o hambúrguer do lado de fora em um prato de papel embaixo do batente da janela. Trancou a porta e se sentou na poltrona de tecido com as luzes apagadas, comendo, devagar, batatas fritas enquanto observava a janela.

Pouco depois da meia-noite, a criatura apareceu. Ele ouviu o farejar no chão quando virou a esquina. Levantou-se e foi até a janela, viu enquanto se aproximava pela calçada de cimento apoiado na parte da frente dos pés: as pernas traseiras não possuíam um quadril canino. Estava coberta por uma pelagem preta e densa, da cabeça aos pés. Heiser viu um brilho na cintura – um cinto com uma fivela de prata. Não usava calça, mas, ainda assim, havia um cinto. Olhou dentro dos carros e cheirou tudo, evitando os círculos de luzes fracas lançados pelas lâmpadas fluorescentes rodeadas de insetos penduradas no teto e o brilho azul das tevês em janelas abertas. A respiração de Heiser era rasa e silenciosa, observando a criatura se aproximar do quarto, passando pela janela sem olhar para dentro. Ele esperou que pegasse o hambúrguer, curioso para ver se usaria as mãos como um humano ou morderia como um cachorro. Não fez nenhum dos dois. Ela passou por cima do prato com cuidado, com certa delicadeza. Em seguida, foi até a porta do quarto e bateu de forma educada.

Heiser não abriu a porta, e, a certa altura, a criatura foi embora. Durante toda aquela semana, ele se trancava no quarto depois da última reunião do dia. Toda noite, observava o estacionamento por uma brecha nas cortinas fechadas. E toda noite a criatura vinha, cheirava até chegar ao quarto dele e batia na porta. Na oitava noite, ele abriu.

✦

Ivy saíra sem esperar por ele, como se sempre fazia. Boa menina.

O celular dele apitou. Ele o pegou de cima da cômoda e abriu o e-mail que acabara de receber. Em anexo estava uma dúzia de fotos de Cecile em sua pequena excursão até a floresta. Ele não era inocente a ponto de deixar Wolff sem alguém para observá-lo, ainda mais agora, com Joan por perto. Escolheu uma foto no meio da sequência: Cecile com a perna jogada por cima do Reverendo, os olhos fechados, a boca aberta.

– Perfeito – disse ele. Precisava encontrar o e-mail de Joan. Talvez a única pessoa que pudesse dar fim à missão era a própria Joan, e ele estava muito disposto a ajudar nessa causa.

Houve uma batida na porta, e ele foi abri-la. O motorista estava em pé do outro lado, com a roupa da lavanderia.

– Ah, obrigado, Robe – disse ele, se afastando para que o homem pudesse pendurar o terno e as camisas no pequeno guarda-roupa.

– Por nada, senhor.

– E obrigado pelo e-mail. – Ele segurou o celular no ar e o balançou. – Isso era tudo o que eu queria.

Heiser riu.

Robe abriu um sorriso largo e fez uma pequena reverência, dando risinhos por trás do dente da frente quebrado.

13

ESCONDE-ESCONDE

Zeus estava sentado a uma longa mesa, no segundo andar da biblioteca. Quando Joan não estava por perto, era para lá que ele ia. Era relaxante estar cercado por histórias, mas nenhuma voz. Sua casa era cheia de vozes – vozes até demais, e nenhuma delas falava nada que ele queria ouvir. Ele já estava sonhando com uma fuga: fazer faculdade em Toronto ou talvez Vancouver. Era por isso que se dedicava tanto na escola. Se o pai dele tivesse se importado, Zeus teria ido morar com ele, longe do caos que era Bee. Só que não havia lugar para Zeus na casa do pai.

Jimmy Fine fizera sua última viagem para a cidade cinco anos atrás. Um dia, ele aparecera, sem avisar, no mesmo Chevrolet Impala, embora agora o motor fosse mais barulho do que potência. Ele ainda usava uma única trança longa, tão fina que precisava passar o elástico na ponta seis ou sete vezes. Seus dois dentes da frente haviam caído, mas talvez fosse algo bom. Ele teve uma discussão com Bee na entrada, e depois ela empurrou Zeus para fora de casa e fechou a porta, deixando-o a sós com o pai havia muito ausente.

Jimmy apertou a mão do filho.

– Oi, filho.

Zeus viu Bee observando os dois pelas cortinas da janela, os olhos estreitos.

– Estamos voltando de um pow wow, sabe?

Não, pensou Zeus. *Como eu saberia disso?*

– E, bom, eu achei que você gostaria de conhecer sua irmã. Ela quer muito conhecer você. A mãe dela falou muito de você pra ela.

A mãe dela? Zeus ficou em silêncio, tentando entender aquele homem. *Por que a mãe dela falaria de Zeus?*

– Enfim, ela está no carro, ali. – Jimmy começou a andar de volta para o Impala.

Zeus ficou em pé em suas meias brancas, mãos dentro dos bolsos da bermuda de basquete, sem abrir a boca.

Jimmy já chegara no carro quando olhou para trás.

– Ei, vamos, não seja tímido. Essa é sua irmãzinha. – Ele o chamou com um aceno de mão. – Vem cá.

Zeus andou devagar, com a cabeça baixa. Ele observou como os dedos se mexiam quando pisava. Contou quantas formigas viu – seis. Desejou que o caminho fosse eterno. Quando chegou no carro, a menina abriu a porta e correu até ele, envolvendo-o com os braços compridos. Maggie era linda – magra, pele marrom-escura, o cabelo longo solto. Ainda havia uma linha de glitter no couro cabeludo que sobrara da maquiagem do pow wow. Ela era gentil e amigável. Mas por que não seria?

– Nossa, você é bem grande. – Ela riu quando o soltou, sem más intenções, mas ferindo como apenas crianças conseguem fazer. – Eu nem consigo fechar os braços!

Ela tentou de novo, apertando Zeus pelo meio, aconchegando o rosto na camiseta dele, logo acima da barriga e abaixo do peso dos peitos. Ele manteve as mãos dentro dos bolsos.

– Bom, que bacana – disse Jimmy. – Maggie ganhou o primeiro lugar hoje lá na ilha. Também foi a mais jovem na categoria Júnior. Ela é uma campeã. – Ele colocou a mão no ombro dela assim que a garotinha soltou Zeus, brilhando de orgulho como se ela fosse a porcaria do sol.

– A ilha? – perguntou Zeus, a primeira coisa que disse. A ilha ficava a uma viagem de balsa de dez minutos. Eles estavam a dez minutos de distância o fim de semana inteiro?

– É, bom, depois que você chega lá, sabe como é. E as competições vão até tarde. E a balsa não é confiável. De qualquer forma, ano que vem talvez você venha com a gente, hein?

Zeus assentiu de leve. Ele sentiu o estômago revirar. Colocou ambas as mãos ali. Quando ficava chateado, o estômago era o primeiro lugar a perceber. Ele apertou as nádegas, sentindo-se humilhado e confuso na frente do pai e da linda irmã.

– É melhor eu ir – disse ele. Foi mais baixo do que um sussurro, mas o pai reagiu.

– Ah, sim, tudo bem, filho.

Essa era a pior parte: pior do que o fato de que o estômago dele agora estava carbonizado de azia, pior do que o fato de que o pai estava nas redondezas o fim de semana inteiro e só agora se lembrou dele, pior do que a própria ausência do pai. A pior parte era que Jimmy Fine parecia aliviado quando disse isso, como se concordasse com Zeus que ele precisava ir. Seria melhor para todo mundo.

– Enfim, sua mãe me contou que eu perdi o seu aniversário semana passada. Desculpa. Mas toma aqui. – Ele abriu a porta traseira e procurou por algo em uma caixa de papelão atrás do banco. Pegou uma lanterna antiga, depois jogou-a de volta e pegou um *discman* antigo que estava remendado com fita adesiva e preso a um fone de ouvido de espuma. – Fique com isso, filho. É importante você sempre ter música em mãos. Compre alguns daqueles CDs de tambores. Assim, ano que vem, quando a gente vier te buscar, você vai conhecer todas as músicas.

Zeus pegou o presente quebrado e depois ficou em pé assistindo a esse fragmento de sua família entrar no carro. Quando

Jimmy deu a partida, a música estourou pelos alto-falantes e eles desceram a rua, indo embora da comunidade com um canto do povo Cree do Norte sobre uma mulher bonita que não podiam ignorar. *Heya, heya, ho.*

✦

Naquela noite, Joan fora a um jantar em que cada convidado levava um prato – era o tipo de jantar que Bee sempre fazia. Zeus não estava na entrada quando ela chegou, e, já que ele era o principal motivo para ela comparecer ao jantar, foi procurá-lo. Ela passou pelo quarto com uma montanha de toalhas no chão, pelo quarto dos gêmeos em que ficavam o beliche remendado com fita isolante e o enchimento para que não se matassem nem matassem um ao outro e enfim ficou em pé em frente à porta fechada de Zeus, uma mão no ar para bater. Porém, ela parou porque ouviu um choro baixinho. Abriu a porta devagar, esperando ouvir a televisão, se perguntando quem estaria ali com ele. Em vez disso, ela o encontrou segurando um *discman* velho contra o peito, como se fosse uma pessoa, e chorando, os olhos fechados com força.

Ela encostou a porta silenciosamente e voltou para a cozinha, onde Bee contou sobre a visita. Esperou que ele saísse do quarto por conta própria. Quando isso aconteceu, Joan o levou até o píer para tomar sorvete e prometeu que ela nunca mais deixaria alguém fazer ele chorar daquela forma. Ela iria cortar as bolas de Jimmy Fine e pendurá-las no retrovisor com todas as outras merdas que ele juntava ali.

✦

Ele e Joan não haviam conseguido nenhuma dica de onde o ministério fora erguer sua tenda desde que voltaram de Hook River. Portanto, Joan voltou ao trabalho e Zeus precisou se distrair com a escola, ambos entrando na internet toda vez que paravam para comer. Agora, era sexta-feira à tarde e ele estava se escondendo na biblioteca, pesquisando tudo o que podia, mas ainda não tivera sorte. Ele realmente queria pegar a estrada de novo.

O celular dele apitou. Era Joan.

> Jantar na Ajean? Te busco às 6.

Ele respondeu:

> Blz. Tô na biblioteca.

> Blz.

Ele abriu o Facebook no celular e entrou na página do grupo do ministério mais uma vez, como fizera todos os dias desde que voltaram para casa. A página tinha as mesmas imagens do panfleto que pegaram em Hook River. Não havia muitas postagens: algumas citações, alguns artigos do fundador, o senhor Thomas Heiser.

– Droga. – A postagem mais recente só tinha as instruções para os encontros em Hook River. Nada desde então. Ele foi para a seção de membros, e a lista de pessoas cobriu a tela inteira. *Quem eram todas aquelas pessoas?* Ele começou a pesquisar.

✦

Joan o buscou uma hora depois, e eles foram juntos para a casa de Ajean, que os alimentou com sanduíches de atum e salada de beterraba. Começou a cair uma chuva gelada, batendo na janela como dedos impacientes. Zeus assistiu enquanto poças na entrada da garagem se formavam, brilhando sob a luz dos postes da rua.

Depois do jantar, Ajean serviu xícaras com chá doce e um prato de biscoitos de aveia.

– Alguma novidade do show do Jesus viajante?

– Não. – Joan foi até a janela da frente e a abriu um pouco, depois acendeu um cigarro. – Nadica.

– Eu encontrei a página do Facebook deles quando estava na biblioteca – Zeus disse com a boca cheia de biscoito. – Nenhuma nova reunião. Mas dei uma olhada em alguns perfis individuais.

– Como assim? – perguntou Joan. – Me mostra.

Ela jogou a bituca pela janela e se sentou ao lado dele no banco. Zeus pegou o celular do bolso, abriu o Facebook e entrou na página do ministério.

– Viu, você pode ir na lista de membros e clicar naquele que quer ver.

– Ela. – Joan enfiou o dedo no nome de Cecile.

– Tá. – Ele clicou. A foto do perfil ao lado do nome que era *Cecile Ginnes*. – Hum – disse Zeus. – As postagens dela são privadas.

– Merda.

Ele voltou para a tela anterior.

– Que tal essa aqui? Aquela ruiva que impediu a gente de ir ver o Victor.

Ele clicou no rosto pálido e pequeno. Na foto, ela parecia séria; o cabelo vermelho estava preso em um coque alto que valorizava o rosto redondo.

Ivy Johanssen
Dedicada ao Senhor meu salvador, Jesus Cristo
Data de nascimento: 17 de agosto de 1998

Ele começou a rolar pelas orações e frases motivacionais que ela postava com letras cursivas e efeitos de glitter.

– Bom trabalho, meu menino – disse Ajean, esfregando o ombro dele.

Joan estava tão perto da tela que a cabeça dela estava na frente do rosto de Zeus. Ele a empurrou de leve com o dedo.

– Aí diz pra onde estão indo? – perguntou Joan.
– Não. Mas podemos ver onde ela estava.
– Como raios isso vai nos ajudar?
Ajean estalou a língua.
– Se acalma aí. Dá uma chance pra ele.
– Obrigado, Ajean. – Zeus limpou a garganta dramaticamente. – Respondendo à sua pergunta, Ivy Johanssen gosta de postar fotos.

Ele entrou nos álbuns dela e começou a passar por uma série de fotos em preto e branco.

– Tem alguma pista do destino deles agora? – Joan mal conseguia ficar sentada.

– Não exatamente. A maioria das fotos dela é artística. – Ele clicou nelas, uma a uma. Não eram muito boas.

Um balão murcho preso a um cordão, como se fosse um cordão umbilical comemorativo.

Um campo com uma raposa morta no canto inferior.

Uma vala cheia de latas de refrigerante.

Um céu tempestuoso que não dizia nada.

Joan quase rosnou.

– Não tem nada aí! Uma raposa morta? Como vamos adivinhar algo com essa merda?

Zeus tocou na foto e virou o celular para que ela pudesse ler o texto no topo.

– Ela marcou a localização das fotos.

– Genial! – Joan se levantou e foi até a cozinha. – Você, meu jovem, é um gênio!

Ela apontou para Zeus, que sorriu com o rosto inteiro.

– Aqui estão as duas mais recentes – disse ele. – Hook River e depois Sturgeon Falls. Parece que estão indo para o Norte.

– OK, nós precisamos partir o quanto antes – disse Joan. – Eu não sei se você pode ir. Tem aula segunda-feira.

– Eu posso faltar alguns dias. Minhas notas são boas, e minha mãe não se importa. Uma coisa a menos para ela se preocupar.

Joan pegou um novo cigarro do maço e voltou para a janela.
– Vou pensar no assunto.

✦

Depois que foram embora, Ajean colocou o prato de biscoitos e as xícaras na pia e usou um pano molhado pendurado na torneira para limpá-los. Alguma coisa estava errada. A sensação a cobriu como uma manta, fazendo-a se sentir cansada, devagar. Ao mesmo tempo, aquilo a cortava como se fosse uma tesoura de costura afiada e a deixava inquieta. Ela percebeu que era medo, por fim. Ajean não estava acostumada a lidar com medo. Não mais. Ela passara anos se preparando e cuidando para que não houvesse mais nada no mundo que pudesse assustá-la. Porém, tinha ficado acomodada, se esquecera de que sempre há espaço para o medo. Tudo que o medo precisava fazer era deixar a dúvida fazer o trabalho sujo, assim conseguiria entrar, passando pelas rachaduras da defesa da pessoa.

Ela pensou em ralar um pouco de sal do osso que estava na lata em cima da geladeira. Até pegou a lata, sentindo o conteúdo dentro se mexer.

– Ainda não – falou para si mesma. – Não vá tirando conclusões precipitadas, desperdiçando os embrulhos de Angelique.

Ela colocou a lata de volta no lugar e foi para o quarto. Pegou uma pequena estatueta da Virgem Maria de cima da cômoda e beijou o rosto, no lugar onde a tinta já estava gasta. Nessa altura, sua Maria tinha apenas um olho e o lábio inferior sobrando. Ela jogou a estatueta na cama. Depois, pegou uma caixa de joias quadrada feita de cerâmica, onde guardava seu melhor terço, e o colocou ao lado da estatueta. De volta à cozinha, Ajean pegou um copo de plástico azul, uma colher de sopa e um relógio quebrado que queria consertar havia tempos e os levou até a cama.

Pegou mais sete itens pela casa: um carretel de linha, uma garrafa de cerveja vazia, que ela guardava porque a bebeu na noite em que ganhou da velha Elsie Giroux jogando Euchre, uma Bíblia de bolso com as bordas gastas, uma escova de dentes que usava para limpar os sapatos, um porta-retrato sem uma foto, uma agulha de artesanato e uma ficha de cassino de cem dólares que ela achou na rua um dia, tão arranhada que não conseguia ler o nome do cassino para trocá-la. Por fim, retirou uma sacola plástica da prateleira embaixo do móvel da cozinha, que estava explodindo com sacolas quando era aberto. Pegou todos os itens e foi para a varanda.

A chuva ainda caía forte. Ela a observou, segurando a sacola. Alguém disse uma vez que galinhas podiam se afogar, hipnotizadas pela chuva; as cabeças voltadas para cima, bicos abertos se enchendo d'água. Ela imaginou essa morte lenta e idiota. Preferia que cortassem sua cabeça fora: rápido, fácil, mesmo com a vergonha de uma caminhada pós-morte pelo quintal. Ajean colocou o saco no tapete de boas-vindas e o abriu, as coisas aleatórias rolaram até parar.

Não importava de qual comunidade fossem, Rogarous eram conhecidos por coisas específicas. Eles tinham um cheiro estranho, uma mistura de pelo molhado e suor humano. Eram homens transformados em feras por vários possíveis motivos – variavam de acordo com quem contava a história. Eram tão ruins em matemática quanto eram obsessivos. Um Rogarou, por mais que tentasse, só conseguia contar até doze. Bastava colocar treze coisas na porta, e ele pararia para contá-las. Mas, como só conseguia chegar até doze, nunca iria contar a pilha inteira, então ficaria preso ali contando de novo e de novo, contando até doze e voltando para um. Em certo momento, ele iria desistir e partir, tendo esquecido o que tinha ido fazer ali. Pelo menos, essa era a teoria.

Ela apontou para cada objeto no tapete e os contou. Depois, contou de novo. *Une, deux, trois* até *treize*.

Juntou as mãos quando terminou. Seu sistema de alarme de lobos estava pronto. Murmurou a música do comercial de novo enquanto voltava para sua casa pequena e confortável.

Ajean ficava grata por todas as formas que conhecia de como sobreviver. Ela aprendera a derrubar um homem que estava tentando abusar dela e chutá-lo bem nas bolas. Aprendera isso na aula de autodefesa do Centro de Amizades. O folheto dizia para usar roupas de ginástica, então ela vestiu sua roupa térmica com meias de lã, a camiseta da cerveja Molson Canadian que ganhara quando comprou um engradado no verão passado e seu lenço mais esportivo. Sinceridade: ninguém faz ideia de como ela ficou boa em chutar e derrubar depois daquela aula.

Ela também conhecia os jeitos tradicionais, coisas que algumas pessoas chamavam de superstições. Até parece. Atrás de quem as pessoas vinham quando precisavam de algum remédio ou precisavam saber como curar uma infecção? Ajean sabia como sobreviver.

Ainda assim, ela estava preocupada. Podia sentir o cheiro da nuvem de dúvida que Joan levava consigo como se fosse uma doença. (Bronquite tinha cheiro de argila, pneumonia cheirava a lã.) Joan não conseguiria recuperar Victor se ela fosse até ele cheia de dúvidas – sobre ele ou sobre si. Ela precisava renunciar a qualquer dúvida se quisesse passar pelo Rogarou e chegar ao homem.

– Maldito lobo. – Ela abriu a porta e cuspiu do lado de fora. Olhou mais uma vez para os treze objetos e em seguida fechou a porta de tela e a de madeira.

Desligou a luz da cozinha e foi para o quarto. Então parou. Por precaução, voltou para a porta e fechou a tranca, fazendo o sinal da cruz.

– Em nome do Pai, do Filho e do Espírito Santo.

14

TODAS AS POSSIBILIDADES

A caminhonete de Flo estava estacionada na entrada da garagem. Júnior estava estacionado atrás dela, e o suv de George estava inclinado em um pneu vazio no jardim da frente, agora coberto de folhas caídas. O verão de índio havia acabado.

Joan quase passou direto. Não sabia se queria lidar com a família hoje. Porém, de última hora, ela decidiu encostar. Realmente precisava contar a eles que estava prestes a viajar de novo para procurar Victor.

– Oi – disse ela ao abrir a porta da casa.

– Ora, ora, se não é a Braços de Macarrão. – Júnior balançou os próprios braços, zoando Joan por estar dolorida depois de voltar ao trabalho. Ela nunca deveria ter comentado aquilo, ou pior, admitido que precisava de mais um intervalo.

– Quem precisa de dois intervalos para fazer um telhadinho de nada? – George, que estava sentado no sofá com uma cerveja gelada na mão, apontou para ela e riu.

Flo saiu da cozinha e bateu nas pernas dos dois filhos com um pano de prato torcido.

– Chega, chega. Vocês dois estavam pulando de felicidade que a irmã de vocês voltou para o trabalho. Não encham o saco dela por causa disso.

– Não, eu mereço. – Joan flexionou o braço. – Bom, eu ainda consigo quebrar a cara dos dois, mas podem continuar, aproveitem pra fazer piada enquanto a mãe está por perto pra salvar vocês.

George foi até a geladeira e pegou uma cerveja para Joan. Ela se acomodou no sofá ao lado dele para assistir a uma rodada de *Jeopardy* com os irmãos e ganhar deles no conhecimento de trívia.

Depois, Júnior levou as garrafas vazias para a cozinha. Quando voltou, disse:

– George e eu estávamos conversando. A gente ficaria mais em paz se você deixasse a gente colocar algumas armadilhas ao redor da sua casa, perto da floresta. Eles nunca pegaram aquele lobo.

Aquela era a segunda vez que falavam de armadilhas depois da morte da avó.

– Eu não quero que o bicho de estimação de alguém fique preso – disse Joan. – É a última coisa de que eu preciso.

– Ninguém devia deixar seu bicho solto por aí, especialmente agora – disse Júnior. – A sua segurança é mais importante do que qualquer gato, afinal de contas. Você está lá sozinha.

– Eu sei que a intenção de vocês é boa – disse Joan –, mas eu não consigo nem pensar em armadilhas.

Ela se ergueu do sofá e foi se sentar à mesa de jantar.

– Alguém quer chá? – Flo começou a esquentar a chaleira. Ela não estava pronta para falar sobre a morte de Mere.

– Qual é a programação da semana? – perguntou Joan.

– Temos que terminar o projeto de Longdale antes de o inverno começar – disse Júnior. – A geada já chegou.

– Não é um trabalho muito grande – respondeu Joan.

– Grande o suficiente – disse George. – Especialmente para você.

Ela devolveu o sorrisinho debochado dele.

– Um bebê consegue fazer essa reforma, então você vai se virar bem, garotinho. – Ela respirou fundo. – Tá bom, então eu queria contar pra vocês que eu tenho que resolver umas coisas esta semana.

Júnior, que um minuto atrás estava todo preocupado, agora a encarava com raiva.

– Que porra é essa, Joan? Mais férias? É por isso que estamos atrasados!

– É sobre o Victor.

– É sempre sobre o Victor.

– Júnior, você não é meu chefe.

– Alguém tem que ser – George falou do sofá.

– Não, mas eu sou – disse a mãe dela, lançando um olhar significativo para a filha.

– Foda-se. Deixa pra lá. – Joan se levantou da mesa. – Obrigada pela cerveja.

Ela andou até a porta da frente e pegou o casaco do gancho na parede.

– É por causa daquele grupo religioso? – perguntou Flo.

Joan se virou. Ela viu a pena estampada no rosto da mãe. Preferia lidar com a irritação dos irmãos, não sabia se conseguia lidar com toda aquela pena.

– Que grupo religioso? Joan, você entrou para um culto? – perguntou Júnior. Ele passou a mão pelo cabelo. – Caramba, Joan, isso não vai te ajudar.

– Eu acho que encontrei o Victor.

A mãe suspirou, deixando a cabeça cair até o queixo tocar o peito.

– Lá vamos nós...

– Aonde? – os irmãos perguntaram ao mesmo tempo.

– Lembra de quando vocês foram me buscar depois que Mere... quando eu estava no Travis? No dia anterior eu tinha entrado numa tenda de igreja que estava armada no Walmart, e Victor estava lá. – Ela não contou a parte da história que dizia respeito a ele ser o Reverendo.

– Caralho, como assim? – disse Júnior. – Por que você não contou nada? E por que ele não voltou pra casa contigo?

– Ele não me reconheceu. Ele não conseguia se lembrar de nada. Está com amnésia ou algo assim.

– Amnésia? E isso existe mesmo? – perguntou George. – Eu achei que era coisa de filme e tal.

– Existe, sim, ele realmente não sabia quem eu era. E ele tinha outro nome, outros amigos, outro... trabalho. Até a aparência era diferente. O cabelo estava cortado.

– Tem certeza de que era ele? – perguntou Júnior.

– Tenho.

– Quanto de certeza?

Ela olhou nos olhos dele.

– Tenho certeza, Júnior.

Flo pigarreou.

– Joan, querida, eu vou falar algo que você não vai gostar, mas vou falar porque você precisa entender todas as possibilidades. – O tom dela era gentil, como se isso fosse deixar as palavras mais leves. – Se era mesmo ele, talvez ele não estivesse perdido e talvez não tenha amnésia. Talvez Victor só tenha te deixado.

George de repente só conseguia olhar para os pés. Júnior manteve o olhar preso em Joan, assentindo com a cabeça devagar. E a mãe dela manteve a expressão de pena fixa no rosto. Joan sentiu as lágrimas se formarem – ela se surpreendeu de ainda conseguir chorar – e começou a vestir o casaco. Ela se virou, mas parou com a mão na maçaneta e disse, por cima do ombro:

– Eu não vou trabalhar esta semana. Com sorte, Victor e eu voltaremos no fim de semana. E aí vocês podem perguntar pessoalmente se ele me largou mesmo.

Ela bateu a porta com força ao sair.

Joan vestiu o casaco vermelho e os saltos bege que havia comprado para o casamento. Nunca os usava; ficava preocupada demais em perder o equilíbrio e estragar os sapatos, que tinham custado oitocentos dólares. Ela os guardava em uma caixa no guarda-roupa, cada um tinha um saco próprio. Porém, no sonho, eles estavam firmes em seus pés. Dificultaram a caminhada pelo campo, mas ela precisava ir, porque a tenda estava logo ali na frente. A cada poucos passos ela encontrava uma raposa morta, cheia de larvas e moscas. Passava por cima de cada cadáver, sem conseguir não olhar para eles, ver como as larvas passeavam rapidamente para que o corpo derretesse com o trabalho delas. A tenda estava tão perto que ela precisava continuar, puxando os saltos da lama toda vez que afundavam.

No entanto, tinha algo errado lá na frente. Quanto mais se aproximava, mais a tenda se parecia com uma sacola plástica vazia, sem nada dentro para dar forma. E era silenciosa – sem música, sem orações em voz alta, somente o murmúrio de uma mulher chorando baixinho como se tivesse sido tomada pelo luto. Ela passou por cima de outra raposa cujos olhos mortos pareciam ter sido colocados por um taxidermista ruim. Sentiu vontade de enfiar as unhas por trás dos olhos e arrancá-los. Podia colocá-los no bolso.

A tenda estava logo à frente, só que ela não conseguia chegar lá. Assim, continuou andando pelo campo de raposas apodrecendo, sujando seus belos sapatos. Então ela ouviu um grito, tão alto e agudo que o sentiu por dentro do corpo como uma câimbra. Ela caiu de joelhos em uma pilha gosmenta de costelas quebradas e carne em decomposição, uma bagunça aguda melando suas pernas.

– Zeus?

Um uivo distante respondeu.

– Zeus! – gritou com tanta força que seus olhos fecharam. – *Zeus!*

Ela abriu os olhos, sem fôlego, e em seguida apertou a coxa onde estava a dor. A cama estava um emaranhado de lençóis e suor. Sentou-se, livrando-se dos resquícios do sonho, esfregando a pele para se certificar de que não estava sangrando, não tinha larvas ali. Então se levantou, para caminhar e acalmar os nervos.

– Fodam-se a Ivy e aquelas fotos artísticas. – Dizer aquilo em voz alta para o quarto ajudou. E era prova de que estava acordada.

Ela usou o banheiro e depois voltou para se sentar na beirada da cama. Estava agitada. A pior parte do sonho não fora a decomposição dos animais, e sim o choro que ela ouviu vindo da tenda. O barulho, mesmo sendo uma lembrança, fez seu peito doer. Antes de Zeus gritar, ele estava chorando, e o barulho despertou algo dentro de Joan que ela não sabia se deveria ser acordado. Isso a fez se sentir poderosa e vulnerável ao mesmo tempo. Ela pensou que talvez fosse a sensação de ser mãe de alguém, mas não tinha certeza se gostava disso.

VICTOR NA FLORESTA:
JESUS NA CLAREIRA

Ele sentiu o medo como um peso sobre o peito e ficou de pé em um pulo.
– Joan.
A clareira estava iluminada por uma luz cinza que revelou a poltrona. Ele a examinou, agitado, jogando-a para um lado e para o outro, e depois com atenção aos detalhes. Os parafusos eram prateados e de má qualidade, e o assento era novo o suficiente, pois não apresentava as marcas decorrentes do uso. A poltrona não tinha nada de milagroso, exceto pelo milagre de ter aparecido.
Ele arrancou a ponta da unha com os dentes. Sua boca ficou com um gosto metálico: era o medo dele e de Joan.
Endireitou a cadeira, sentando-se, e em seguida enrolou a barra da camiseta no dedo e o esfregou nos dentes e na gengiva. Eca. Aquilo não estava ajudando. O gosto metálico ficou tão forte que ele sentiu as obturações chiarem. Parou, desenrolou o dedo e deixou a respiração rasa. Sentiu um cheiro suave tomar conta do seu olfato. Inspirou, inclinando a cabeça. Não sabia de onde vinha, e de repente estava por toda parte. Era simples e refinado ao mesmo

tempo, como se fosse um cadáver enrolado em lençóis de algodão de mil fios. Aquilo o instigou.

Ele examinou o espaço onde estava. Folhagens perenes, abetos grandes, as veias delicadas de galhos finos de bétulas cortando a luz cinza. O solo se levantava nas beiradas da clareira até uma crista cheia de grama baixa e várias samambaias luxuosas que pareciam filigranas sobre os troncos. Nada fora do lugar. Tudo estava ali.

O que era aquele cheiro? Ele cheirou a si mesmo. Nada. Nenhum cheiro. Talvez ele fosse um fantasma. O que fizera para merecer aquilo? Fora um bom filho, voltara para casa, cuidando da mãe até o câncer levá-la, enterrou-a ao lado do pai, junto com a faca que ela sempre carregava na costura do avental. Ele havia sido um bom marido, assim como o pai. Aquilo era fácil. Amava Joan com uma intensidade que o assustava às vezes.

Ele sentiu algo incomodando a nuca. Algo de que não conseguia se lembrar direito. Eles haviam brigado, sabia disso, mas ele saiu da casa em vez de ficar lá, com raiva na presença dela. Não podia ser julgado por isso. Passou os dedos pelo cabelo bagunçado e tentou massagear a cabeça para tirar aquele incômodo do seu escalpo. Impossível.

Não. Ele não estava morto. Ele estava com medo, e o que mais ele poderia temer se estivesse morto?

Ficou em pé e andou pelo perímetro da clareira, farejando o ar. O cheiro ficou mais forte, e a luz cinzenta começou a esvanecer.

– Não, por favor, não – disse ele para a escuridão vazia que se aproximava.

Ouviu o barulho de algo estralando.

Ele se virou, a luz formando silhuetas por entre as sombras. A figura estava sentada na cadeira, olhando para ele com calma, a cabeça inclinada. A parte de cima do corpo estava endurecida, perfeitamente reta da cintura até o pescoço, e o cabelo caótico parecia relâmpagos contra o céu escuro. Fez Victor se lembrar do vitral de Jesus Cristo usando uma auréola muito perigosa. Talvez ele estivesse mesmo morto.

– Jesus? – perguntou.
A figura sentada soltou uma risada profunda. O som preencheu a clareira como um vômito, um rosnado ameaçador. E o céu ficou mais escuro.
Se as funções corporais de Victor estivessem funcionando normalmente, essa seria a hora em que teria mijado nas próprias calças.

15

ENCONTRO COM DEUS

Eles estavam indo para o Sul, finalmente, então Cecile deveria ter ficado feliz. Exceto que estava ressentida por ter sido Ivy que sugerira o destino. Portanto, ela dormiu pela maior parte da viagem, com a cabeça sobre um cobertor da MNR apoiado na janela da van. Ela deixou que os outros se virassem com as rotas, escolhessem as paradas e guardassem os recibos.

– Cecile.

Alguém a sacudia pelo cotovelo.

– Cecile, acorde.

Era Greg.

– O que foi?

– Ivy disse que ainda estamos a duas horas de distância do retiro, então vamos parar para fazer um piquenique. Está com fome?

Maldita Ivy. Ela respondeu com um suspiro, tirou o cinto de segurança e saiu da van. Ele já estava tirando os *coolers* do porta-malas.

– Ótimo – disse ela. – Sanduíches e suco morno em uma parada fria.

Ele ignorou o sarcasmo e continuou assoviando "This Little Light of Mine" enquanto empilhava as toalhas xadrez em cima dos *coolers*.

Cecile se alongou, aliviando as dores advindas de ficar no banco traseiro por horas com outras pessoas e malas. Ela olhou ao redor. O lugar estava praticamente vazio, com exceção de um trailer antigo, um sedã cinza e as três vans azuis, estacionadas lado a lado. Era o final da estação de viagens de carro, então não havia nada muito interessante que recomendasse aquele lugar como visita. Apenas uma fileira de pinheiros o separava da rodovia. Um pouco à frente da entrada fechada para visitantes, havia um mapa da área pendurado em um poste de madeira; algumas mesas de piquenique feitas de metal estavam aglomeradas na parte mais aberta que levava até a floresta. Ela foi até lá e estudou o mapa. Mostrava um pequeno corpo d'água chamado Lago do Senhor depois das árvores. *Lago do Senhor: quem diria?* Então foi para lá que ela seguiu, passando pelos outros que serviam a comida nas mesas.

– Cecile, você não vai comer com a gente? – Ivy a chamou. – Uma ajuda cairia bem, sabe?

Cecile continuou andando, saboreando o nervosismo na voz da mulher mais jovem. *Ótimo. Fique frustrada. Que eu seja a causa dessa frustração.*

Ela seguiu floresta adentro por um caminho de terra, amaciado por tênis e sandálias de viajantes que buscavam um refúgio da estrada. As árvores eram próximas umas das outras, como se fosse um bordado de árvores perenes. Por fim, ela saiu dessa escuridão e chegou a uma pequena praia iluminada em tons de cinza e marrom pela água e nuvens acima.

– Lago do Senhor. – Ela disse em voz alta, como se fosse o início de uma oração.

Cecile achou uma rocha plana perto da água e se sentou nela, juntando os joelhos contra o peito e colocando o suéter bege por cima deles. O que será que aconteceria agora? Ela não tinha medo de lutar pelo que queria. Sabia como lutar e ganhar – desde que tinha dez anos, havia compreendido que ninguém mais faria isso por ela.

A pequena Cecile sabia como deixar os adultos felizes. Ela sabia o que dizer e quando. Depois que a mãe se foi, morou com o pai e a mãe dele, Vovó Pat, e usava vestidos xadrez e aventais pequenos que a avó costurava na máquina sobre a mesa da cozinha.

– Você está parecendo a Holly Hobbie, daquela série de tevê – dizia a Vovó Pat enquanto fumava um Marlboro Light depois de vestir a menina com sua última criação. Cecile não sabia quem era, mas rodopiou no chão de linóleo com suas meias.

Ela não tinha lembranças da mãe, mas fingia que tinha, porque o pai gostava disso. Pelo menos na maior parte do tempo.

Às vezes ele chorava e a abraçava forte como se ela fosse sair voando.

– Tão pequena... – sussurrava ele no pescoço dela. – Você é tão pequena. – Outras vezes ele se recusava a olhar para a menina, ficando com raiva toda vez que ela aparecia para conversar com ele. – Meu Deus, Cece, você não tem mais o que fazer?

Em dias assim, Cecile fechava a porta do quarto e deixava seu gerbo, Bella, sair da gaiola. Ela construía labirintos no carpete com livros e peças de Lego e guiava o bichinho por caminhos e curvas, empurrando-o até um dos cômodos da casa de bonecas dela, e o beliscava quando ficava parado tempo demais em um lugar.

– Sai da cozinha, Bella. Meu Deus, você não tem mais o que fazer?

A mãe de Cecile não estava morta. Ela os deixara quando Cecile tinha três anos. Às vezes, o pai fazia questão de lembrá-la de que ele não foi o único que a mãe abandonou.

– Ela largou nós dois. Imagina só uma mulher que larga o marido e uma filha para ser atriz na Flórida?

– Para ser uma puta, você quer dizer. – Vovó Pat sempre dizia isso. Ela era arrogante. Ela o avisara.

– As pessoas não fogem para a Califórnia para serem atores? – Cecile perguntou uma vez.

– Não seja esnobe – respondeu o pai.

Certa noite, Vovó Pat entrou na sala de estar e viu o filho chorando contra o pescoço da filha enquanto ele a segurava no colo pelos ombros. A avó de Cecile saiu sem dizer nada. Na manhã seguinte, no café da manhã, disse para o filho:

– Está na hora de encontrar uma mãe para essa criança.

Cecile sentiu um frio no estômago que a congelou. Ela não queria uma mãe nova.

Contudo, o pai pegou a deixa. Começaram a aparecer mulheres de todos os tipos. Mulheres com franjas oleosas e espinhas no rosto. Mulheres gordas com maçãs do rosto pintadas e vozes gentis. Mulheres que fumavam com Vovó Pat e lançavam olhares de soslaio para Cecile. Mulheres que gemiam pelas paredes e deixavam o quarto do pai cheirando como um aquário. Só que nenhuma delas durou, até chegar Karen.

Karen tinha um corte de cabelo curto, parecendo um capacete. Tinha cintura larga e panturrilhas musculosas e uma voz que parecia um sino de porcelana tocando. Comprava maços de cigarros mentolados para Vovó Pat e cerveja Coors Light para o pai.

Vovó Pat aprovou Karen. O pai também. Depois de um tempo, ele a convidou para um jantar a fim de apresentá-la para a família, no qual ela apareceu com a sobremesa, comportando-se como se fosse trazer a mudança da próxima vez. Mais jantares, algumas saídas acompanhadas da criança, almoços e, depois de alguns meses, um fim de semana nas Cataratas do Niágara.

Vovó Pat e Cecile ficaram em casa sozinhas. A avó bebeu um copo de uísque depois de dividirem uma pizza congelada e brindarem ao casal feliz. Cecile foi se deitar cedo.

– Cala a boca, Bella! – ela brigou com o gerbo que corria sem parar na roda de plástico.

Para Cecile, Karen cheirava a cebolas e sangue velho, como se fosse um pacote de moedas de cobre. Não conseguiria viver com aquele cheiro. Ela morreria. Na véspera de Karen ficar de babá para que o pai levasse Vovó Pat ao dentista, Cecile ficou de joelhos e pediu que Deus fizesse algo a respeito, implorando por ajuda para o teto. Ela pegou no sono enquanto esperava uma resposta.

    Na manhã seguinte, Karen apareceu dirigindo sua van cor de vinho com uma bolsa cheia de livros de colorir semiusados. *Que mão de vaca*, pensou Cecile. *Nem me comprou um livro novo.*

    Assim que o pai e Vovó Pat saíram com o carro, Cecile foi para o quarto e fechou a porta. Ela cutucou o ninho do gerbo com a borracha da ponta de um lápis até que Bella acordasse. Depois, abriu a gaiola e pegou o bicho sonolento. Ela se deitou na cama, deixando Bella aninhada em seu peito.

    – Volta a dormir, idiota! – ordenou ela. Quando o animal estava prestes a dormir, os bigodes se mexendo cada vez mais devagar, Karen entrou no quarto sem bater.

    – Fecha essa porta! – gritou Cecile, surpresa com a força da própria voz.

    Karen também ficou surpresa. Ficou parada no batente da porta com suas sobrancelhas bem-feitas e arqueadas.

    – O que você disse, mocinha?

    – Eu não sou uma mocinha. – Cecile se sentou com as costas na cabeceira, e Bella rolou para a cama.

    – Você também não é educada. – Karen foi firme.

    – Fecha a porta! A Bella pode fugir.

    – Mas ela não fugiu. Está bem ali. – Karen apontou para o gerbo, que estava mijando no edredom branco. Ela parou, se recompôs e falou com um tom mais gentil: – Além do mais, eu ajudaria você a encontrá-la.

    – Eu não quero a sua ajuda. – Cecile imaginou essa mulher ridícula dormindo no peito do pai. A raiva fez seu corpo inteiro formigar.

    Karen colocou uma mão no quadril.

    – Você preferiria que a Bella ficasse perdida?

    – Eu preferiria que ela morresse.

    Karen soltou uma risada nervosa.

– Você não está falando sério.

Cecile pegou o gerbo, colocando o corpo pequeno e quente na palma da mão e fechando uma mão contra a outra. Olhando Karen nos olhos, ela apertou mais. Bella se debateu, soltando um guincho trêmulo e, desesperada, enfiou os dentes no polegar de Cecile. A menina apertou com mais força e Bella parou de se debater.

Karen se afastou e fechou a porta. Cecile ouviu a porta de frente se abrir, o motor da van ligando e o cascalho voando. Karen não durou muito, afinal.

✦

Olhando para o Lago do Senhor, Cecile pensou, mais uma vez, como as pessoas só podiam se fazer pequenas até certo ponto. Passara anos demais fingindo ser pequena o suficiente para ser esmagada. Ela era maior do que isso, e merecia mais do que isso. Costumava pensar que o jeito de fazer isso era servindo ao lado do Reverendo, mas aquele sonho morreu na floresta. Agora entendia que aquele pequeno episódio foi o jeito de Deus de lembrá-la que apenas Ele merecia seu sacrifício e sua obediência. A lição foi aprendida.

Cecile esticou as pernas, tirou botas e meias e enfiou os dedos na areia fria, o que aliviou os cortes na sola dos pés. Ela se sentiu em paz. Fazia muito tempo desde a última vez que se sentira assim; quase não reconheceu o sentimento.

O Reverendo tinha uma fraqueza na forma de uma mulher. Naquele momento, Cecile era força na forma de uma mulher, e ela poderia usar essa força para levá-lo para a tentação. Poderia ser a Eva do seu Adão, e Joan seria tanto a maçã quanto a cobra.

Ela precisava fazer isso de um jeito que a exonerasse, assim poderia continuar a ser a melhor e mais óbvia alternativa para substituir o Reverendo. Não era indígena, mas podia transcender isso. Poderia provar ao senhor Heiser que ela fora escolhida de verdade. Afinal, não havia raças diferentes sob os olhos do Senhor.

Cecile fechou os olhos, juntou as mãos e rezou. Deus mostraria o caminho.

Percebeu uma mudança na luz pelas pálpebras fechadas e tremeu ao sentir a presença de um ouvinte divino e um coração afetuoso. Era melhor do que as recompensas do humilde serviço feito em nome Dele, mais emocionante do que a tenda cheia de fiéis rezando, mais forte do que metanfetamina correndo pelas veias. Respirou fundo, tentando se manter presente naquele momento. O ar soprou gelado nas mãos e na nuca, e ela sentiu um arrepio e eletricidade correndo pelo corpo. Ela foi ouvida e também iria ouvir. Deus lhe diria o que fazer em seguida.

Assim que abriu os olhos, o céu foi cortado por uma luz azul e o vento logo se apressou para fechar aquele espaço. O som do trovão que veio em seguida foi tão alto que perturbou a água e fez os ossos dela tremerem. Cecile voltou o rosto para cima e sorriu para a chuva que caía pesada, sólida como lençóis molhados em um varal. Ela se levantou sobre a rocha, abriu os braços e sentiu ser rebatizada. Cheia de propósito. Maior do que antes. Talvez grande o suficiente.

16

DECLÍNIO DO NORTE

Joan ergueu o jornal e encarou a pequena foto de Heiser na fileira de homens até o rosto dele ser nada mais do que um pontinho. Estava estacionada do lado de fora de uma lanchonete, fumando e andando em círculos na frente do Jeep, embaixo da luz de um poste. A noite estava fria, e ela tremia sob o suéter de malha fina. Releu a manchete:

**Novo empreendimento na região Norte:
povos indígenas assinam acordo
com empresa de consultoria**

E lá estava ele, senhor Mentiroso-do-Cacete-Heiser, sorrindo para a câmera, ao lado de um homem de ombros largos vestindo um terno cinza que estava apertando a mão de um homem mais baixo com uma *ribbon shirt*. Ela o imaginou com as patas enfiadas nos sapatos brilhantes, pelos cobrindo as costas.

– Que dentes grandes você tem – disse Joan em voz alta.

Ela amassou o jornal com as mãos enrijecidas de tanto apertar o volante pela estrada, ao redor da baía e passando por pedras pré-cambrianas. Apertou até formar uma bola irregular e a jogou, em um arco perfeito, na lixeira de metal.

O celular vibrou no bolso. Ela deixara Zeus em casa, e ele tinha passado a noite mandando mensagens irritadas para ela. As mensagens dele preenchiam a tela do celular e, quando ela se recusava a abri-las, apitavam ainda mais. Joan lera a maioria delas depois de fazer seu pedido, a culpa a impedindo de responder algo de volta. Só que, não importava o que Ajean dissera, e não importava quanto ela amava o menino, não podia levá-lo naquela viagem. O desespero dela sobrepunha a esperança inquieta, e ela não queria que Zeus fosse testemunha disso.

Triturou a bituca do cigarro com o salto e expirou, tirando as chaves do bolso. Estava na hora de voltar para a estrada.

✦

Às onze horas, ela passara por Sturgeon Falls, em direção a uma cidade chamada Rice Creek, população de 784 pessoas, a última localização postada no perfil de Ivy. Ela não havia postado mais nada depois daquilo.

Havia apenas um hotel na cidade, estilo anos 1960, com aquelas camas que fazem massagens ao colocar algumas moedas na máquina e deixam os dentes rangendo, além de carpetes laranja que cheiravam a mofo e desinfetante industrial e uma pequena piscina redonda vazia na frente.

A recepção tinha um registro de papel de verdade. Anotando a data ao lado da assinatura, ela perguntou para o recepcionista:

– O senhor por acaso sabe se tem algum ministério passando pela cidade? Talvez até hospedado aqui?

O homem atrás do balcão, que deve ter sido sempre o mesmo homem atrás do balcão, tinha um bigode grosso completamente grisalho. A cabeça dele tinha uma auréola de cabelos grisalhos compridos que, em algum momento do dia, ele deve ter tentado usar para cobrir a careca. A calça jeans caía pela bunda reta, e toda a parte de cima da roupa térmica estava visível. Por sorte, estava em bom estado, com remendos xadrez por cima dos listrados.

Ele ficou em silêncio por tanto tempo que Joan achou que não tinha ouvido a pergunta. Ela estava prestes a abrir a boca para repetir, quando ele disse:

– Não, não. Só tem caras da mina agora. Alguém da igreja local veio aqui e me disse para esperar que o pessoal de uma assembleia chegasse em breve, mas ainda não vi nenhum deles por aqui. Ainda bem que eu não deixei os quartos reservados para eles.

O homem foi até a mesa atrás dele e passou uma mão por cima da superfície, espalhando papéis como se estivesse preparando um jogo de memória. Em seguida, pegou um panfleto azul e o levou até o balcão.

– Estes caras.

Ele o colocou na frente de Joan. Uma cruz brilhante. MNR.

– Então eles não apareceram ainda?

O homem olhou para o panfleto e depois para o balcão. Por fim, pareceu perceber que estava desatento e pegou um pequeno envelope com números borrados – 104 – escritos na frente com uma caneta preta.

– Suas chaves. – Ele as entregou para ela.

Joan pegou o envelope e deu a volta no prédio com o Jeep, deixando-o estacionado em frente ao quarto 104, que era no meio de um longo corredor baixo. Todas as outras vagas estavam ocupadas pelo modelo mais novo da F-150 e alguns SUV da Cadillac. O irmão dela tinha razão: parecia que o pagamento dos trabalhos nas minas era de fato bem decente.

Quando ela saiu do carro, ouviu uma risada e os agudos e graves de música country. Ela se virou e viu um pequeno bar, na ponta do hotel. Do lado de fora estava um pequeno grupo de homens fumando. Em uma placa neon longa e fina com letras garrafais em cima das portas duplas, como de salões do faroeste, lia-se O TANQUE BÊBADO.

Ela estava fechando o porta-malas do carro, a bolsa ao lado dos pés, quando ouviu o celular apitar. Achou que era Zeus, mais uma vez, trazendo preocupações para a missão solo. Só que não era uma mensagem: dessa vez, era um e-mail.

Era da Especialistas em Desenvolvimento de Recursos – a empresa de Heiser. O assunto era apenas *Para Joan*. Havia somente uma imagem em JPEG anexada. Será que ela deveria abrir? O que raios ele estaria mandando para ela? Talvez fosse um vírus. *Claro, Joan, esse é o verdadeiro poder da maldade dele. Mandar um vírus de computador.*

Ela clicou e observou o arquivo ser baixado, e então apareceu uma imagem na tela. Encarou o quadrado aceso, tentando conectar as linhas e cores do que estava vendo para que aquilo fizesse algum sentido. Ela precisava que fosse algo diferente, assim o coração poderia continuar a bater.

Prendendo a respiração, Joan levou a bolsa para o quarto e destrancou a porta. Ligou as luzes, fechou a porta ao passar, passando a tranca, e colocou a bolsa em cima da cama. Ela soltou o ar dos pulmões, inspirou mais uma vez e então prendeu esse ar também. Ergueu o celular para olhar de novo para a foto. Ouvia um zumbido nos ouvidos, raivoso e consistente. Ela se sentou na cama e depois, expirando fundo, escorregou até o chão, o celular caindo da mão até o tapete.

A música abafada do bar, a risada dos fumantes, o amassar do cascalho, o ronco dos carros na rodovia – tudo aquilo enchia seus ouvidos como água do mar em que ela podia se afogar.

A foto foi tirada à noite, as cores estavam granuladas, e as beiradas, escuras demais para notar detalhes específicos. Havia vários jeitos de se olhar para cada forma. As árvores ao redor faziam sombras como barras de uma jaula. Só que, na verdade, havia apenas uma coisa para ver. No centro, no chão, estava seu marido, deitado no saco de dormir ao lado de uma pequena fogueira, com uma mulher loira em seu peito.

Joan colocou as mãos na testa e se balançou, batendo levemente a cabeça da armação da cama. Precisava se levantar agora, ou nunca mais iria conseguir.

O Tanque Bêbado estava lotado. Joan não achou um lugar para se sentar, então se encostou no balcão, tomou um shot de vodca de uma vez e bebericou o segundo. Naquela hora, alguém percebeu que ela era uma mulher e lhe ofereceu um banquinho. Apesar de estar obviamente transtornada e monossilábica, passaram-se quase vinte minutos até que esse alguém entendesse que ela não queria conversar.

Depois que ele desistiu, Joan pediu uma terceira dose e colocou o celular em cima do balcão, a imagem fixa na tela.

Ela queria que alguém explicasse aquilo, para dizer que não era o que parecia ser. Mas quem? Não-Victor agia como se não soubesse quem ela era. De jeito nenhum mostraria isso a Zeus, ou Ajean, que ficaria falando sobre lobos espertalhões e europeus mais espertalhões ainda. Pela primeira vez desde que o vira no Walmart, Joan estava com raiva. Tanta raiva que não tinha certeza se queria ir salvá-lo. Foda-se; se Victor ligasse naquele instante para ela, não saberia nem dizer se estava disposta a buscá-lo em um terminal de ônibus.

Ela apagou a tela e se virou na banqueta, olhando para o salão. Daria qualquer coisa por uma distração.

O bar era quase um Clube do Bolinha. Havia quatro homens para cada mulher, e algumas delas pareciam ser o tipo de mulher pela qual se pagava para usufruir de sua companhia. Havia um palco para uma banda tocar ao vivo, uma pequena pista de dança e mesas redondas altas, cheias de pessoas bebendo. O lugar estava iluminado por centenas de luzes neon penduradas nas paredes. Placas de todas as empresas de cerveja que ela conhecia e algumas de que nem tinha ouvido falar; placas de aberto e fechado; piadas; desenhos simples em neon de canecas de cerveja, mulheres, triângulos de sinuca e tacos. Não havia necessidade de ter mais luzes, exceto pelos holofotes no palco e duas luminárias atrás do bar para o barman verificar a identidade das pessoas e dar troco. Todo mundo ali parecia assustadoramente cubista e excessivamente atraente sob o brilho neon.

Ela mexeu no isqueiro no bolso, girando-o algumas vezes. Olhou para dentro da bolsa. Não tinha cigarros. Merda. Levantou-se e saiu. Havia duas opções: um grupo de três homens e duas mulheres que estavam praticamente bêbados e fazendo uma festinha de flertes, ou um cara sozinho com um chapéu de caubói. Ela se decidiu pelo caubói.

– Ei, desculpa incomodar. – Ela apontou para o cigarro aceso com o queixo. – Posso pegar um?

– Como poderia recusar? – Ele tirou o maço do bolso e o entregou a Joan. Ela tentou dar uma moeda para o homem, mas ele a dispensou.

– Obrigada – disse ela.

Ele ofereceu um isqueiro, mas ela usou o que carregava consigo.

– Então, por que você está nesse belo estabelecimento aqui hoje? – perguntou ele.

– Ah, a mesma merda de sempre. – A merda dela definitivamente não era a mesma de sempre. Porém, agora, ela queria fumar e queria ficar com raiva.

– Bom, fico feliz de ser a sua fonte de nicotina para a noite. Eu sou Gerald.

– Joan.

Eles colocaram os cigarros nos lábios e apertaram as mãos.

– Qual é a do chapéu? – disse ela.

Ele tocou na borda do chapéu com um dedo, assim como ela esperava que fizesse.

– Saudade de casa, eu acho. Sou de Alberta. Estou preparando um projeto novo aqui por alguns meses.

– As pessoas de Alberta realmente usam chapéus de caubói?

– Só as mais bonitas.

Ela ficou surpresa ao perceber que era capaz de rir. E, ah, a sensação de rir era boa. Eles fumaram em silêncio por um tempo. Depois, ele jogou no chão do estacionamento uma bituca, que caiu no chão explodindo com faíscas laranja.

– Preciso beber alguma coisa. Você quer uma bebida, Joan?

– Quero. A menos que você consiga me arranjar um acesso para tomar Grey Goose na veia.

Ele olhou para ela com uma expressão de surpresa exagerada.

– Caramba, é melhor eu ir sacar dinheiro, se a noite vai ser assim.

✦

Uma hora depois eles pegaram uma mesa alta e estavam inclinados sobre ela para conversar. Joan havia dançado, e agora sua camiseta estava grudando nas costas suadas. A sensação também era boa.

Gerald estava contando sobre as minas.

– O que eu quero dizer é que o trabalho nem sempre é glamoroso, mas eu tenho a oportunidade de ficar em lugares legais como este.

Joan sentiu a necessidade de perguntar:

– Ei, você viu alguma galera de igreja por aqui?

As bebidas a deixaram mais solta, mas não o suficiente para silenciar a parte obsessiva do seu cérebro.

– Galera de igreja? Bom, eu aposto que você não vai encontrar essa galera no Tanque Bêbado.

Ela bebeu a cerveja. Com certeza ficaria de ressaca amanhã.

– É verdade. Este lugar é para campeões como nós.

– Você é uma mulher da igreja, Joan?

– Eu? – Ela riu. – Nem fodendo. Eu só estou procurando por alguém que está viajando com uns missionários. Ei, você acha que eles só transam na posição missionária?

A banda terminou de tocar uma versão irreconhecivelmente lenta de "Smells Like Teen Spirit" do Nirvana e começou a tocar algo bem mais acelerado.

Gerald bateu a caneca vazia na mesa.

– Minha nossa. Nós temos que dançar essa. Vamos. – Ele ofereceu a mão para ela.

– Que raios de música é essa? – Ela fez uma careta, tentando decifrar qual era.

Ele fechou os olhos e começou a cantar.

– *There's a man going' round, takin' names...*

Johnny Cash. Sim, com certeza ela precisava ir dançar. Zeus aprovaria. Na pista, Gerald colocou a mão na lombar dela e a puxou para perto, segurando-a com a outra mão.

– Ah, que merda, a gente vai dançar como caubói?

– Quase. Eu não vou fazer você dançar quadrilha.

Ela havia se esquecido de como era ser abraçada, ou guiada em um espaço pequeno onde nada mais importava. A banda era péssima, e a multidão era daquele tipo que ficava bêbada e desastrada e confiante ao mesmo tempo, e aquele homem era um estranho, mas perto do fim da música, pelo cansaço ou por se sentir grata, ela encostou a cabeça no seu peito úmido, algo que foi estranho e reconfortante ao mesmo tempo. Ele a puxou para perto para que ficasse acolhida ali, depois guiou o caminho. E ela deixou. Como se fosse seguro deixar que um homem tivesse controle da situação, mesmo que por um segundo. Ela era mais inteligente do que isso, mas estava tão cansada... Cansada pra caralho.

De volta à mesa, eles ficaram mais próximos um do outro, o calor que emanava dele esquentando a pele de Joan. Em determinado momento, enquanto discutiam como certos cortes de cabelo eram responsáveis pelo processo de seleção natural, ele colocou a mão no quadril dela. Ela deixou que ficasse ali, como um experimento. E aquilo causou uma sensação na virilha dela – uma sensação a qual havia esquecido que existia fora de um contexto em que Victor estava presente. Esperou que aquilo a deixasse triste, do mesmo jeito que chorava depois de se masturbar, mas não foi o caso. A raiva era um bloqueador temporário eficiente, e ela ainda estava com muita raiva.

Por que não beijar alguém? Deixar alguém beijá-la por bastante tempo? Por que não, porra? Aí eles ficariam quites.

Gerald se aproximou. Se ela virasse e inclinasse o rosto para cima, eles se beijariam. Qualquer um que olhasse para os dois – ele aproximando o rosto do dela, uma mão no quadril, uma possessividade assertiva – pensaria que um beijo era inevitável.

Cacete, a cabeça de Joan estava girando. E, de repente, as lágrimas eram tantas que o rosto doía e ela não aguentou mais segurá-las. Não era isso que ela queria. Aquele homem não era Victor.

Tinha que se livrar de Gerald por um segundo para conseguir respirar.

– Você pode ir pegar outra cerveja? – Ele a encarou por um instante, mas depois concordou.

Joan tirou o cabelo do rosto e murmurou um palavrão quando ele se afastou.

Ela o observou no bar. Ele era bonito, isso precisava admitir. Cabelo castanho, pele macia, corpo bem esculpido por uma vida inteira de trabalho braçal e autocuidado. Só que ele não era Victor. Mesmo se Victor estivesse transando com Cecile. Mesmo se ele não se lembrasse de Joan. Mesmo se estivesse perdido para sempre. Mesmo assim, ela não queria mais ninguém. Pegou um elástico que havia esquecido que colocara no pulso e amarrou o cabelo em um rabo de cavalo baixo. De volta ao trabalho, Joan.

Gerald retornou com duas garrafas geladas de cerveja light, colocando-as na mesa, e em seguida tentou voltar para o lugar aconchegante perto dela. Joan se afastou, e ele se aproximou de novo. Ela se mexeu mais uma vez, e agora ele ficou no lugar. Demorou um pouco, mas ele se acomodou a uma distância segura, claramente aborrecido.

Eles ouviram a banda assassinar "Love In an Elevator" do Aerosmith – ou será que era "Carry on Wayward Son" do Kansas? Vai saber. Ela reparou que ele estava olhando para as loiras que passaram pela mesa deles, esbarrando nele ou contra o próprio grupo, fazendo o papel de bêbadas atrapalhadas e fofas. Ele sorriu para elas, até mesmo tocou no chapéu. Bom, não demorou. Além do mais, quem raios pede Miller Lite quando se tem Labatt 50 no bar?

Assim que ela estava prestes a sair dali, ele se inclinou na direção dela.

– Então. Me conta. Quem é que você está procurando?
– Meu marido.
– Ahhh. Entendi. E ele sabe que você está procurando por ele?
– Sabe.
– Então, se ele está esperando por você, como você não sabe onde eles vão estar?
– É complicado, Gerald. E também não é da sua conta.
– É verdade. – Ele bebeu um grande gole da cerveja. – Bom, talvez alguns dos caras do trabalho saibam de alguma coisa. – Ele usou o gargalo da garrafa para apontar para o salão inteiro antes de beber mais uma vez. – Sempre tem uma dessas tendas de missionários aparecendo nos projetos.
– Para os trabalhadores?
– Que nada, para as comunidades locais, acho que índios em sua maioria. Mas também é meio que para os trabalhadores. Facilita nosso trabalho. – Ele terminou a cerveja e empurrou a garrafa para longe na mesa. – Chamamos elas de casas de limpeza.

Ela deixou o "índios" passar daquela vez.

– Como assim? – Ela bebeu a cerveja, se arrependendo de como o álcool a deixava aturdida, deixava todo mundo monótono. O bar inteiro era uma gaveta de talheres cheia de colheres, nenhum garfo ou faca ali.

– Você sabe que todos esses projetos precisam ser liberados, né? – disse ele.

Por que ela saberia disso? Mas...

– Claro.

– A única ameaça real para um projeto desse tipo, para nossos trabalhos, são os índios. Eles que têm a porcaria dos direitos, acho. Estão sempre protestando e fazendo a gente ir discutir alguma coisa no tribunal.

Certo, ele obviamente não fazia ideia de que Joan era indígena. Talvez ele achasse que ela era uma gostosa de ascendência italiana do Mediterrâneo ou uma latina picante, coisa que babacas em bares já tinham falado várias vezes para ela.

– São os que colocam armadilhas ou fazem cerimônias na terra. – Ele fez aspas imaginárias no ar quando disse *cerimônias*. – Os índios tradicionais, são esses que compram a maior briga. Eles podem atrasar o trabalho por anos. Mas quando as missões passam? – Ele estalou os dedos. – Ficam ocupados demais rezando para irem protestar. Essas missões são boas para mudar a visão das pessoas sobre essa merda toda. Claro que ajuda se conseguir convencer um ou dois dos mais poderosos, os caciques e tal, especialmente os que estão dispostos a aceitar um cheque da construtora e então fazer uns discursos sobre seguir em frente, fazer coisas como trabalhar de verdade. – Ele riu e balançou a cabeça. – Essas tendas de missionários são uma parte importante de qualquer projeto, na verdade; seja de mineração, florestal, gasodutos. É nisso que vamos trabalhar agora, uma conversão de gasoduto. Talvez seja por isso que o seu carinha está vindo para este fim de mundo.

– A igreja faz *parte* dos projetos?

– Aham. A única coisa mais eficiente do que um índio pastor é uma criança. Eles têm algumas dessas nos Estados Unidos. É loucura. – Ele pegou a garrafa, e aí lembrou que estava vazia.

– Puta merda.

– Pois é. – Ele riu tanto que todos os dentes brilharam com o reflexo das luzes neon.

Ela então percebeu o que o Reverendo Wolff representava, liderando as pessoas como se fosse um tipo de Flautista de Anishinaabe. O papel de Heiser fazia mais sentido também. Ele era o Rogarou, e o Rogarou precisa comer pessoas, andar pelas estradas guiando todos para a tentação. Aquilo explicava porque os encontros estavam sempre lotados.

A imagem de Victor e Cecile na floresta surgiu novamente na mente dela, e a raiva fez sua pele ferver. A ideia de Victor e o Rogarou destruindo as pessoas de dentro para fora, acabando com comunidades inteiras, fez Joan apertar os punhos com força. E ainda tinha aquele cuzão ali do lado, rindo do próprio comentário racista. Ela o viu apertar os olhos, a boca abrir, o brilho das facetas exageradas. Então pegou impulso e deu um soco naquela boca nojenta.

Ele se dobrou na altura da cintura, a garrafa de cerveja caiu no chão grudento.

Ela gritou em cima do chapéu dele, como se fosse um microfone:

– É indígena, e não índio, seu babaca.

Em seguida, ela se virou e saiu correndo dali, e não parou até estar atrás da porta trancada do seu quarto, segura.

✦

– Eu tô bem, eu tô bem – Joan sussurrou para si mesma no quarto vazio, os olhos cheios de água. – Está tudo bem. Victor não é Victor. Ele não pode me trair porque não é ele. Ele está doido, não eu.

Ela encheu um copo plástico de água e bebeu tudo, depois o encheu de novo e levou para a mesa de cabeceira. Tirou a roupa e deitou nua entre os lençóis ásperos. Queria, mais do que qualquer coisa, ter moedas para colocar na máquina da cama. Em vez disso, encontrou paz em palavras simples, falando como Ajean as diria:

– Em nome do Pai, do Filho e do Espírito Santo.

Depois, fez outro tipo de prece:

– Meu querido Victor, peço que, por favor, por favor, não vá embora. Por favor.

VICTOR NA FLORESTA: CORRA, MENINO, CORRA

A pressão no ar dificultava a respiração. Ele queria correr, mas em vez disso estava enraizado, olhos fixos na figura sentada na cadeira, a risada esvanecendo. Depois, tudo ficou quieto e o silêncio era apavorante. Os pés se soltaram do chão e ele correu com os braços para a frente, desviando das árvores. A coisa saiu da cadeira e veio atrás dele, os movimentos fluidos e mágicos.

– Eu vou vestir você – disse a coisa. – O rasgo vai ser terrível, mas vai vestir muito bem.

Parecia animada e despreocupada com o desgaste de uma corrida. Com uma voz musical, a criatura falou:

– O medo deixa a carne mais dura, e isso vai fazer com que eu demore mais para arrancar a primeira camada.

Meu Deus, quem fala algo assim? Victor se lembrou de todos os filmes de terror que já vira, e nenhum deles tinha algo reconfortante para tranquilizá-lo naquela situação. Então ele continuou correndo. Passara tempo suficiente naquela prisão florestal para saber quando pular, quando se abaixar e onde achar um terreno alto. Porém, aparentemente, o seu caçador também sabia.

Assim, correram. Victor sentia que estava sendo perseguido pela própria sombra. Nunca se aproximava, nunca ficava para trás, e parecia sempre saber seu próximo movimento antes que ele o fizesse. Só que não havia nada de familiar no formato ou no tom, nem mesmo no cheiro que o perseguia, apesar de que agora sabia de onde vinha o cheiro de carne apodrecendo em lençóis limpos.

– Joan! – Victor percebeu que estava gritando, cuspe voando de sua boca. – Joan, vem me buscar!

Ele a ouvira, quando fora aquilo? Ele não fazia ideia de como medir o tempo, não aqui. Como era aquela frase? *Medi a minha vida em colherinhas de café*. Quem disse isso? Um poeta qualquer, provavelmente morto – todos estavam.

Por que caralhos ele estava pensando em poetas mortos e colheres enquanto era perseguido por uma criatura de um filme de terror?

Onde estava Joan? Ele a ouvira ano passado ou alguns instantes atrás, dizendo que estava a caminho. Precisava achar uma rota mais rápida, porque Victor não sabia por quanto tempo conseguiria correr. A coisa atrás dele nem transpirava. Poderia estar brincando com um graveto ou assoviando.

Não havia lugar para se esconder, nenhum lugar onde não seria encontrado. Ele falou por cima do ombro:

– Quem é você?

A coisa riu.

– Só alguém.

– Quem?!

– Ninguém que você conheça.

Victor tropeçou em uma raiz e caiu de cara. Ficou deitado de barriga para baixo, ouvindo a criatura se aproximar e parar logo acima dele. Lá estava aquela risada mais uma vez, parecia um rosnado ou um motor velho. E mais nada. Nenhum ataque.

Foda-se. Victor virou-se. Pelo menos queria ver o que raios estava atrás dele. Ou melhor, o que o pegara.

A criatura estava mesmo vestindo um terno de linho muito bem ajustado e sapatos formais, além de ter a corrente de um relógio enfiada num dos bolsos do colete. Porém, a cabeça estava escondida pelas sombras. Victor apertou os olhos para ver melhor.

– O que você quer de mim?

A coisa esticou as mãos enluvadas e pinçou o tecido da calça logo acima do joelho para permitir que este se dobrasse, e então se abaixou para que Victor pudesse ver seu rosto.

Ela esfregou os dedos como se estivesse pedindo por dinheiro enquanto olhava para ele.

– Ora, olá, humano.

Victor gritou na direção das árvores, mas não havia pássaros para saírem voando. Não havia nada além dele e do Rogarou.

17

LOBOS NO SUL

A última coisa que Cecile queria era ficar presa em um retiro com o Reverendo e um monte de idiotas. Mesmo assim, lá estavam eles, se aproximando de uma cabana comunitária escondida em uma estrada ainda mais reclusa do que as rotas que costumavam tomar. Eles estavam perto da fronteira dos Estados Unidos, no meio de um parque.

Cecile colocou a mochila no ombro e correu da van para a cabana em meio à chuva. Depois do seu momento de conversa com o Todo-Poderoso no Lago do Senhor, estava no controle novamente. Ninguém escolheria nada até que ela pegasse o espaço que quisesse, ainda mais porque Heiser não ficaria ali. Era óbvio que aquilo significava que ela estava no comando. O Reverendo podia continuar cuidando das almas por enquanto, mas era ela quem manteria o grupo nos eixos.

A cabana tinha uma sala central imensa, uma cozinha, banheiros divididos por gênero, um pequeno escritório com um computador e uma impressora, além de um armário com divisórias e cabides, mas não havia quartos nem camas. Também não havia um segundo andar. Em vez disso, o teto tinha um pé-direito de doze metros de altura e algumas claraboias.

Ótimo. Sem privacidade? Rodeada por idiotas? Ela teria que tomar posse do escritório.

– Que lugar lindo!

– Não é?

Ivy e uma de suas comparsas com rabo de cavalo estavam se cumprimentando, tirando os tênis e dando voltinhas de meias no chão de madeira. Uma parte de Cecile ainda queria se sentir feliz com as migalhas que a vida oferecia, mas ela não podia mais fazer isso.

– Vamos organizar a cozinha e trazer os artigos de cama para dentro! – ordenou Cecile, apesar de os outros já estarem fazendo isso. Ela deu a volta em Ivy e sua amiga, que mudaram a postura e foram até as vans, mas caíram na gargalhada ao sair pela porta.

O carro do Reverendo estacionou do lado de fora. Garrison estava dirigindo para ele, levando a tarefa a sério, como se fosse um agente do serviço secreto, como se o serviço secreto levasse um ministro de cidade pequena em um Dodge Journey cheirando a pomada e álcool em gel que pertencera à mãe dele.

Em seguida, a porta da frente se abriu, a chuva caindo nas árvores, e o Reverendo entrou com um sorriso naquele belo rosto. Garrison o seguiu, carregando as malas.

– Que bom, estou tão feliz que estamos todos aqui. Agora, temos um conjunto completo de apóstolos – disse o Reverendo, sorrindo, a pele brilhando, o sorriso perfeito.

Os outros riram, e ainda assim parecia importante ser o foco da atenção dele. Ele se virou e sorriu para Cecile, como se aquela noite na floresta nunca houvesse acontecido.

– Cecile, nossa rocha, nossa estrela-guia – disse ele, e estendeu a mão para pegar a dela, apertando-a gentilmente.

Ela sentiu uma fagulha de esperança. Talvez as coisas pudessem voltar a ser como eram antes? Porém a sensação passou rapidamente. Ela não era a mulher que fora atrás dele com tão pouca-vergonha. Não mais. O que era a atenção dele em comparação a ter um momento particular com o Pai? Ainda assim, sorriu para ele. Wolff era inconsequente. Todos iriam aprender isso em breve.

O Reverendo seguiu em frente, e Cecile foi até Garrison, que estava em pé na entrada da cozinha e já tinha um sanduíche de geleia na mão.

– Eu preciso de uma carona até a cidade, por favor. Estamos precisando de produtos de higiene feminina.

– Agora?

– Sim, querido. Não queremos que falte nada para nossas irmãs, não é? – Ela se virou e foi em direção à porta. Ele não teve outra escolha a não ser segui-la. Não podia deixar um membro do alto escalão esperando na chuva enquanto ele comia.

No começo, ficaram em silêncio. Garrison se concentrava em dirigir, e Cecile escrevia a mensagem dentro da cabeça. Qual era o nível de inteligência de alguém como Joan, uma pagã, óbvio, com forte tendência a usar drogas? Ela precisaria usar palavras simples.

Quando chegaram à rodovia, Garrison relaxou.

– Ah, graças a Deus isso passou! Ufa! – Ele balançou um braço de cada vez e depois olhou para sua passageira. – Você está bem, Cecile?

– Estou mais do que bem. Estou verdadeiramente abençoada.

– Eu espero que o senhor Heiser se sinta assim também. Ouvi dizer que o clima causou alguns problemas de trânsito. Ele só vai chegar amanhã, pelo visto.

– Eu não sabia que ele estava vindo.

– Bom, ele vem. Ele quer se certificar de que não vai nos faltar nada.

– Eu posso cuidar de nós.

Heiser era seu patrocinador, o defensor, mas não era o líder espiritual. Aquele deveria ser um retiro espiritual, afinal.

– Obviamente. – Garrison escolheu as próximas palavras com cuidado. – Acho que talvez ele só queira passar mais tempo com a gente, principalmente a Ivy.

– Ivy? Por que a Ivy?

– Bom, eles têm passado muito tempo juntos ultimamente. A sós.

Ele ergueu as sobrancelhas e os ombros e olhou para ela com um olhar sabichão. Garrison amava fofocar, essa bicha velhaca. Quando Cecile fosse a líder, ela iria buscar uma terapia de conversão para ele. Por ora, sugaria tudo o que ele tinha a oferecer.

– Sério?

– Eu vi com meus próprios olhos quando ela saiu do quarto dele, há uns três dias.

Apenas o cinto de segurança estava impedindo Cecile de chacoalhá-lo agora.

– Você perguntou para ela o que estava rolando?

– Não diretamente. Mas quando me viu no corredor ela fez um "shiu" com o dedo. – Ele levou o próprio dedo gordo aos lábios.

– Uau.

– Pois é. E aí ela se sacudiu para fazer descer a saia. – Ele se sacudiu no assento, imitando. – Bem incriminador, se quer saber. Sem falar que é um pecado.

Ele estava se divertindo com isso.

– Eu *quero* saber. Estou perguntando: você tem certeza? – O sangue correndo pela cabeça dela tirava sua concentração. Ela achou que Ivy estava atrás do Reverendo, mas pelo visto a vadiazinha foi direto para o topo. Cacete!

– Hum, sim. Tipo, meu Deus, Cecile, eu não sei de mais nada.

Ela tentou se acalmar, lembrando-se do amor e da luz que estavam dentro dela. Abriu os punhos e encostou os dedos do meio nos polegares, fazendo uma pequena prece de paciência.

– Me desculpe, Garrison, querido. É que... é que eu fiquei sabendo que ela estava buscando a companhia do Reverendo, não do senhor Heiser.

Ele desviou o olhar da estrada por um instante, checando se ela estava sendo sincera.

– Por Deus, Cecile. Por que ela faria isso? Todo mundo sabe que você e o Reverendo foram feitos um para o outro.

Ela fechou os olhos, sentindo uma nova onda de humilhação. Então todo mundo estava observando, esperando que ela e o Reverendo ficassem juntos. O que pensariam quando os dois não fizessem isso? Agora precisava se certificar de que o Reverendo iria embora, e Ivy também.

Cecile olhou para o celular para ver se tinha sinal ali. Duas barras. Entrou no Facebook.

– Quanto tempo até chegarmos na cidade, Garrison?

– Deus do céu! – Ele desviou o carro, e ela quase derrubou o celular. – Você viu aquilo?

– O quê? – Ela não viu nada. Porém, em seguida, veio outro rugido de trovão, tão alto que fez o carro tremer.

– O raio. Caiu bem perto, tenho certeza. – Ele se inclinou para a frente, olhando ao redor dela.

– Se está tão ruim assim, talvez Heiser não chegue. – Ela estava calma.

– Caiu mesmo, olha! – Garrison apontou para a janela de Cecile, e ela se virou.

No meio de um campo, uma árvore havia se partido em duas e estava queimando. A casca fora arrancada do tronco com o relâmpago, a madeira exposta, manchada e pálida. As chamas subiam por ele e eram domadas pela chuva, o céu lutando consigo mesmo para trazer fogo e água ao mesmo tempo. Ela ficou observando até chegarem à próxima colina, até conseguir ver apenas um fio de fumaça em meio à chuva.

Aquela fumaça era uma mensagem tão evidente que era como se Ele mesmo tivesse se encostado no vidro embaçado e sussurrado no ouvido dela. Cecile sabia exatamente o que precisava fazer.

VICTOR NA FLORESTA: A IDADE DA RAZÃO

– Estou tão preso aqui quanto você, irmão – disse o Rogarou. – E eu odeio tanto quanto você. Talvez mais. – Ele coçou o queixo com uma mão paciente.

Seus olhos eram perturbadores, piscando em amarelo e verde como se fossem luzes de um semáforo. *Cuidado, fique parado!*, pareciam gritar. *Saia já daqui!*, pareciam ordenar.

– Na verdade, eu fui enganado e vim parar aqui. – Ele levantou os braços até os ombros e se virou no mesmo lugar. – Eu não quero ficar aqui. – Falou devagar, como se Victor tivesse dificuldade para entendê-lo.

Victor estava encurralado, com as costas contra o tronco de um olmo, onde havia envolvido o próprio corpo com os braços trêmulos em uma tentativa de se manter calmo.

– Estou acostumado a trabalhar sozinho, por assim dizer. Eu não gosto de seguir nada além do meu próprio coração. – Ele tocou no peito com a parte de cima do seu cajado, esculpida no formato da cabeça de um lobo que rosnando. – E, mesmo assim, aqui estamos nós.

– Quem é você?

— Meu jovem, você sabe quem sou eu. — Ele apoiou o cajado no ombro de Victor, como se estivesse condecorando-o como cavaleiro. — Você sabe, bem lá no fundo.

Enquanto dizia isso, os olhos brilharam em meio à escuridão. Victor prendeu a respiração.

Ele sabia. Aquela era a criatura das histórias do seu *moshom*, seu avô; o cachorro na estrada, o dançarino travesso que não estava para brincadeira.

— Eu sei.

Ele sorriu.

— Eu tenho uma reputação, não tenho? — Se ele realmente estava preso, parecia bem tranquilo com isso. — Geralmente, eu iria me vestir *de* você.

Ele passou o cajado por um dos braços de Victor, contornando o peito e descendo pelo outro lado, como se estivesse tirando suas medidas.

— Mas aí eu encontrei um estranho por aí. — Ele esfregou a testa. — Pior que eu não me lembro direito... Enfim, eu acabei sendo vestido *por* você.

A criatura suspirou e levantou a cabeça em direção à lua, que de alguma forma conseguia cortar a escuridão insistente. Victor encarou o focinho longo, o pelo escuro que cobria as maçãs do rosto e a testa. Não era um homem, apesar de falar como um e usar as roupas de um.

Na presença dele, Victor sentia a certeza do seu fim. Ele se lembrou de seu *moshom* levando-o para uma caçada à noite quando completou sete anos. Na igreja e na catequese, os padres diziam que sete era a idade da razão. *Moshom* dizia que era a idade de aprender a sobreviver. Era a mesma coisa, na verdade. Então, no dia depois da festa de aniversário de Victor, que aconteceu na cozinha dos avós com uma dúzia de primos e não tinha bolo suficiente para todo mundo, *moshom* levou o menino para a floresta.

— As pessoas acham que precisam se preocupar com as coisas que machucam. As famintas. As loucas. — *Moshom* se sentou em uma rocha e acendeu um cigarro sem filtro. – Mas elas não pensam. Fome e dor levam um animal a fazer coisas que não costuma fazer. Deixam o animal irracional. Vai cometer erros. Você pode sobreviver mais um dia por causa desses erros.

Victor se sentou na mochila, observando o avô acender o fogo com gravetos. As chamas, enquanto cresciam, tornavam tudo cinético. Até mesmo o rosto do avô, que geralmente era severo e macio, estava animado. As sombras saíam por entre os gravetos. Desciam pelo solo coberto por folhas. Formavam imagens além das árvores e provocavam o menino.

– É nas coisas saudáveis que você precisa ficar de olho quando está tentando sobreviver. As que sabem o que estão fazendo. Têm algo a realizar e são boas naquilo. Um animal não é preguiçoso como um homem. Ele vai matar, porque sabe que é isso que deve fazer. Vai comer tudo o que não for veneno. Uma criatura que entende a si mesma e não está distraída pelo medo ou pela dor: é para essa criatura que você não dá as costas.

O homem velho bateu com o cigarro no bolso do peito da jaqueta de flanela, apontando para o coração.

Por isso, ali na clareira, Victor manteve as costas contra a árvore enquanto soltava os braços e ficava de pé. Ele limpou a garganta, tentando manter a voz firme. O que era impossível, porque ele já sabia a resposta para a pergunta que ia fazer.

– Você vai me comer, não vai?

O Rogarou riu tanto que chegou a uivar. E depois disse:

– Metaforicamente, sim, e literalmente também. – Ele se agachou para encontrar o olhar de Victor e o encarou com os olhos amarelos: *cuidado, cuidado.* – Mas só as partes que não são veneno.

18

RÁPIDO

A cabeça dela doía como se fosse uma ferida aberta. Porém isso não era nada comparado à dor na mão. Esperou deitada na cama, de olhos fechados, um travesseiro sobre o rosto. Iria se lembrar. Geralmente se lembrava. É, lá vem...

O e-mail.
O Tanque Bêbado.
O caubói.
A verdade.
O soco.

Ela atirou o travesseiro e depois gemeu quando viu a mão. Estava inchada, todas as juntas cortadas e sangrando. Malditas facetas.

Jogou as pernas para o lado da cama e esperou por um instante até o enjoo passar. Em seguida, andou devagar até o banheiro e ligou a água o mais quente que conseguiu; colocou a mão sob o fluxo, xingando durante todo o processo. Depois, trocou para água gelada por causa do inchaço.

Ela mexeu cada dedo, aliviada por não ter quebrado nada. Secou a mão da melhor forma que pôde, depois fez um curativo usando um lenço com álcool e gaze de um kit de primeiros socorros que tinha na bolsa. Ela se vestiu com cuidado, estremecendo toda vez que algo tocava sua mão, e não se apressou para fazer as malas. O ministério não estava ali. Victor não estava ali. E, depois do e-mail que recebera, e daquele maldito bar, ela só queria ir para casa.

Por um segundo, ao colocar a chave na ignição do Jeep, ela temeu que não fosse dar a partida. Dedos cruzados.

Virou a chave e houve muito silêncio – ela teve certeza de que havia sido sabotada de novo. Então veio o barulho do motor, e o Jeep voltou a funcionar.

Graças a Deus.

Ela saiu da vaga e dirigiu devagar pelo estacionamento, mantendo a cabeça baixa, para o caso de encontrar o caubói por ali. Demoraria algumas horas até chegar a Arcand, então parou antes da saída do hotel, abriu o porta-luvas e pegou uma cartela de aspirina, colocou três na boca e bebeu o café gelado da noite anterior. Em seguida, virou à direita, voltando para casa.

✦

A bicicleta de Zeus estava jogada no jardim da frente.

Merda.

Tudo o que ela precisava era de um cochilo e um novo plano, talvez alguns analgésicos, e não de um menino de doze anos irritado. Quando estacionou e desligou o carro, viu Zeus sentado em frente à janela com uma carranca. Nossa, ele estava igualzinho à mãe dele.

Joan estava cansada demais para tirar a mala do Jeep, então deixou-a ali e se arrastou até a entrada. Ele a confrontou assim que ela entrou pela porta, se encostando no batente da cozinha, os braços cruzados sobre o peito.

– Muito bom, Joan. Muito bom mesmo.

– Eu não tô com saco pra isso, Zeus. Estou exausta. E você não deveria estar na escola? Não são nem duas da tarde.

Ela tirou os tênis e os jogou na sapateira.

Ele apontou para ela.

– *Você* não tá com saco pra isso? *Você?* – Eles ficaram parados ali por alguns segundos até ele baixar a mão. – Quer saber, vai se foder.

Ele se virou e começou a se afastar dela.

– Ei! Não me xinga. Não na minha própria casa. – O linguajar a fez se mexer e ir atrás dele. – Tá me ouvindo?

Ela agarrou o ombro dele, sentindo a dor da mão, mas segurando firme para virá-lo.

Ele se contorceu para sair do alcance dela e fungou. Ela tirou os óculos escuros e olhou para ele.

– Zeus, você tá chorando?

– Não, sua babaca, não tô, não.

Só que ele estava. Mais lágrimas começavam a cair, seguindo a trilha brilhante que as últimas deixaram nas bochechas escuras dele.

– Zeus, escuta, cara, eu precisava ir sozinha. – Ela tocou nele de novo, dessa vez com a mão esquerda, esfregando o braço de leve. Ele se afastou de novo.

– Estou bem – disse ele. – Eu só... tive um dia ruim.

Ele se sentou em uma das banquetas altas do balcão que separava a cozinha da sala de estar. Joan colocou os óculos e o celular ali e encheu dois copos com água gelada. Ela deslizou um deles pelo balcão como se estivesse em um bar, se inclinando na direção dele.

– E aí, o que aconteceu?

– Você primeiro. – Ele enxugou o rosto com a manga. – Você viu o Victor?

– Não. Eles não estavam lá. – Ela fez um bico com os lábios e balançou a cabeça. – E eu não faço ideia para onde foram.

– Que chato.

– É, que chato. Mas tudo bem. Vamos continuar tentando. – Ela bebeu um longo gole do copo, esfregou a testa onde a ressaca ainda estava martelando. – Agora você. O que aconteceu?

– Briguei com a minha mãe.

Joan assentiu. Isso não era incomum.

– Bom, você e Bee têm um relacionamento um tanto conturbado.

– É, mas dessa vez foi diferente. Foi... foi longe demais.

– O que quer dizer com "longe demais"?

Imagens escuras e vermelhas apareceram na mente dela. Ela não se importava de ir até a casa da prima e quebrar a cara dela se tivesse batido naquele menino.

– Eu fui muito maldoso.

– Como assim?

As pontas das orelhas dele ficaram vermelhas.

– Eu disse que odiava ela.

Joan quis rir de tão aliviada que ficou. Ela se lembrou de todas as vezes que dissera a mesma coisa para a própria mãe. Porém Zeus, mesmo com apenas doze anos, era mais empático do que ela. Então era um pouco diferente.

Ele continuou a contar:

– Eu me atrasei para a escola hoje, e ela começou a reclamar. Tentei me afastar dela, mas ela ficou me seguindo. *Zeus, por que você é tão preguiçoso? Por que não pode ser mais responsável? Você fica mais parecido com o seu pai a cada dia que passa. Talvez você devesse ir morar com ele, talvez isso te ensine uma lição.* Ela me seguiu até o quintal. Eu falei pra ela parar, me deixar em paz, pedi desculpas, disse que ela não tinha que me levar de carro, que eu iria de bicicleta para a escola, tudo bem. Mas ela não parava.

Os olhos dele ficaram marejados de novo.

– Tá tudo bem. A Bee exagera às vezes. Tenho certeza de que ela sabe que você não estava falando sério.

– Essa é a questão, tia. – Ele olhou para Joan com os olhos sombrios. – Eu estava.

Na mesma hora, o celular dela apitou e se mexeu sobre o balcão. Zeus olhou para a tela acesa.

– Diz que você tem um novo pedido no Messenger do Facebook de... Cecile Ginnes.

– Quem raios é...

Joan congelou. Não podia ser. O telefone vibrou de novo, e dessa vez ela deu um pulo.

– O que diz?

Zeus o pegou.

– Mesmo pedido, mesma pessoa.

– Cacete. Ah, merda. – Ela se afastou do balcão e começou a sacudir as mãos. – O que eu faço?

– É fácil, tia. É só deslizar a notificação para abrir. Qual é a sua senha? – Zeus tocou na tela.

– Não mexe nisso!

Zeus largou o telefone e colocou as mãos no ar como se tivesse uma arma apontada para ele.

– Calma, tia. Ela não vai saber que você viu a não ser que você aceite a solicitação.

– Ai, meu Deus, Zeus, é a mulher da igreja, lembra? A loira. – Joan andou de um lado para outro no pequeno espaço entre a geladeira e a porta. – O que eu faço? O que ela quer?

– Bom... – Lentamente, Zeus pegou o celular de novo, olhando para ela, caso decidisse avançar nele. – Você pode abrir e ler a mensagem. Assim, vai saber o que ela quer. Problema resolvido.

Joan deu a volta no balcão e ficou em pé ao lado dele.

– Tá. Tá, pode abrir a mensagem.

Zeus abriu o aplicativo. Quando Joan viu o nome de Cecile, tentou bater na mão dele. O celular dela havia se tornado uma bomba-relógio. E se Cecile a estivesse espionando? E se ela estivesse mandando a mensagem do hotel, com o caubói ao seu lado, rindo com a boca ensanguentada? E se ela estivesse mandando mais uma foto dela com o Reverendo?

Em vez disso, a mensagem abriu um pequeno mapa marcado por um alfinete vermelho. Algum lugar perto de Leamington, Ontário, próximo à linha pontilhada da fronteira com os Estados Unidos. Embaixo da imagem havia apenas uma palavra, que era tanto uma instrução quanto um pedido – e algo suspeito demais. Aquilo atingiu o peito de Joan e fez seu coração disparar. Podia ser um truque. Podia ser uma piada de mau gosto. Mas e se eles ignorassem? E se eles ignorassem e Victor desaparecesse para sempre? Talvez o ministério estivesse entrando nos Estados Unidos enquanto Joan estava lá, parada; talvez Victor estivesse a caminho do México até o fim da semana. Ela o viu ficar cada vez menor, sendo levado por rodovias desconhecidas.

O tempo estava passando. A mala dela ainda estava no carro. Ela gemeu. O que podia fazer?

Releu a mensagem e andou pelo chão de linóleo, Zeus observando seu silêncio nada normal.

RÁPIDO.

Dessa vez, Zeus não ficou para trás.

Já passava das sete da noite quando finalmente chegaram ao hotel Leamington Deluxe, as placas neon acesas e zumbindo. Ao cruzar a porta do quarto, Joan sentiu o estresse deixar seu corpo. Eles estavam ali – perto do ministério e do que quer que aquilo significasse. Enquanto Zeus se acomodava na cama, ela foi tomar um banho. Assim que saiu, eles começaram a discutir sobre se ele deveria ir com ela resgatar Victor.

– Eu só estou dizendo que pode ser perigoso.

– Sempre foi perigoso – disse Zeus. – Eu quero ir. Você precisa de mim, você só tem praticamente uma mão.

Ela deu as costas para ele.

– Eu deveria ir sozinha.

Zeus reclamou:

– Mas somos uma equipe.

– É, e você é jovem demais para morrer. Ajean, eu? Nós já vivemos um bocado.

Ele a encarou com os olhos semicerrados.

– Eu não tenho dez anos, sabe? Você não precisa ser arrogante.

– Eu sei disso. – Ela se jogou na própria cama e pegou uma escova para o cabelo, para ganhar tempo.

– Então, o que vamos fazer?

Ela largou a escova e deslizou até o chão no espaço entre as duas camas.

– Tá, olha só. Aqui vai a verdade. Ajean me disse que para resgatar Victor eu precisaria seduzi-lo. Talvez eu tenha que dar uma de Bela Adormecida com ele, mas, tipo, sem roupas.

– Sério? – Zeus puxou as pernas e as dobrou.

Ela assentiu.

– Nós viemos até aqui, passamos por tudo isso, só pra você se pegar com ele?

Joan assentiu de novo.

– Esse é o final de aventura mais merda do mundo.

– Poderia ser pior.

– Não podia, não. – Ele mexeu na unha do dedão do pé, perdido em pensamentos. – Eu posso ficar no Jeep.

– Eu tenho que esconder o carro pra que ninguém da igreja o veja e apareça. Eu não quero deixar você sozinho no parque.

– E se a gente fizer uma missão de reconhecimento hoje à noite? Descobrir se ele está mesmo por aqui ou não.

Era uma boa ideia, mas ela achou que não conseguiria ser cautelosa assim. Não mais.

– Nós nem sabemos se isso é verdade. Eu não quero perder mais tempo. Talvez tenhamos que ir para o Norte se isso foi um truque da Cecile pra me mandar na direção errada.

– Exato, e seria mais rápido sair diretamente do parque. A gente não devia gastar tempo voltando pra cá. – Ele voltou ao estado teimoso. – Eu vou junto. Eu vou fechar meus olhos se ficar um clima estranho. Mas não vou te deixar fazer isso sozinha. Somos uma equipe, caramba.

Ele se inclinou para a frente, procurando os sapatos embaixo da cama.

Ela tinha quase certeza de que, se não precisasse transar com Victor, talvez tivesse que pelo menos quebrar o braço de Cecile. Não queria que Zeus visse isso.

– Tá bom, tá bom. Vai tomar um banho, pelo menos. Eu não quero sair até escurecer, e você tá fedendo.

Ela se levantou do chão e pegou a escova de novo, dando as costas para ele e voltando a pentear o cabelo.

Já que tinha conseguido o que queria, ele só concordou. Pegou roupas limpas da mala e desapareceu dentro do banheiro, que ainda estava úmido por causa do banho de Joan.

Quando a porta se fechou, ela foi mais rápida. O celular. A bolsa. Deixou o casaco vermelho e a carteira; não queria que ele pensasse que ela o abandonara por completo.

Ela estava vestindo uma saia colada preta e um suéter preto que Mere havia tricotado, toda orgulhosa de ter feito algo para a neta que era "gótico". Joan se olhou no espelho: o verdadeiro Victor achava que ela ficava gostosa demais nas roupas de trabalho, então isso teria que ser suficiente. Colocou um batom vermelho na bolsa, por precaução. Então calçou as botas e abriu a porta, fechando com cuidado ao passar.

Esperou até ter saído do estacionamento, descido a rua e estar prestes a pegar a saída para a rodovia e então mandou uma mensagem para ele:

> Desculpa, amigão. Não posso colocar você em risco. Eu volto o mais rápido possível. FIQUE AÍ e deixe a porta trancada.
> Pode ser uma armadilha.

Ela sentiu o estômago revirar quando apertou o botão de enviar. Zeus ficaria puto, talvez por meses, talvez para sempre.

Vinte minutos depois, o celular dela começou a vibrar. Ela olhou: *Zeus, Rei de todos os deuses.* Virou o aparelho para baixo e o ignorou.

Quando as mensagens começaram a apitar, uma após a outra, ela apertou o botão do volume e até o celular ficar no silencioso.

✦

Ela pegou a saída para o Parque Nacional Great Heron logo depois das nove e meia da noite. Seguiu a estrada até o parque, passando pela placa oficial de boas-vindas e pela guarita fechada do guarda--florestal. Parou para checar o mapa no poste de madeira colocado ali para campistas e viajantes. Ela tirou uma foto com o celular, e a culpa fez seus pulmões doerem quando precisou passar direto pelas mensagens de Zeus.

> Como vc pôde fazer isso?
>
> Atende o telefone!!!
>
> Eu vou ligar pra Ajean!
>
> QUE MERDA
>
> Você é tão ruim quanto meus pais

Não tinha sinal ali, então não podia responder a ele, nem se quisesse. Isso foi um alívio para ela. Estava fora do seu controle.

Ela se virou para a área de acampamentos, que estava fechada para o público geral nessa época do ano. De acordo com o mapa, havia um trecho de floresta entre eles e a cabana comunitária. A cabana era onde Victor deveria estar. A adrenalina fez o rosto de Joan congelar, fez a bunda formigar.

Estacionou o carro em um círculo de pinheiros próximo a uma fogueira velha, deixando o capô tocar em alguns galhos mais baixos. Quando saiu, puxou uns deles para cima do teto. Bom o suficiente.

Ela iria a pé agora. Considerando o peso da bolsa e a lama da chuva, não foi uma caminhada fácil.

Porém, logo ela viu luzes por entre as árvores. A cabana. Largou a bolsa ao lado de um tronco caído e chegou o mais perto possível da clareira. Havia três vans azuis e uma minivan, com o adesivo de uma mulher e quatro gatos na traseira, estacionadas à frente.

A porta abriu e ela se agachou entre os galhos, o coração acelerado. Não conseguiu ouvir nada além das batidas dentro do peito. Lá estava uma mulher jovem usando camiseta comprida e amarela, que ia até os joelhos. Talvez fosse uma camisola. Ela desceu os degraus da entrada, olhou ao redor e tragou duas vezes um *vape*, soprou nuvens acima da cabeça e as abanou freneticamente para que se dissipassem. Então voltou para dentro.

Os olhos de Joan se encheram d'água. Aquela mulher não parecia com ninguém da igreja. Claro que não. Ela havia sido enganada. Era uma idiota do caralho. Por que a mulher que está dormindo com seu marido a ajudaria? *Fala sério, Joan. Você é uma idiota. Você fodeu tudo. Acabou.*

Então a porta se abriu novamente. Dessa vez, era ele. Era mesmo ele.

Ela ficou em pé, pronta para correr até ele, quando um homem com barba branca apareceu atrás do Reverendo e colocou uma mão em seu ombro. O Reverendo se virou, e os dois começaram a conversar. Na janela à direita, apareceu a figura. Uma mulher... Cecile. O olhar dela e o de Joan se encontraram, e por um segundo Joan tinha certeza de que ela iria gritar. Só que ela não gritou. Em vez disso, levou um dedo aos lábios e balbuciou: *espere*. Deixou a mão cair, mas continuou na janela, observando. Joan se abaixou de novo, se escondendo.

Por fim, ela ouviu o Reverendo e o homem entrarem de novo na cabana. Ela se levantou para ter uma visão melhor enquanto as luzes se apagavam, uma por uma, até a única luz acesa ser a da janela onde estava Cecile. Ah, que tortura. Joan podia ouvir o tempo se transformando em memórias. Ela não podia simplesmente ficar ali, parada, esperando.

Começou a revisar todos os cenários na cabeça. Todos terminavam com o mesmo problema: como faria para ele vir até ela, ou ficar com ela por tempo suficiente para mudá-lo? Heiser com certeza iria persegui-los. Ela não podia correr mais do que um Rogarou, ainda mais se estivesse arrastando um homem adulto junto, provavelmente contra a vontade dele.

Nessa hora ela se lembrou do pacotinho de sal de osso. Voltou para o tronco, mexeu na bolsa e pegou a bolsinha. Voltou para o arbusto, de onde tinha uma boa visão, respirou fundo e correu até a cabana. Ela se agachou contra a parede e abriu a bolsinha. Sob a luz fraca daquela única janela, jogou sal o mais perto que conseguiu da porta da frente. Depois, andou de volta para a floresta, jogando sal dos dois lados de si, como se desenhasse um caminho, quase invisível a olho nu, que terminava em um círculo torto desenhado por ela no chão. Fizera uma pequena cela para Heiser. Isso se Ajean estivesse certa.

Joan esperou mais um instante, rezando para sua *mere* que aquilo funcionasse, depois correu de novo para o esconderijo. Testou o peso do embrulho para estimar quanto ainda tinha ali, sentindo a boca seca pelo nervosismo. Se Heiser ficasse preso no círculo de sal, ela não tinha certeza se seria capaz de simplesmente não enfiar uma faca nele ali mesmo.

De dentro da cabana alguém gritou:

– Fogo!

Ela se levantou, assustada, e derrubou o pacote de sal, derramando o conteúdo no chão. Porra! Colocou o que conseguiu achar de volta no saco e o enfiou no bolso da frente do casaco. Depois, abriu a lâmina do canivete. Estava pronta.

– Todo mundo pra fora! A cabana está pegando fogo!

Ela reconheceu a voz. Era Cecile.

19

PURIFICA-ME COM FOGO

Depois do jantar, todo mundo se revezou para tomar banho, e agora o grupo se aconchegava em sacos de dormir no chão da sala principal, espelhando-se em um círculo. Exceto Cecile, que havia tomado posse do escritório. Ela estava vigiando pela janela havia quase uma hora, mas por enquanto nada de Heiser e, pior ainda, nada de Joan.

E alguns dos voluntários ainda estavam inquietos: uma das amigas de Ivy tinha acabado de dar uma escapada para o lado de fora, e um ou dois minutos depois Cecile sentiu o cheiro de maconha pela janela do escritório, onde ela deixara uma fresta aberta. Mais um motivo para o grupo precisar de um novo líder o quanto antes.

– Malditos hippies – murmurou ela para si mesma.

A menina voltou para dentro, tossindo, e deitou-se no saco de dormir. Então, outra figura se mexeu pelo salão. Meu Deus, eles não iriam dormir nunca?

Dessa vez era o Reverendo, que ia em direção à porta com o saco de dormir dele debaixo do braço. Não, naquela noite ele não podia ir dormir no meio da floresta. Cecile tinha planos para ele.

Ela cruzou o salão na ponta dos pés até onde Garrison estava deitado, lendo panfletos de lanchas sob a luz do celular.

– Garrison?

Ele se levantou rápido, enfiando o panfleto debaixo da mala enquanto ela se abaixava para ficar ao lado dele.

– Eu preciso que você convença o Reverendo a dormir aqui dentro hoje à noite – disse ela. – Você ouviu o senhor Heiser. Nós precisamos ficar de olho nele, para o caso de alguém tentar levá-lo de volta para o mau caminho.

– Deixa comigo, chefe.

Garrison estava no encalço do Reverendo, vestindo seu pijama, antes mesmo de Cecile se levantar. Era um dos bons. Com certeza teria um cargo para ele no ministério dela, depois da terapia de conversão, claro.

Ela voltou para o escritório para observar os homens pela janela. E nessa hora a avistou na beirada da clareira: Joan. A mulher estava se arriscando, visível para qualquer um. O que ela estava fazendo? Queria correr até o Reverendo, mesmo com Garrison bem ali? Ela era mesmo louca.

Cecile balançou as mãos, e, graças a Deus, Joan olhou antes de estragar tudo. *Espere!*, falou para ela, mexendo os lábios sem som, e, depois de um minuto de nervosismo em que testou sua paciência cristã, Joan se escondeu entre as árvores. Em seguida, Garrison estava guiando o Reverendo de volta, depois de convencê-lo que um lugar no meio das florestas era quase tão bom quanto estar literalmente na floresta, ou que, já que estavam em um retiro espiritual, eles precisavam que seu líder estivesse com eles, algo assim, porque logo em seguida os dois se acomodaram no chão.

Cecile fechou com cuidado a porta do escritório, depois procurou por algum movimento pelo painel de vidro da porta. Nada. Ela se voltou para a janela. Nenhum sinal dela, mas precisava acreditar que Joan ainda estaria esperando no meio do mato, como a cobra que realmente era.

Enquanto cantarolava uma música gospel, ela pegou embaixo da mesa duas sacolas de coisas que comprara na cidade. Uma estava cheia de absorventes. A outra tinha quatro latas de fluido para isqueiro e uma caixa de fósforos grandes. Ela girou na cadeira de couro sintético rasgado, ainda cantarolando a música, enquanto lia as precauções na parte de trás de uma das latas e testou riscar um fósforo na lateral da caixa. Que sensação gratificante a fricção virar fogo! Ela parou por um segundo para olhar para o fósforo, e o largou. Sim, tudo estava indo de acordo com o plano.

Cecile esperou mais alguns minutos e então foi até a porta e a abriu o suficiente para ouvir. O silêncio era quebrado apenas por alguns roncos. Ela fechou a porta de novo e fez uma breve oração antes de colocar os fósforos no bolso traseiro. Levou uma lata embaixo do braço direito, outra no braço esquerdo e a terceira na mão, deixando a quarta na mesa do escritório, por precaução. Depois, foi até o salão.

Ela andou pelo perímetro com cuidado, jogando o fluido em arcos pelas paredes e no chão, molhando as cortinas, até sair apenas ar da lata, vazia. Colocou a primeira lata no chão perto da porta da cozinha e começou a usar a segunda. Ela molhou todo o chão da cozinha e o banheiro, bem como os armários com papel higiênico e papéis-toalha, deixando todas as portas abertas. A terceira lata foi para jogar nas divisórias e nos armários onde estavam pendurados os casacos. O cheiro era tão forte que ela ficou impressionada que ninguém acordou.

Estava prestes a jogar na porta da frente quando se lembrou de que precisava de uma rota de fuga. Quando os bombeiros terminassem sua investigação, ficaria óbvio que o incêndio fora proposital. E tudo bem, porque também ficaria claro que um estranho estivera ali naquela noite, um que tinha um motivo e uma personalidade instável o suficiente para prejudicá-la no tribunal. Cecile tinha o recibo no cartão de crédito pelos absorventes, mas foi a mulher de óculos escuros e chapéu que comprara os fósforos e o fluido de isqueiro com dinheiro em espécie. *Aquela mulher deve ter sido Joan Beausoliel, policial.*

Ela voltou por onde veio, acendendo fósforos e jogando-os em cantos e poças. As chamas começaram com uma velocidade que ela não esperava e viajaram com tanta força que, quando jogou o último fósforo, gritou:

– Fogo!

Quando aquilo não fez quase ninguém se mexer, ela balançou os braços freneticamente, gritando:

– Todo mundo pra fora! A cabana está pegando fogo!

Então começou a chutar algumas das pessoas que estavam demorando para acordar. Logo a fumaça que subia tornou impossível ver o que estava acontecendo do outro lado da sala. Alguém finalmente correu para a porta da frente, gritando para que os outros o seguissem. A pessoa abriu a porta, e as chamas aumentaram quando ele correu para fora. Ela viu Wolff guiando alguns membros para a grama molhada, onde caíram no chão. Acima dela, o teto estava cheio de colunas de fogo e se contorcia com as chamas crescentes. Estava na hora.

– Ivy! – Cecile gritou. – Ivy, cadê você?

Ivy estava levando Nancy para um lugar seguro, um dos braços da mulher mais velha estava sobre os ombros dela.

– Aqui, estou aqui – respondeu ela.

– Eu preciso de você, rápido. Alguém desmaiou!

Ivy entregou Nancy para Greg e se virou para o fogo, se abaixando para evitar a fumaça.

– Aqui! – Cecile gritou, agarrando o braço dela e guiando-a até o escritório.

Apesar de Cecile ter tido cuidado para não jogar fluido ali, o espaço pequeno estava sufocante com o calor e a fumaça. Logo as chamas chegariam ali. Precisava lidar com esse problema, e ela só tinha uma chance e talvez três minutos para aproveitá-la.

Fechou a porta, e agora o calor era quase insuportável.

Ivy estava tossindo e arfando enquanto cambaleava pelo espaço, procurando. Ela se abaixou para verificar embaixo da mesa, segurando-se na beirada com uma mão trêmula. Atrás dela, Cecile pegou um peso de papel – uma esfera de vidro com uma mariposa gigante presa dentro, as asas com o desenho de olhos para afastar predadores. Levantou-a sobre o ombro e bateu com ela na lateral da cabeça de Ivy com toda a força que tinha, e a garota caiu como um galho quebrado.

– Pois é servo de Deus, agente da justiça para punir quem pratica o mal – Cecile falou antes de tossir e se dobrar. Hora de sair dali.

Tateou até achar a porta e saiu. O lugar estava tomado por chamas e enxofre. Aos pés dela estavam as sacolas plásticas da sua ida ao mercado, derretidas, os absorventes em chamas e as caixas viraram cinzas que voavam em meio à fumaça escura. A parte de dentro da boca e as narinas dela estavam ardendo. Ela colocou um braço sobre o rosto para tentar se proteger do calor e deu um passo à frente para sair. Depois, pensou melhor. A janela – seria mais rápido sair pela janela do escritório.

Prendeu a respiração, fechou os olhos e se virou, tateando o caminho pela parede. Logo estaria do lado de fora. Só precisava se concentrar. Depois, correria até o Reverendo e imploraria para ele encontrar Ivy. Ela diria: "por favor. Por favor, Reverendo, com certeza o Senhor vai poupá-lo". Já que ela conhecia bem sua personalidade, sabia que ele correria para dentro da cabana. Se não fizesse isso, bom, então ele seria um covarde. Podia trabalhar com qualquer uma das opções.

Enquanto tateava em busca da janela – estava tão perto –, Cecile tropeçou no corpo de Ivy e caiu. Qualquer ar que ainda segurava saiu do corpo, e, ao respirar, veio só fumaça.

Acima do rosto inerte de Ivy, no mesmo lugar onde a deixara, estava a última lata de fluido de isqueiro. O rótulo havia derretido, e as laterais estavam se expandindo perigosamente.

Ela respirou fundo, juntou as mãos e fez o melhor que pôde.

– Quem é correto nunca fracassará e será lembrado para sempre. A lata era um balão, se esticando mais e mais, e então estourou.

Ah, foi glorioso para Cecile: uma explosão de vermelho e azul, luz e fogo, alívio e perdão – fogos de artifício para celebrar os corretos, um novo arbusto em que Deus ateou fogo. E no centro, queimando mais do que o sol, Cecile viu Jesus enquanto ela ardia sobre o carpete barato da cabana na floresta, lutando uma batalha perdida para honrar a palavra Dele. Ela se moveu na direção Dele, na direção da luz, uma luz forte e gloriosa.

E descobriu que, afinal, eram apenas chamas, abundantes e eternas.

VICTOR NA FLORESTA: A CERIMÔNIA DE DEVORAR

Era difícil manter os olhos abertos com toda aquela claridade.

O Rogarou estava se despindo lentamente, dobrando cada peça depois de tirá-la e depositando-as sobre o encosto da poltrona. Ao tirar a calça, ele percebeu que Victor estava olhando e começou a cantar uma música de *striptease* e exagerar nos movimentos.

– Ta-ram ta-ram... TA-RAM, ta-ram, ta-ram, ta-ram, ta-raaaaam...

Ele se divertia muito com aquilo. E, apesar de Victor estar morrendo de medo e ter certeza de que aquilo seria seu fim, ele ainda via algo curioso naquela criatura, algo bonito. Sentiu-se humilhado por ter esse interesse, e também com raiva.

Seu peito estava nu. De um ângulo, era cheio de pelos densos e brilhantes. De outro, era uma pele coberta por tatuagens, as tatuagens de Victor. Exceto que Victor tinha JOAN tatuado embaixo da clavícula, a criatura exibia o nome VICTOR.

O Rogarou percebeu e passou a mão por cima.

– Gostou? Eu gostei. – Ele o encarou com seus olhos amarelos malignos que iam de desejo a desinteresse. Suspirou e usou as mãos para indicar o lugar onde estavam. – Afinal, não tem muitas opções de artistas aqui.

Victor riu alto daquela piada. O que raios ele estava fazendo?

Agora, com a calça aberta, sem sapatos, a fera se sentou diante do seu prisioneiro. Ela apoiou o rosto nas mãos e se inclinou para a frente, um cotovelo em cada joelho.

– Me conta sobre ela. Por favor. Antes de começarmos.

– Quem? – Victor não queria falar sobre Joan. Seria como virar um galão de água no chão enquanto morria de sede.

– A pessoa que faz você ser tão resistente, é claro.

Por que ele parecia estar mais perto do que quando se sentou? Victor conseguia sentir a respiração do monstro contra o rosto. Ele estava com tanto calor agora que queria muito tirar o casaco, mas se sentiu congelado no lugar.

– Tire, então – disse o Rogarou. E Victor se sentiu livre para se mexer, tirando o casaco e deixando que caísse aos pés da árvore.

– Melhor?

– Acho que sim.

– Tire o suéter também, se ainda estiver desconfortável. Aqui, eu ajudo você.

Ele esticou a mão e abriu os botões perto do pescoço, depois deixou as mãos no ar, fazendo um gesto para Victor levantar os braços acima da cabeça – o que fez sem pensar duas vezes. Não tinha certeza se queria fazer aquilo. Não, tinha, sim. Ele queria.

O Rogarou puxou o suéter pela cabeça e Victor ficara com apenas a calça camuflada, uma regata fina e as botas sujas de lama.

– Você... pode me ajudar? – perguntou ele.

O Rogarou inclinou a cabeça.

– Ajudar com o quê, meu jovem?

– A entender.

A criatura esticou o braço e passou a mão no cabelo de Victor, depois passou um dedo pela lateral do rosto dele.

– Talvez eu possa, se eu quiser.

– O que é este lugar? Eu não estou na floresta, estou? – Ao falar isso em voz alta, Victor percebeu que já tinha certeza disso. Ele não estava nas terras onde caçava, o lugar onde colocara e verificara armadilhas. Bem, ele estava e também não estava.

O Rogarou balançou a cabeça enquanto mantinha contato visual.

– Você está onde a traição aconteceu.

– Que traição?

– O que quer que você tenha feito que o trouxe até mim. É onde você está. E é onde vou enterrar você. – Ele cutucou o bíceps de Victor como se estivesse tirando seiva de uma árvore. – O tempo está quase acabando. Ninguém virá salvar você. Isso significa que você é meu, só que dessa vez será para sempre. Não é ótimo?

Ele se aproximou até que sua testa tocasse a de Victor.

Victor agora estava mais desconfortável ainda, porque sentiu que estava tendo uma ereção. Qual era o problema dele?

A criatura inclinou a cabeça para trás.

– Então, me conte sobre ela.

– Quem?

Dessa vez, estava falando sério. Victor não sabia quem. Sobre quem devia falar? Ele só conhecia aquele lugar e aquela criatura e o que seria para sempre.

O Rogarou sorriu.

Que dentes grandes ele tinha!

– Perfeito. – Ele colocou a mão no abdome de Victor, sentindo calor e desejo.

– O que vai acontecer agora? – perguntou Victor.

– Ah, essa é a parte em que eu devoro você. – A criatura se aproximou; a respiração era doce. – Bem devagar. Temos horas pela frente.

Foi então que os olhos do Rogarou ficaram pequenos. E a criatura foi puxada para trás, com força, como se os membros fossem controlados por cordas. Ele ficou pendurado por um tempo em ganchos imaginários, depois se virou. Foi de volta para a cadeira, o sorriso mudando para uma careta. Deu uma volta na cadeira, e mais uma, e mais outra, e outra... Não conseguia parar de rodar.

– Pare com isso! – As palavras do monstro se transformaram em um latido.

Victor ficou observando a criatura andar pelo chão até formar um círculo raso.

– *Tabernac!* – gritou a criatura; o focinho apontado para a lua, que agora aparecia pela orla das árvores. – Pare!

Victor estava dividido entre ir até a criatura, pegar o braço dela e ajudar de alguma forma, e sair correndo dali. Mas para onde iria? O que estava acontecendo? Estava tão confuso quanto no momento em que tudo aquilo começou.

De repente, o nome dela voltou. Assim como o rosto. A pele. Ah, a pele. *Joan.*

Deu as costas para a criatura, que estava uivando sem formar palavras. Olhou para as árvores e conseguiu vê-las como coisas separadas, e não como uma cerca fechada que o prendia na escuridão. Ali! Logo ali, ele via algo, entre as árvores. O que era aquilo? Não sabia dizer. O céu começou a fechar, e a chuva ameaçava cair.

O Rogarou estava preso, talvez até mesmo com dor. Agora, Victor precisava aproveitar esse momento. Então foi em direção às árvores, com os olhos arregalados, se esforçando para ver além.

20

O ÁS DE ESPADAS

Quando Joan viu as chamas, ela quase correu para dentro da cabana. Onde ele estava? Ela cortou a palma da mão tentando fechar o canivete para ir até ele. Mesmo que isso significasse ser descoberta. Deu um passo em direção à clareira, e, em meio a confusão e fumaça, ninguém a notou encostada contra os troncos claros das bétulas. E lá estava ele, arrastando um homem de pijama pela porta. Duas pessoas se aproximaram para pegar o homem e deitá-lo na grama. Ela ficou onde estava enquanto o Reverendo começava a contar os voluntários espalhados pelo gramado, sentados em pedras, chorando e se consolando.

– Faltam duas pessoas – disse ele. – Eu vou voltar.

– Ivy e Cecile! – alguém gritou. – Elas entraram no escritório.

Conforme ele seguia em direção aos degraus da entrada, a janela do escritório explodiu com uma chuva de vidro e chamas que o derrubou de joelhos. O homem grande de barba branca correu até ele e o arrastou para longe da cabana.

Em seguida, as paredes cederam e ruíram sob o peso. O teto se partiu. Houve outra explosão dos fundos do prédio e o barulho de mais uma janela estilhaçando.

O cara de barba branca acenou para todos se afastarem mais da cabana.

– Para longe, agora! Essa coisa vai cair!

Joan não sabia o que fazer. Ela já se sentia completamente despreparada para essa missão com suas ferramentas bizarras – uma carta de baralho, um canivete, uma porcaria de um saco de sal de osso –, e agora ainda havia um incêndio descontrolado no meio de tudo. Joan observou o Reverendo se levantar de onde o homem barbado o deitara, os braços esticados em ângulos estranhos. Enquanto os outros se afastavam do fogo, para ficar em segurança, ele se virou, como se guiado por uma força invisível. Depois, se virou na direção dela, parado em um ângulo estranho. Ela prendeu a respiração. Ele conseguiria vê-la além de tanto fogo e fumaça?

Ele andou com os pés descalços pela grama molhada, cada folha refletia as chamas saindo das janelas quebradas, da porta aberta, do buraco que crescia entre as paredes e o teto, e até o chão estava sendo consumido. O Reverendo tentou andar até os outros duas vezes, e nas duas vezes foi impedido por uma barreira invisível. Todas as vezes ele se virou com as pernas bambas. Um pé depois do outro, e então seguia na direção das árvores onde Joan estava.

Ela ficou observando, confusa. O que estava acontecendo com ele? O rosto de Victor estava tão tenso que os dentes estavam à mostra. Parecia estar lutando contra os próprios movimentos. E então ela se lembrou: o sal de ossos. Ele estava preso na armadilha que ela fizera para Heiser.

Ele soltou um rosnado cheio de raiva e medo, como um animal preso. Porque era justamente isso que ele era.

O Reverendo Wolff – não, Victor. Victor era o maldito Rogarou.

Movimentando-se como uma marionete, ele andou entre as linhas de sal, tropeçando no círculo no final do caminho. Depois de um instante, deu uma volta pelo perímetro, e mais uma, e mais outra. Ela sentiu seu pulso batendo pelo corte na mão. Apertou a mão contra a coxa. Um Rogarou mantém o homem preso lá dentro, as costelas são como as barras de uma cela. Como estava o coração de Victor agora? Estaria com a batida acelerada e quente? Haveria dois corações, o do monstro e do homem, batendo ritmados no mesmo peito?

– Não. Não. Não – sussurrou ela.

Será que ela devia ir pegá-lo? E se ele pedisse ajuda? Aqueles voluntários correriam para salvá-lo da mestiça com uma faca na mão. Ela olhou para eles. Estavam todos se abraçando, assistindo ao prédio queimar.

Então ouviu-se um barulho alto e o teto caiu, desaparecendo entre as chamas, que cresciam e cuspiam, triunfantes. O grupo gritou, e nenhum deles olhava na direção em que ela estava.

Ela foi até onde o Reverendo estava parado, preso no círculo de sal, e chutou a linha para fazer uma abertura. Enfiou a mão por dentro da cintura da saia e tirou um ás de espadas, a carta mais mágica de todas. Com cuidado, enfiou a carta sob a gola dele, para que entrasse na camisa. Ele não conseguia fazer nada para resistir.

Joan deu um passo para trás, pegando mais uma vez a lâmina do canivete, e o chamou:

– Vem.

E ele foi, cambaleando. Ele ainda era o Reverendo, ou talvez o Rogarou, mas definitivamente não era Victor.

Quando por fim adentrou na escuridão da floresta, ela estava de costas para uma árvore, segurando a lâmina na sua frente. Olhou para o rosto dele, e finalmente viu sinais de Victor aparecendo naqueles olhos. Ela baixou a lâmina.

– O que tá acontecendo comigo? – perguntou ele.

Ela mordeu a parte interna das bochechas para não dizer tudo cedo demais.

– Eu vou explicar tudo – disse ela –, mas você tem que vir comigo.

– Meus amigos. – Ele olhou de volta para o grupo, que ainda estava chorando e rezando.

– Você não pode ajudá-los agora, mas eu posso ajudar você.

Aos poucos, Joan virou as costas para ele e deu um passo floresta adentro. A princípio, só conseguia ouvir o estalar do fogo e as orações dos apavorados, mas depois ouviu um passo. Ela quase caiu de joelhos. Ele estava seguindo Joan. Ah, Deus do Céu, ele a seguia.
Calma.
Calma.
Ela continuou andando, tentando não olhar para trás. Depois de um minuto, ela não resistiu e olhou por cima do ombro, só para ter certeza de que ele ainda estava lá, que não havia se transformado em algo com presas e pelos. Ele estava com uma aparência terrível, apertando a barriga, ou talvez a carta que levava consigo, tocando a pele. Já que estava descalço, precisava escolher bem onde pisar. Porém ele a seguia. E ainda estava com aparência humana.

Quando chegaram ao tronco onde ela deixara a bolsa, Joan se sentou e indicou para que ele se sentasse ao lado dela. Ele se abaixou, tremendo, obediente.

– Deixe eu colocar algo nos seus pés. – Ela procurou dentro da bolsa. – Eu não tenho sapatos do seu tamanho, mas tome aqui.

Ela entregou um par de meias de lã.

– Obrigado. – Ele as pegou, mas as segurou como se não soubesse o que fazer em seguida.

Joan pegou as meias de volta.

– Deixa que eu faço isso pra você.

Ficou de joelhos na frente dele e pegou um pé, depositando-o no colo. Tirou gravetos, sujeira e folhas da sola, com cuidado, do jeito que Victor gostava. Depois, calçou a meia no pé dele, procurando por algum sinal na expressão do rosto de que ele a reconhecia. Nada.

Ela limpou o segundo pé e o massageou um pouco, demorando-se entre os dedos. As mãos dele relaxaram e ficaram sobre as coxas. Ela até demorou mais para calçar essa meia, e, quando terminou, continuou de joelhos, olhando para ele.

Um estrondo que veio da direção do incêndio o distraiu, outra parte da cabana caindo, e ela aproveitou a oportunidade para dar um beijo rápido em um joelho dele.

– Não há mais nada que você possa fazer por eles. Deixa eu te levar até o carro. Vamos buscar ajuda. – Ela deslizou as mãos pelas pernas dele até as coxas e então pegou as mãos que repousavam ali. Ele permitiu, até apertou um pouco ao sentir a pressão nos dedos.

Quando se levantou, Joan o puxou para ficar em pé e então ficaram parados por um instante, apoiando-se um contra o outro na escuridão da floresta. Ela segurou as mãos dele enquanto ele permitiu, o que durou alguns segundos. Depois, ele se afastou.

– Por favor, deixa que eu carrego isso. – Ele esticou a mão para pegar a bolsa e ela a entregou.

– Obrigada.

Victor sempre foi um cavalheiro. Talvez o Reverendo também fosse. Ela tirou o celular do bolso e o usou como lanterna para iluminar o caminho. Quanto mais se afastavam, mais ela tremia. Tão perto, tão perto... Seu corpo inteiro fervia com uma sensação de ausência e carência. Era terrível estar perto assim, e ao mesmo tempo sozinha. Ela queria ficar de joelhos de novo. No entanto, dessa vez, ela o colocaria na boca, pressionaria a testa contra a barriga dele. Tiraria a calcinha e montaria nele como uma sela. Ela beijaria sua linda boca até os lábios dele sangrarem. Ela faria com que ele se lembrasse de quem era de verdade.

– É ali? – disse ele. Um farol refletiu a luz do celular.

– É, sim.

– Um Jeep. Eu adoro Jeeps.

– Meu marido também.

– Eu acho que o conheço – disse ele, confuso.

Ela pegou a mão dele, e eles seguiram pelo caminho até a área do acampamento cercada de pinheiros. Ela soltou a mão para tirar os galhos do teto, destrancou a porta e pegou a bolsa que ele segurava. E, então, lá estava ele – aquele filho da puta que parecia o Victor, com as tatuagens do Victor aparecendo por debaixo da camiseta, encostando-se no Jeep de Victor. Ela largou a bolsa.

– Foda-se.

Ela pressionou o corpo contra o dele, apoiando a cabeça na dobra do pescoço, o lugar feito por quem criou o Universo. Colocou os braços ao redor dele e sentiu as curvas e os ângulos do amor de sua vida. Joan tremia muito, mas não era apenas ela. Ele também estava tremendo. Ela olhou para o rosto dele e ele estava olhando para as árvores, ainda não era Victor, mas também não era o Reverendo. Ela pegou os braços dele e os colocou ao redor dela. Quando um caiu, ela o pegou mais uma vez e o guiou por debaixo da saia.

– Espera... – gaguejou ele.

– Não. – Ela segurou os dedos dele contra o algodão úmido da calcinha dela, depois tirou o tecido da frente para fazer os dedos entrarem mais nela. Joan sentiu a resposta dele contra seu quadril. Meu Deus, era isso.

– Espera... – Ele estava respirando rápido; ela mal respirava.

Ela se mexeu contra a mão dele, gemendo embaixo da orelha dele. Porém, ele estava se afastando e tirando ela da frente.

– Não! – Ele esticou uma mão na frente dele. – Heiser, espera!

21

FAZENDO ELE LEMBRAR

Joan se virou e lá estava Heiser, as mãos nos bolsos da calça e um sorrisinho zombeteiro no rosto. Ela não vira o carro preto estacionado no começo da estrada de cascalho, mas o Reverendo vira.

– Então, Joan, você o encontrou, afinal. – Heiser balançou a cabeça devagar. – Não dá pra esconder nada de você, não é?

A gravata dele estava torta, e o paletó sumira. Ele estava quase desgrenhado.

Ela ficou entre ele e o marido.

– Vai se foder, Heiser.

– Mas eu não esperava isso. – Ele apontou para a floresta, balançando a cabeça. O cheiro de fumaça por toda parte. – Eu realmente subestimei você.

– Eu não tive nada a ver com esse fogo.

Ele chutou o chão, ainda rindo e balançando a cabeça.

– Claro, você é completamente inocente.

– Eu não fiz nada. Eu vim aqui buscar o meu marido. – Ela apontou para trás dela. – *Meu* marido.

– E a cabana começou a pegar fogo bem quando você apareceu.

– Por que você não pergunta para Cecile o que aconteceu? Foi ela quem me disse para onde vir.

– Você acha que eu vou acreditar nisso? – Ele deu um passo à frente. – E você não vai levar o Reverendo para lugar nenhum. Ele vem comigo.

– Ela não estava lá. – O Reverendo saiu de trás de Joan. – Cecile nos acordou. Ela viu o fogo começar. E ela chamou Ivy para dentro. Elas... elas não saíram.

Heiser andou em círculos com os sapatos de sola fina.

– Está bem, está bem. Eugene, você vem comigo. Vamos dar um jeito nisso e ajudar você. E você – disse, apontando para Joan – vai entrar no seu carro, vai embora e nunca mais incomodará o Reverendo de novo. Ou haverá consequências.

– Não posso – disse o Reverendo, que não era exatamente o Reverendo.

– O que disse?

– Não posso ir com você, senhor Heiser.

Ele escorregou até o chão e se encostou no Jeep.

Joan se mexeu para ficar na frente dele de novo, bloqueando a visão de Heiser, sem contato visual direto.

– É isso aí, sai fora, *Rogarou* – disse ela, como se estivesse falando um palavrão dentro de uma igreja, meio que sussurrado e com muito veneno.

Heiser parou de andar, levantando o queixo, e então pareceu estar olhando para além das árvores.

– É, eu sei o que você é – disse Joan. – E eu sei que você o transformou em um também. Mas você não pode ficar com ele.

Heiser riu tão alto que o som ecoou por toda a área.

– Rogarou? Ah, você sabe de tudo, não é? Que menina inteligente. Tão inteligente, ela.

Ele andou até onde estavam.

– Se você sabe de tudo, fico surpreso que o queira de volta.

– Vi a foto que você me mandou. Não me importo com o que ele fez quando não era ele mesmo. – Joan estava ficando ansiosa. Precisava levantar Victor, colocá-lo no Jeep e afastá-lo da criatura perigosa.

– A foto? Ah, sim. Nada de mais. – Ele desviou tão rápido que ela não teve tempo de impedi-lo de colocar a mão na cabeça de Victor. – Vamos, Wolff!

Joan se jogou contra Heiser, levando uma pancada forte ao caírem rolando pela grama. Ela não podia ter chegado tão longe e tão perto e se tornar uma viúva de novo. Preferia morrer.

Eles foram separados por braços fortes. O Reverendo, ou seja lá quem ele fosse, estava empurrando Joan para trás de si e esticando os braços para manter Heiser afastado.

O homem se levantou, espanando a calça e endireitando a gravata. Joan colocou a mão no bolso do casaco e abriu a lâmina do canivete. Agora ela estava pronta para usá-lo.

– Pelo visto você não escuta mais, Wolff. Tudo bem, vamos dar um jeito nisso – disse Heiser.

– Entre no seu carro e volte para a Alemanha, ou seja lá de onde veio. – As palavras de Joan saíram como um sibilo. – Sabe de uma coisa? Antes de ir, tenho uma pergunta pra você.

– Pois não? – Ele deu um sorriso largo.

– Por quê? Essa é a minha pergunta, só quero saber o motivo. Por que você faria isso com ele? Com nós dois?

– É isso que você quer perguntar? Sério? – Ele parou, então começou a rir, depois aumentou para uma gargalhada. – Eu não fiz isso. É o que você não entendeu ainda. Eu não posso transformar ninguém em nada. – Ele apontou para o céu. – Eu não sou Deus. Apenas Ele decide quais criaturas vivem na Terra. Eu apenas herdei um conjunto de habilidades.

Ao dizer aquilo, ela o viu mudar, ficar mais alto, mais frio.

– Joan, minha querida – começou ele. – Não tem outra pergunta a fazer? Uma que eu possa responder? Que tal esta: o que aconteceu com a sua avó?

– Do que você está falando?

– Ela morreu, não é? – Heiser levantou os ombros. – Mas como ela morreu?

– Cala a boca. Cala a sua boca.

A raiva fez o sangue ferver.

– Ela morreu dormindo tranquila na cama? – Ele sorriu e juntou as mãos, cumprimentando a si mesmo. – Ahh, esse é o sonho, não é? Encontrar o seu criador cercado pelas pessoas que você ama. Sem estresse. Sem violência.

Ele imitou a expressão de horror na face de Joan.

– Ah, espera aí, dá pra ver pela sua expressão que não foi assim que aconteceu. O que aconteceu com a sua amada vovó, Joan? Ela foi atacada?

– Pare! – Foi o Reverendo quem falou.

– Talvez ela tenha sido morta? – Ele levou as mãos à boca, fingindo estar chocado.

Foi mesmo Heiser. Ela deveria saber que não tinha sido um lobo qualquer que tinha atacado Mere. Mal havia lobos na baía.

– Então, me diga como é estar tão perto do assassino dela. – Ele colocou um dedo no queixo, fingindo estar pensativo.

– Foi você, seu filho da puta. Por que a Mere?

– Eu? Ah, essa foi boa, mas não. – Ele riu de novo.

– Pare agora! – disse o Reverendo com a voz trêmula.

– O que foi, Wolff? Por que você não quer que eu provoque a sua pobre esposa? – Ele fez um barulho de estalo com a língua. – Tá, então. Eu não vou fazer isso. Aqui vai a verdade: Joan, não fui eu quem fez pedacinhos da sua avó. Não é o meu estilo. Foi o homem que você veio resgatar.

Ela deu um passo para trás e esbarrou no Jeep.

– Não. Não é verdade.

– Ah, sinto dizer que é, sim.

– Por que ele faria isso? – Joan olhou para o rosto do marido, e ele se recusava a olhar nos olhos dela.

– Bom, veja bem, um Rogarou recém-criado é como um filhote gigante, muito difícil de controlar. Às vezes eles tentam voltar para casa. Esse filhote tinha um faro muito aguçado e voltou para casa. Sorte a sua, não tanto para a sua avó, ele a encontrou antes de conseguir entrar na casa.

Joan se apoiou no capô, tentando respirar, sem fôlego.

– Eu não acredito em você. – Ele encontrara o ponto fraco de Joan, onde mais doía. Ela colocou as mãos sobre as orelhas, mas isso não impediu que o sentimento pela qual estava sendo invadida surgisse. – Eu não acredito.

– Não mesmo? Isso não faz sentido? – Heiser juntou as mãos atrás das costas e andou um pouco, demonstrando como estava tranquilo, no controle da situação. – Quero dizer, eu o encontrei antes que algo sério acontecesse e provavelmente poderia ter impedido, mas por que faria isso? – Ele deu de ombros. – A velha estava causando demais com um dos projetos em que estou trabalhando. Então, deixei a natureza fazer o que faz de melhor.

Ela olhou para a criatura vestindo o corpo do marido. Ele estava curvando em ossos que geralmente não se curvavam, pequeno nos músculos que não se contraíam dessa forma. Ele estava segurando as próprias mãos, que tremiam.

E ela sabia, ali naquele momento, que aquela criatura – seja lá o que fosse agora, o que quer que tenha sido no ano que passou – tinha sido capaz daquilo, de matar a sua Mere. Joan sentiu a garganta queimar e vomitou bile. Depois que a náusea passou, a fúria que fazia seu sangue ferver se espalhou por todo o corpo, tomou conta dos pulmões, tremeu em suas pernas, panturrilhas, até os dedos que seguravam a lâmina fria no bolso.

– Você está tirando uma comigo?

– Não estou. – A resposta de Heiser foi quase musical.

Naquela hora, ela olhou para o Reverendo, aquele resto de um homem que já conhecera algum dia. Viu suas costas se curvarem como um ponto de interrogação, viu os joelhos fraquejarem. Ele se agachou ali, se balançando para a frente e para trás, ao mesmo tempo que segurava o rosto.

— O sangue nas mãos. A unha na minha boca... — As palavras dele estavam cheias de catarro e lágrimas.

Ali, duas vozes surgiram de dentro das memórias. Uma delas era de Ajean, do dia em que ela encontrou com o Rogarou na estrada. *Faça ele se lembrar do homem que é por baixo de tudo aquilo. Você pode conseguir isso fazendo ele sangrar.* E a outra era de Victor, na noite em que veio para casa com o dente quebrado. *Se você vai lutar, lute com tudo o que tem. Senão está só dançando. E ninguém derrota a morte com uma valsa.*

Então ela ergueu a faca, vendo as costelas dele se expandirem e contraírem por baixo da camisa fina enquanto ele começava a rezar. Uma oração católica da infância.

— Ave Maria, cheia de graça...

— Espera aí, Joan. Você quer mesmo fazer isso? — Heiser deu um passo na direção dela.

Joan estava tentando entender, lembrar que Victor não era Victor, que ele era alguma outra coisa, mas a raiva dela estava atrapalhando sua compreensão. Ela falou para si mesma:

— Não é ele. Não é ele.

O primeiro ataque foi um corte, um corte fundo e vermelho como um zíper aberto. Aquele foi por Mere. Era chocante a forma como ele se abriu. Antes que pudesse pensar melhor, ela ergueu a faca de novo e o esfaqueou, depois deixou a arma cair, a boca aberta com um grito silencioso. O Reverendo não mudara de posição quando ela o atingira, não gritara, apenas ficou sangrando pela grama, enchendo as meias da esposa de um sangue grudento, enquanto Heiser assistia. Joan caiu de joelhos ao lado dele e o puxou até a cabeça ficar no colo dela. Ele estava bem imóvel. Alguém havia morrido. Alguém havia sido morto. O som do assassinato ecoou pela floresta.

— Ah, Victor.

Ela o balançou devagar e beijou sua testa, seu nariz. Olhou para Heiser em meio a lágrimas e perguntou:

– Por quê? Por que um Rogarou precisaria dele?

Heiser se abaixou perto dela.

– Você é bem devagar, não é? Eu não sou o Rogarou. Eu sou o Wolfsegner. – Ele esticou a mão para cumprimentá-la, zombando dela mais uma vez. – Prazer em te conhecer, finalmente.

– Wolfsegner?

Ela estava tão concentrada em Heiser, no marido sangrando, que não ouviu Robe se aproximar por trás deles. Não viu a pedra que carregava na mão. E então veio a pancada, e ela caiu por cima de Victor na escuridão. Ela não ouviu Heiser rir enquanto ia para o carro, confiante de que havia matado dois coelhos com uma cajadada. Ela não o ouviu dizer para o motorista:

– Eu nem precisei mirar.

22

PERDENDO O CONTROLE

A tenda do ministério estava cheia de velas, como uma barriga iluminada inchada na direção do céu. O barulho de milhares de pequenas chamas tocava seus ouvidos. Ela estava usando seu vestido de casamento, parada sozinha no início do corredor principal. Ela se virou, as camadas de tecido mármore espiralando com o movimento.

– Aqui, minha menina.

No final do corredor, em frente ao palco, com uma forte luz atrás de si, estava a avó dela.

– Mere! – Ela largou o buquê, que nem percebera que tinha em mãos, segurou a parte da frente da saia e correu. Porém, como acontecia em sonhos, demorou horas para cruzar a primeira fileira de cadeiras, vazias de fiéis ou convidados.

Mere observou Joan com um sorriso indulgente, levantando a mão para chamá-la, os lábios formando palavras sem sair uma voz. Depois de um tempo, e de Joan não ter conseguido chegar mais perto, ela balançou a cabeça e virou de costas.

– Mere, espera!

A anciã andou até a lateral do palco e começou a subir as escadas, um degrau depois do outro, se virando uma vez para sorrir para a neta.

– Mere, não sobe aí!

Mere acenou e continuou o caminho. Quando chegou ao palco, foi em direção à cruz.

A cabeça de Joan martelava. As orelhas zumbiam como sinos de igreja.

– Espera!

Ela gritou tão alto que acordou.

– Ah, que bom, você está de volta. – A voz era de Heiser.

✦

Joan estava no banco da frente de um carro em movimento. Ela tentou se virar na direção da voz, mas não só estava presa com o cinto de segurança, como também as mãos e os tornozelos estavam amarrados.

– O que está acontecendo? – Ela tentou se mexer, acordar de verdade, ainda ouvindo um zumbido.

– Nós estamos indo dar uma volta – disse Heiser.

No banco do motorista estava um homem que ela nunca vira antes, um indígena de pele escura com cabelo preto bagunçado, rosto levemente enrugado e um corte que virara um queloide na lateral do pescoço. Ela se mexeu para olhar no retrovisor do carro e finalmente encontrou os olhos de Heiser, sentado no banco atrás do motorista. Ele mexeu os dedos de uma mão para ela.

– Onde está Victor?

– Não se preocupe com ele – respondeu Heiser. – Ele está bem aqui do meu lado, descansando. Vamos cuidar dele, e depois ele vai matar você.

– De que porra você está falando? – Ela não estava entendendo nada. Depois das árvores havia um muro sólido, a estrada era uma faixa preta se desenrolando aos poucos diante dos faróis.

– Foi você quem o cortou – Heiser continuou. – Se nosso rapaz aqui matar você, a magia vai aderir. Além disso, você não vai mais ficar incomodando nossos encontros. Foi divertido, Joan, mas preciso ser sincero: não vou sentir saudades. Eu queria ter dado um jeito em você no parque, mas com toda a comoção e as sirenes...

Agora, ela estava chorando, lágrimas caíam pelo queixo e desciam pelo pescoço. Victor era responsável pela morte de Mere, uma morte terrível, horrenda.

– Ah, não se preocupe. Vamos cuidar dele. Assim como estávamos fazendo antes de você aparecer. Ele vai ser alimentado e amado e talvez até se case. – Heiser ficou em silêncio por um instante enquanto Joan soluçava. – É, acho que essa vai ser a primeira coisa da lista: ele precisa se casar. Apesar de que eu acredito que a principal candidata para o papel de senhora Wolff está morta, vamos precisar ir atrás disso. O que você acha, Robe? Um casamento no inverno pode ser bacana.

– Sim, senhor. – A voz do motorista era grave e graciosa. Quando ele sorriu, Joan viu o vazio marrom de um dente da frente arrancado.

– Tudo vai dar certo, Joan – Heiser falou. – Claro, perdemos algumas pessoas, mas essas podem ser substituídas. Mas Rogarous? Esses não são fáceis de encontrar.

– O que é você? – sussurrou ela.

– Eu disse, eu sou um Wolfsegner.

Ela ouviu um tom de orgulho na voz dele.

– Mas que porra é essa? – Ela levantou um ombro e enxugou o rosto na manga.

Ele riu.

– Ah, por onde começar? Na Baváaria, muito tempo atrás, meus ancestrais foram queimados em fogueiras com as bruxas. Assim como o seu povo, Joan, nós fomos perseguidos por sermos quem éramos. Nós éramos guardiões de *wolfssegen*.

– *Wolfssegen*?

– Feitiços. – Ele se inclinou para a frente, de modo que sua voz se sobrepusesse ao zumbido nos ouvidos dela. – Nós controlamos os lobos.

Ele voltou a se encostar no banco.

– Na época, wolfsegners eram homens ricos, admirados. Éramos nós que podíamos trazer prosperidade para o fazendeiro certo ao acabar com o gado de um rival. Eu acreditava que era um poder inútil, até encontrar um Rogarou. Eu aprendi que, se você puder controlar o lado mais sombrio de uma comunidade, pode controlar tudo. Sem exce...

Ele parou de falar, e Joan sentiu um chute nas costas do banco dela. O carro deu uma guinada enquanto Robe tentava dirigir com uma mão e pegava Heiser com a outra. Ela ouviu um gorgolejar desesperado e se esticou para olhar o retrovisor. As mãos de Victor estavam brancas com a força que ele usava para apertar o pescoço de Heiser.

Robe se virou de volta para corrigir a trajetória do carro, que estava quase saindo da estrada. No mesmo instante, o pé de Heiser passou pelo banco e chutou a cabeça do motorista. O carro ficou em posição transversal na estrada e deslizou até as árvores, os pneus cantando, Robe desacordado no banco. Joan gritou. Depois, pela segunda vez naquela noite, tudo ficou escuro.

VICTOR SAI DA FLORESTA

Ele correu. As pernas doíam, a respiração pesava na garganta, os olhos lutavam para se fechar com o cansaço, mas ele continuou. Dessa vez, de alguma forma, estava chegando a algum lugar.

Atrás dele, o Rogarou uivou e chutou a cadeira pela clareira, que bateu contra uma árvore e se despedaçou. Outro uivo, mais próximo. Porra, estava atrás dele. Só que dessa vez não estava brincando com a presa, tão confiante com a sua disposição e seu destino que praticamente saltitava. Agora, enfiava as garras na terra, arrancava cascas de árvore no caminho, pulava sobre buracos e se perdia na escuridão. Não havia mais conversa ou músicas ou jogos. Era selvagem, cruel e estava no meio de uma caçada. Tinha um trabalho a fazer.

Victor correu em zigue-zague para distrair a fera, mas ela conhecia seu cheiro. Se o pegasse ali, não teria chance de argumentar ou adiar: o Rogarou iria derrubá-lo e rasgar sua garganta. Ele precisava sair dali, então continuou correndo.

O ar estava ficando tão frio que ele conseguia ver a própria respiração. Estava clareando também, como uma manhã antes de o sol nascer, mas essa luz piscava. Então ele viu, logo à frente, em um círculo de pinheiros – um carro branco. O Jeep dele! Acelerou o passo. Se ele ao menos pudesse chegar ao Jeep...

Ouviu um estalo, algo como um trovão repentino, seguido por uma chuva de folhas, e então o Rogarou pulou de uma árvore, aterrissando à frente de Victor com um baque que ele sentiu nos próprios joelhos, bloqueando o caminho até o Jeep, o amanhecer e a sobrevivência.

Victor tentou parar, mas foi impelido para a frente, aterrissando em um arbusto ao alcance da criatura. Não conseguia ficar de pé. Tentou, mas as pernas não o sustentavam. Em vez disso, se encolheu quanto pôde, colocou o braço por cima da cabeça e gritou:

– Espera!

Ele manteve os olhos fechados, para que não pudesse ver como iria acontecer, como o Rogarou iria destruí-lo. Imaginou sua pele sendo tirada como um vestido de zíper aberto caindo pelo corpo de uma mulher. Fez-se uma longa pausa e depois uma pancada que o arremessou contra uma árvore. Ele caiu no chão, esmagando galhos e desabando sobre pedras. Gritou, mas era como se o volume tivesse sido diminuído.

Tentou rastejar, agarrando-se em arbustos, arrancando grama do solo. Porém, a fera estava sobre ele. Ela se dobrou sobre ele, a respiração não era mais doce, e o agarrou com a boca. Victor sentiu uma pressão, depois uma sensação de alívio dolorido, quando um corte longo apareceu na sua pele, rasgando gordura e músculo, parando no osso.

Ele estava prestes a desmaiar, balançando na boca do Rogarou no limiar daquela prisão florestal. Não era tão ruim. Sentiu o rasgar na pele, e que bom que podia sentir aquilo, para que pelo menos pudesse sentir essa aflição terrível.

E então ele a ouviu. Joan estava chorando. Quando abriu os olhos, estava no banco traseiro de um carro em movimento, a camisa manchada de sangue.

23

UMA DANÇA DE LEVANTAR A POEIRA

Dessa vez, parecia que não havia passado nem um segundo quando abriu os olhos. Quando Joan respirou, sentiu uma pontada no peito como se roubasse o ar dos pulmões.

– Ai. Ah, cacete. – Joan tentou levantar as mãos presas para esfregar o lugar, mas não conseguiu desviar do airbag que fora acionado e a prendera no lugar.

– Espera, aguenta firme. – Victor, agachado ao lado da porta aberta, encontrou a faca no chão e a pegou. Ele furou o airbag, que soltou uma nuvem de pó acre, e depois cortou as amarras.

Ela lambeu os lábios e sentiu o gosto de químicos na língua.

– O que aconteceu?

– O carro bateu. Consegue se mexer? – Ele deixou a faca cair e segurou a cabeça dela com as mãos, virando-a gentilmente de um lado para o outro.

Ela percebeu que o banco ao lado estava vazio, e a porta, aberta. Por essa razão, o alarme estava tocando de quando em quando.

– Onde está o motorista? – E depois, mais nervosa: – Heiser? Onde está o Heiser?

– Só um instante. Vamos ver se você consegue ficar de pé. – Victor pegou suas mãos e a ajudou a se levantar. Ela colocou os pés na terra e ficou estável.

– Meu peito dói quando eu respiro.

– Deve ser uma costela quebrada. De resto, está tudo bem?

– Talvez. – Ela colocou o peso em uma perna, depois na outra.

– Sim. Estou bem.

Joan se virou para olhar para o carro. O lado do motorista estava completamente esmagado, apesar de o farol do lado do passageiro ainda estar aceso, piscando na direção das árvores que contornavam a estrada. Os dois airbags dianteiros foram acionados, o interior estava coberto por um pó branco e fino. Heiser estava jogado no banco traseiro, ainda preso pelo cinto de segurança, a cabeça tocando o assento ao lado em um ângulo estranho.

– Ele está...

– Eu acho que sim.

– Victor? – ela perguntou ao se virar.

– Sim?

– É você mesmo? – Ela estudou o rosto dele, depois tocou bochechas, orelhas, a cabeça inteira.

Ele sorriu para ela, e sim, era ele mesmo. Joan respirou rápido, tentando não chorar – iria doer muito se começasse a chorar.

– Eu acho que sim – disse ele.

Ela se jogou nele, e Victor a abraçou, com cuidado, para não machucá-la. Ela tocou em suas costas, procurando as feridas que tinha causado nele.

– Estou bem – disse, tranquilizando-a. – O sangramento está quase parando.

– Precisamos cuidar de você.

Alguém começou a aplaudir. Por um instante, ela não soube dizer de onde vinha aquele som.

Alguns metros à frente do carro, estava Robe. Ele ficou diante do único farol aceso, com uma mancha de sangue sobre um olho inchado, o rosto machucado lembrando o próprio conjunto frontal danificado do automóvel.

– Parabéns. – Ele deu um grande sorriso, todos os dentes manchados de sangue vermelho-vivo.

– Pelo quê? – perguntou Victor, andando até ele.

– Eu não o vejo mais. Só você, agora. – O sorriso dele sumiu. – Uma pena. Ele era dos bons.

– Estamos falando do Heiser? – Joan segurou a camiseta de Victor, tentando puxá-lo de volta.

Esse homem podia ser perigoso. Ele trabalhava para o Heiser. Podia querer terminar o serviço, bem ali, à beira da estrada.

– Não, por Deus. Heiser era um merda. Ele devia saber que não se mexe com magia que não pertence a ele. – Robe lambeu as mãos, da palma da mão até a ponta dos dedos, e passou pelo rosto e pelo cabelo. – Estou falando do seu Rogarou, claro.

Alguma coisa se encaixou dentro de Victor – uma lembrança, uma sensação de reconhecimento. Ele inclinou a cabeça, deixou a voz mais calma e se mexeu devagar, como se estivesse se aproximando de um animal selvagem.

– O seu nome: Robe. É apelido para alguma coisa?

Robe enfiou as mãos nos bolsos da calça e se balançou nos calcanhares.

– Eu costumava ser Guillaume Robitaille. Heiser me chamou de Robe, acho que era só isso que eu conseguia falar quando nos encontramos.

– Guillaume, eu...

– É Robe agora.

Victor ergueu as mãos no ar.

– Tudo bem. Robe, acho que podemos ajudar.

Ele riu.

– Acha, é?

– Eu acho que nós temos o mesmo problema, amigo.

– Qual problema? – Robe parecia estar se divertindo.

– Você está sendo caçado por um Rogarou. – Victor tocou na têmpora com o dedo indicador. – Aqui.

Robe tirou as mãos dos bolsos e passou a imitar o movimento de Victor.

– Aqui. – Ele tocou na cabeça, olhos arregalados. – E aqui? – Ele apontou para o coração.

– Sim – disse Victor. – Podemos ajudar você.

Joan imaginou a esposa de Robitaille em algum lugar naquela noite, enrolada no sofá com um cobertor de crochê, chorando em um quarto iluminado pela lua. Sozinha. Triste.

– Eu trouxe o Victor de volta – disse ela. – Talvez eu possa ajudar você também.

– Pode? – Robe deu um passo para a frente com os braços esticados, suplicantes. – Mesmo?

– Sim, eu posso.

Robe se dobrou, descansando as mãos nos joelhos, a cabeça solta e as costas tremendo.

– Ei, ei, tá tudo bem. – Joan deu um passo à frente, e o braço de Victor a impediu de chegar mais perto.

Um gemido baixo, depois um choro e em seguida a gargalhada de Robe preencheram a noite como um uivo.

– Que porra é essa? – Joan assistiu enquanto ele rolava no chão de tanto rir, saindo da estrada até a vala.

– *Você?* Você quer *me* ajudar? – Ele segurou a barriga e, depois de mais algumas risadas, finalmente ficou em silêncio. – Você quer me ajudar, *kwezanz*, ou quer ajudar Robitaille?

Havia anos que ninguém a chamava de *menininha* naquele idioma. Aquilo a fez se sentir pequena. Ela não respondeu.

Ele ficou de pé.

– Porque eu não preciso da ajuda de ninguém. Eu meio que trabalho sozinho, sou autônomo. E o bom e velho Robitaille? Eu o enterrei em um campo onde ele estuprou um primo mais novo. Ele não precisa mais da ajuda de ninguém.

– Joan, ele não é mais humano – disse Victor. – O Robe humano se perdeu no meio da floresta dele e não vai mais conseguir sair.

– E graças a Deus por essas pequenas misericórdias! – Robe gritou e levantou os braços para o céu, depois os deixou cair. – Cara, como vai ser bom tirar uma folga dessa coisa de rezar, agora que aquele Hitler ali já era. Estava de saco cheio desse negócio de *Conduzindo Miss Daisy*. – Com um movimento exagerado, Robe se inclinou para um lado e colocou uma mão no ouvido. – Conseguem ouvir isso?

Joan se esforçou para ouvir o barulho. Lá estava, um gemido baixo. Vindo do carro.

– É melhor a gente dar o fora, amigos. Eu preciso sair de perto dele enquanto consigo.

Com a mesma dramaticidade, Robe abriu os braços, dobrou as mãos a noventa graus e as colocou na cintura. Depois, levantou os pés e começou a dançar. Os pés dele se moviam tão rápido que mal dava para ver os movimentos, chutando a poeira no ar. E, com pulos graciosos e giros extravagantes, o Rogarou dançou para longe da luz, descendo a vala e subindo a outra, e entrou na floresta. Apenas as estrelas sabiam o caminho que ele seguiu depois que estava sob proteção da vegetação, e elas não iriam contar.

– Joan, precisamos sair daqui também. – Victor puxou o braço dela. – Vamos, antes que o Heiser acorde.

– A gente vai deixar ele assim? – Ela mal conseguia pensar.

– Não podemos ajudar. E não podemos acabar com ele. Não somos assassinos. – O rosto dele mudou quando disse isso, os olhos se enchendo de água. – Joan, eu sinto...

De algum lugar do meio das árvores, veio um barulho de latidos que parecia com uma risada. Joan começou a andar na direção de onde vieram.

– Você tem razão, Victor. Não somos assassinos. Vamos pegar o Jeep.

Depois de um minuto, ele a seguiu.

24

APARECENDO DE SURPRESA

Machucados e enfraquecidos, eles entraram com cuidado no Jeep e começaram a dirigir. Tudo o que deixaram para trás foi uma poça de sangue gelado criando lama com a terra, e do outro lado das árvores caminhões de bombeiro molhavam a estrutura queimada da cabana. Em pouco tempo, eles encontrariam corpos.

Dirigiram em silêncio até passarem pelo que restou do carro de Heiser, com um farol piscando e nenhum sinal de vida dentro. O alarme da porta ainda estava apitando com urgência sem ninguém para dar ouvidos. Quando entraram na rodovia, os dois se deixaram acordar. Joan sabia que parecia uma pessoa louca, rindo e depois chorando, contando os horrores daquela noite, do último ano, e do seu grande e triste amor. Ela não conseguia parar.

– Eu não acredito que você está aqui. Você não está perto o suficiente. – Joan esticou o braço e pegou a mão dele e colocou na coxa dela, entre as pernas, debaixo do braço, na boca.

Em Leamington, eles pararam em uma farmácia e ela comprou as coisas que precisavam para fazer um curativo, e então correram para o hotel. Ela mandou mensagens para Zeus enquanto esperava nos faróis vermelhos da cidade.

> Ei, garoto, estou com ele!!!

Nada. Ela não achava que ele estava dormindo, então provavelmente ainda estava com raiva dela. Tentou chamar a atenção dele.

> Briga feia com Heiser...

Esperou um minuto.

> Acidente de carro.

Outro minuto.

> Encontrei outro Rogarou. Ele fugiu, mas ESTOU COM VICTOR!

> Só que tive que esfaquear ele

Cacete, como esse menino era difícil. Ela mandou mais uma mensagem.

> Duas vezes...

Nenhuma resposta.

✦

No caminho entre a cidade e o hotel, começou a chover mais uma vez – um último suspiro no fim da tempestade.

O estacionamento estava molhado, e o T neon de HOTEL se estendia até pelas poças como uma cruz azul, terminando no capô de um Miata que estava estacionado na vaga de Joan.

Eles estacionaram o Jeep perto da recepção e saíram, repletos de adrenalina e desejo, parando perto do porta-malas para se beijarem.

– Vamos pegar o Zeus e ir embora desse lugar – disse ela.

E então, quando um movimento chamou sua atenção, ela olhou para a placa. Viu um pássaro grande e escuro próximo do H que faiscava eletricidade de um circuito desgastado. O pássaro abaixava a cabeça como se fosse ler sobre o AR-CONDICIONADO e TV COLORIDA EM TODOS OS QUARTOS.

O sorriso dela desapareceu. Era estranho ver um corvo naquele horário.

Depois, um segundo corvo apareceu.

Em momentos como aquele, era difícil saber se corvos são uma tática atrasada ou um aviso verdadeiro. Os dois olharam para Joan de seus pedestais, e ela foi julgada. Eles deram seus vereditos e esperaram por uma resposta.

– É raro ver corvos à noite – disse Victor. Debaixo dos pés dele, o reflexo do T apontava para o quarto. Joan se virou para a porta.

– Ah, não. Meu Deus, não.

Joan começou a correr. Ela desviou do Miata enquanto procurava pelas chaves na bolsa. E ali, encostada contra a porta como uma lápide preta com uma epígrafe dourada, estava uma Bíblia pequena e preta.

– Não. – Ela a chutou, e o livro aterrissou longe no corredor.

Chave na porta, ombro contra a madeira, e ela entrou. A luminária na mesa de cabeceira jogava uma luz amarela sobre a cama bagunçada, os salgadinhos estavam fora do saco, as roupas, jogadas no carpete. Joan caiu de joelhos e os corvos grasnaram pelo estacionamento, assistindo a Victor correr pelas poças.

Zeus havia sumido.

Ela mal conseguia respirar. Não tinha hinos, nenhuma oração. Hinos só funcionavam se soubesse cantar além das constelações nomeadas em homenagem a divindades pagãs – Cinturão de Órion, Andrômeda – para que um Criador pudesse ouvir. E o que era uma oração quando o seu deus fora arrancado do céu escuro? Tudo o que ela tinha era uma profecia, e ela a disse ali, no batente:

– *Já estou a caminho.*

ZEUS NA FLORESTA

Zeus não ficaria esperando a tia voltar. Essa missão também era dele, que droga. Ele andou pela estrada com a intensidade de um homem prestes a lidar com empregados insolentes que dormiam até tarde e se esqueciam de limpar as manchas de graxa da carruagem. Quando chegou à estrada, andou pelo acostamento, passando por arvoredos e placas amarelas refletindo ruas pequenas que saíam como cutículas, fazendo sinal para os raros momentos em que um carro passava. O vento estava soprando, mexendo as folhas, então ele perdeu os passos. E foi aí que o pé dele saiu do asfalto.

Sono, ou algo assim.

Ele sabia que tinha sido levado porque odiava a mãe. Tentou explicar – o como e o porquê daquele sentimento –, mas não havia misericórdia ali. A criatura colocou a mão enluvada no ombro dele e disse:

– Não há exceções, Pequeno Grande Homem. – E então sorriu como se tivesse abelhas presas na garganta.

Ele estava com fome, e depois com raiva, e depois não era nada. O som só existia como um eco. Os olhos viram apenas tons de preto e azul-marinho em um lugar vazio. Ele piscou, mas precisou tocar nas pálpebras com os dedos para checar se havia mesmo feito isso. Pensou ter ouvido o ranger de um balanço enferrujado, como aquele que sabia que tinha nos fundos do quintal de sua casa.

Alguém estava vindo. A princípio, ele sabia quem era: imaginou as linhas entre as sobrancelhas quando não organizava bem a *playlist*; sentiu o cheiro de chá Earl Grey e cigarro na camiseta dela. Porém agora, depois de horas ou talvez tenha sido apenas um minuto, ela sumiu. O nome dela – ele sabia o nome dela. Era importante lembrar o nome dela. Então ele passou as mãos pela terra para que ficasse lisa como uma tábua, empurrou um dedo e desenhou as letras. J-O-A... O vento vinha de algum lugar, carregando cheiro e umidade, e os insetos escondidos montaram uma sinfonia do vazio e perfuraram o escuro, como se fossem várias estrelas audíveis.

Ele se conhecia. Fechou os olhos; sabia ser ele mesmo. E ele estava ligado a ela, e ela, sabia, estava vindo. Aquela certeza o fez sorrir, mesmo ali.

Porém, quando ele terminou a letra N, já havia esquecido disso. Ele era exagerado e estava perdido, e a coisa que estava fora do seu alcance soltou todas as abelhas em sua garganta na direção dos céus.

epílogo

EM CASA

– Ajean. – Ele se sentou na cama e sacudiu o ombro nu que saía de baixo da colcha grossa. – Ei, Ajean.
– *Mon Dieu*, deixe uma mulher dormir.
– Ajean, acorde.
Ela se virou de costas, deixando os braços penderem com tanta força que eles quicaram no colchão.
– Rickard, você é meu pau amigo. Sabe o que isso significa, hein? Significa que eu não preciso ser legal com você. Vai pra casa se não consegue ficar quieto. Ou então levanta a sua coisa de novo.
Ela bateu na perna dele por baixo dos lençóis.
– Você sabe que essas pílulas não funcionam assim. – Ele passou a mão pelo cabelo fino. – Eu já falei. Enfim, não é isso. Escuta.
– O quê?
Ele baixou a voz.
– Acho que tem alguma coisa na varanda.
Ela abriu os olhos e encarou o teto baixo, as luzes da rua entrando em frestas pelas persianas do quarto. Ficou imóvel e concentrada. O cabelo era uma estrela-do-mar cinza na fronha vermelha.

Desde o instante em que Joan ligara para contar sobre o menino, ela prestava atenção no que ouvia. Havia até recontado o sistema de alarme. Algum babaca levara a garrafa vazia para a reciclagem. Ela trocou por um CD do Johnny Cash com a caixa de plástico rachada. Ah, aquele Johnny Cash, ele era um homem que ela adoraria pegar. Pelo menos até a época em que engordou, quando ficou religioso e descobriu que não era indígena de verdade.

Coisas se mexendo. Um arranhão na madeira. Uma pancada pesada, que ela sabia que eram suas calêndulas no vaso caindo.

– Então tá bom. – Ela tirou os cobertores e se levantou, alisando sua camisola. Fez um sinal para Rickard e arrumou os cobertores, levando-os de novo até o travesseiro. Disse para ele ficar ali. Antes de chegar à porta do quarto, ela se virou. – Da próxima vez, traga uma pílula extra ou não se dê ao trabalho de ficar por aqui.

Ajean andou na ponta dos pés até a cozinha e se esticou para pegar algo em cima da geladeira, colocando a língua para fora enquanto se equilibrava. Tateou até encontrar a lata e a puxou para baixo. Ela realmente devia ter preparado o sal antes. Agora, não podia acender a luz da cozinha nem podia abrir a gaveta onde guardava o ralador e as facas sem fazer um estardalhaço. Ela se virou, procurando por algo que poderia usar para ralar o osso, um pequeno fantasma vestindo uma camisola fina e branca, cabelo ondulado descendo até a cintura.

– *Merde.*

Ela se lembrou do cuidado que precisaram ter com o corpo de Angelique quando a vestiram para se encontrar com Jesus, para que os buracos que haviam suturado não abrissem de novo. Lembrou-se da velha Elsie Giroux apertando os lábios para não falar sobre as coisas que caçavam na beira da estrada. Ajean teria acabado com ela se resolvesse incomodar Flo e Joan com aquelas histórias. Ela cortou aquilo na hora. Angelique não morreu com uma expressão tranquila no rosto; Ajean se lembrava de ter massageado os músculos para soltar a tensão da mandíbula. Angelique não morreu de um jeito bom.

Ajean queria morrer em paz – em um bingo com o cartão vencedor, ou deitada nua no píer como em uma cerimônia, ou embaixo de Rickard como uma mulher que viveu uma boa vida até o último segundo.

No balcão havia um cristal espesso refletindo a lâmpada acima do fogão como se fosse um farol. Dentro, em água morna com tablete Polident, estava a placa dentária superior de Rickard. Ela não pensou duas vezes, apenas pegou os dentes, abriu a lata e raspou um pouco de sal. Depois, colocou a dentadura de volta no copo, onde sorriu para ela, alguns grãos afundaram até o fundo para se unir ao líquido limpador. Cuidaria disso depois.

Ela pegou uma pitada de sal no punho pequeno e marrom. Com a outra mão, apanhou uma colher de madeira que deixava pendurada em um gancho ao lado do telefone para esse tipo de coisa. Pensando melhor, voltou para o balcão e pegou um pacote amarelo de biscoitos de aveia, colocando-o debaixo do braço. Agora estava pronta, e não estava para brincadeira.

– Ah, minha menina – sussurrou ela enquanto ficava atrás da porta da entrada, com a luz da rua que entrava pela janela jogando uma sombra de pelos selvagens sobre o seu rosto. – Eu espero que você esteja quase em casa. Ele está. E eu não sei por quanto tempo posso segurá-lo.

Ela abriu a porta, só um pouco, e emitiu sons como se estivesse chamando um cachorro de rua. Silêncio. E então a sombra se esticou e mexeu, bloqueando a luz do poste, a lua e qualquer outro deus que tivesse deixado de contemplar as estrelas para assistir à coreografia de uma luta das boas.

agradecimentos

Eu sou muito grata ao meu marido, Shaun, e aos nossos filhos, Jaycob, Wenzdae e Lydea, por aceitarem que eu desaparecesse para dentro desse mundo por dias a fio, trancada no meu escritório.

Meus maiores fãs e apoiadores de longa data – Hugh, Joanie e Jason Dimaline –, eu amo vocês. Vocês são o motivo de eu ser destemida, e tão cheia de palavras. Obrigada por me fazerem acreditar que cada uma delas tem valor.

Meus agentes, Rachel Letofsky e Dean Cooke, e todas as maravilhosas almas da CookeMcDermid que eu amo abraçar do nada, vocês são demais. Vocês tornam possível para mim continuar a publicar livros e me dão o tempo e o espaço para sonhar novas formas de contar a minha verdade. Vocês protegem a estrada para que eu possa me virar e cantar e trançar uma memória com imaginação. Não tenho palavras suficientes para agradecer.

Às vezes você conhece uma pessoa e sabe que ela vai te tornar a melhor versão de si mesma. Isso não acontece com frequência, mas, quando acontece, agarre-se nisso. Anne Collins, você me faz ser uma escritora melhor; é um presente pelo qual eu nunca vou poder agradecer por completo. Um agradecimento especial à pequena Olive por me deixar passar um tempo com a avó dela para conseguir finalizar este livro.

Agradeço também a Kristin Cochrane pelo nosso primeiro almoço e pelos que ainda virão pela frente, e acima de tudo por mudar o mundo para que nós, autores, possamos ter um lugar mais estável nele. A sua crença em mim faz com que eu trabalhe com mais afinco. Acho que é por isso que você é a chefona.

Esta história, e todas as histórias, são de e para minha *mere*, Edna Dumose. Eu sou grata à Mere e à minha tia-avó Flora por me contarem histórias assustadoras sobre cachorros pretos gigantes na estrada, por me manterem segura e me encherem de senso de comunidade e contos e o tipo de amor que dura para sempre. Eu levo vocês comigo todos os dias, e saibam que vocês me levam também.

CHERIE DIMALINE

nasceu na comunidade Métis da baía de Geórgia, Ontário, no Canadá, e disparou para o topo da lista dos mais vendidos quando seu romance *The Marrow Thieves* foi publicado, em 2017. Com o livro, ela ganhou o Governor General's Literary Award, o Kirkus Prize e o Burt Award for First Nations na categoria literatura Métis e Inuit, além de ser finalista em outras premiações e ter aparecido em diversas listas de melhores livros do ano, incluindo as da NPR e Biblioteca Pública de Nova York. Em 2014, Cherie foi nomeada Artista Revelação no Ontario Premier's Awards for Excellence in the Arts. Ela ainda se tornou a primeira pessoa indígena a fazer residência na Biblioteca Pública de Toronto. **TODAS AS COISAS FEROZES** é sua estreia na literatura adulta e já teve os direitos de publicação adquiridos em diversos países, bem como para adaptação televisiva. Atualmente, a autora mora em Vancouver e também atua como roteirista.

Esta obra foi composta em PSFournier Std e Los Feliz OT e impressa em papel Pólen Natural 70 g/m² pela Gráfica Santa Marta.